ALFRED CAPUS

—x—

THÉATRE COMPLET

I0641538

IV

La Châtelaine ❧ ❧ ❧

L'Adversaire ❧ ❧ ❧ ❧

Monsieur Piégois

Arthème **FAYARD**
ÉDITEUR ❧ ❧ ❧ ❧ ❧
18-20, Rue du Saint-Gothard
PARIS ❧ ❧ ❧ ❧ ❧ ❧

ALFRED CAPUS

—

THÉATRE COMPLET

—

THÉATRE COMPLET

d'Alfred CAPUS

VOLUMES PARUS

SOUS PRESSE

ALFRED CAPUS

ÉATRE COMPLET

IV

La Châtelaine
L'Adversaire
Monsieur Piégois

PARIS

ARTHÈME FAYARD, ÉDITEUR

Rue du Saint-Gothard, 18-20

Il a été tiré à part :

CINQ EXEMPLAIRES NUMÉROTÉS SUR PAPIER DU JAPON

ET

VINGT EXEMPLAIRES NUMÉROTÉS SUR PAPIER

DE HOLLANDE.

LA CHATELAINE

COMÉDIE EN QUATRE ACTES

Représentée pour la première fois sur le théâtre
de la Renaissance (Direction L. Guitry)
le 23 octobre 1903,
et reprise sur le même théâtre, le 14 mai 1904.

A JANE HADING

ET

A LUCIEN GUITRY

A. C.

PERSONNAGES

	Création.	Reprise.
	MM.	MM.
ANDRÉ JOSSAN.	L. Guitry.	L. Guitry.
GASTON DE RIVE	Tarride.	A. Calmette.
LA BAUDIÈRE.	Boisselot.	Boisselot.
LE BARON DE MORÈNES. .	Noizeux.	Noizeux.
CHARLES DE MERAY. . . .	Frédal.	Larmandie.
LORMOIS	Marsay.	Laforest.
Un Domestique		Thoulouze.
	Mᵐᵉˢ	Mᵐᵉˢ
THÉRÈSE DE RIVE	Jane Hading.	Jane Hading.
Mᵐᵉ DE LA BAUDIÈRE . . .	Rosa Bruck.	M. Samary.
CLOTILDE, Bⁿᵉ ᴅᴇ MORÈNES	Berthe Cerny.	M. Caron.
LUCIENNE	J. Rosni-Derys.	Jane Heller.
MARIANNE, ʟᴀ ɢᴏᴜᴠᴇʀɴᴀɴᴛᴇ.	Jane Heller.	Ch. Lysès.

LA CHATELAINE

ACTE PREMIER

Chez madame de La Baudière, à Angers.
Un beau salon de province.

SCÈNE PREMIÈRE

DE MÉRAY, LUCIENNE, Un Domestique.

(Au lever du rideau, le domestique introduit de Méray. Lucienne et lui se serrent la main.)

LUCIENNE.

Bonjour, monsieur.

DE MÉRAY.

Bonjour, mademoiselle.

LUCIENNE, *au domestique qui reste sur le seuil de la porte.*

Voulez-vous dire à ma mère que monsieur de Méray est ici?

DE MÉRAY, *à Lucienne.*

Vous devinez ce que je viens faire, n'est-ce pas?

LUCIENNE, *souriant.*

Non.

DE MÉRAY.

Vous ne devinez pas?

LUCIENNE.

Puisque je vous le dis.

DE MÉRAY.

Si, vous devinez.

LUCIENNE.

Alors?...

DE MÉRAY.

Je viens demander votre main à monsieur votre père.

LUCIENNE.

C'est tout?

DE MÉRAY.

C'est tout pour aujourd'hui. J'ose me flatter que vos sentiments à mon égard n'ont pas changé depuis hier dans l'après-midi...

LUCIENNE.

Ils sont les mêmes.

DE MÉRAY.

Avez-vous amené adroitement la conversation sur moi à déjeuner, ce matin, comme nous l'avions combiné?...

LUCIENNE.

Mais oui. Mon père a dit qu'il avait une grande sympathie pour vous et que vous étiez un avocat d'avenir. Il paraît que vous avez très bien plaidé l'autre jour.

DE MÉRAY.

Oui, je crois que ça n'a pas mal marché. Seulement, à Angers, les plaidoiries n'ont pas beaucoup de retentissement. J'ai des projets pour plus

tard, vous verrez. Et qu'a répondu madame de
La Baudière quand votre père a dit que j'avais de
l'avenir?

LUCIENNE.

Elle a répondu : « C'est bien possible ».

DE MÉRAY.

De quel ton a-t-elle répondu cela? Avec intérêt, ou négligemment?

LUCIENNE.

Négligemment.

DE MÉRAY.

N'importe, j'ai de l'espoir.

LUCIENNE.

Moi aussi... Mais enfin, il ne faut pas nous
dissimuler qu'elle est moins bien disposée que
mon père. Et ce serait très grave si elle ne voulait pas tout de suite, parce que, quand elle a dit
non, c'est non.

DE MÉRAY.

Il me semble pourtant que dans une circonstance de cette gravité, monsieur de La Baudière
devrait être le seul juge. Madame de La Baudière
n'est pas votre mère, elle n'est que votre belle-
maman.

LUCIENNE.

En effet, mais elle m'a élevée avec autant de
dévouement que si j'étais sa fille.

DE MÉRAY.

Ah! c'est une femme excellente, je ne dis pas
le contraire, et très remarquable. Mais votre père
n'a donc pas de volonté?

LUCIENNE.

Si, il en a une, seulement c'est celle de ma
mère.

(Entre madame de La Baudière.)

SCÈNE II

LES MÊMES, MADAME DE LA BAUDIÈRE.

MADAME DE LA BAUDIÈRE.

Bonjour, mon cher monsieur de Méray.

DE MÉRAY.

Chère madame.

MADAME DE LA BAUDIÈRE, à *Lucienne.*

Approche-toi que je te regarde Qu'est-ce que cette coiffure? Veux-tu aller arranger tes cheveux?

LUCIENNE.

Tiens, pourquoi?

MADAME DE LA BAUDIÈRE.

Je te le dirai plus tard.

LUCIENNE.

Bien! Au revoir, monsieur de Méray.

DE MÉRAY.

Au revoir, mademoiselle.

(Sort Lucienne.)

MADAME DE LA BAUDIÈRE, *regardant sa montre.*

Deux heures moins cinq. Il est temps de le réveiller.

DE MÉRAY.

Monsieur de La Baudière fait sa sieste?

MADAME DE LA BAUDIÈRE.

Tous les jours, de une heure à deux, ordre du médecin.

DE MÉRAY.

Il n'est pas malade?

MADAME DE LA BAUDIÈRE.

Non, mais il avait des envies continuelles de
dormir. Alors, le médecin a ordonné une sieste
régulière d'une heure après le déjeuner, pas une
minute de plus, pas une minute de moins. Aussi,
dans deux minutes et demie exactement, je vais
le réveiller. Vous avez à lui parler?

DE MÉRAY.

Oui, mais je reviendrai... Je ne veux pas
l'importuner tout de suite à son réveil...

MADAME DE LA BAUDIÈRE.

C'est ça. Revenez dans un quart d'heure,
d'autant plus que j'ai à l'entretenir moi-même
de diverses affaires.

DE MÉRAY.

A bientôt, chère madame. *(A part en sortant.)*
Elle est très bien disposée.

MADAME DE LA BAUDIÈRE, *regardant sa montre.*

Ah !

*(Elle va à la porte de droite premier plan, et frappe
d'abord un petit coup. Puis elle écoute et frappe plus
fort, puis n'entendant pas monsieur de La Baudière se
réveiller, elle frappe encore plus fort avec le poing.)*

SCÈNE III

LA BAUDIÈRE, MADAME DE LA BAUDIÈRE.

LA BAUDIÈRE.

Me voici, chère amie, me voici.

MADAME DE LA BAUDIÈRE.

Tu es réveillé?

LA BAUDIÈRE.

A peu près... En tout cas, je ne dors plus d'un profond sommeil.

MADAME DE LA BAUDIÈRE.

Enfin ! Es-tu en état de comprendre ce que l'on te dit ?

LA BAUDIÈRE.

Parfaitement. Je t'écoute.

(Il prend un fauteuil.)

MADAME DE LA BAUDIÈRE.

Ne t'assieds pas. Tu viens de dormir, il faut rester debout.

LA BAUDIÈRE.

Bon ! bon !

MADAME DE LA BAUDIÈRE.

Monsieur de Méray sera ici dans quelques instants. Il te demandera la main de Lucienne.

LA BAUDIÈRE.

Mais comment donc ! je la lui accorderai avec plaisir... Un garçon charmant, d'un avenir assuré !

MADAME DE LA BAUDIÈRE.

Ça n'est pas ça... Tu lui refuseras la main de Lucienne.

LA BAUDIÈRE.

Allons donc !... Pourquoi ?...

MADAME DE LA BAUDIÈRE.

Parce que je ne veux pas pour ta fille d'un mariage banal, quelconque, inutile !

LA BAUDIÈRE.

Qu'entends-tu par inutile ?

MADAME DE LA BAUDIÈRE.

Suppose qu'on apprenne demain, à Angers,

e mariage de Lucienne avec Charles de Méray,
u'est-ce qu'on dira?

LA BAUDIÈRE.

On dira...

MADAME DE LA BAUDIÈRE.

On ne dira rien, parce qu'il n'y a rien à dire.
Iéray est n'importe qui, c'est le premier avocat
venu... Tous les jeunes avocats d'Angers lui
ressemblent. On peut l'épouser ou ne pas l'épouser, cela ne tire pas à conséquence. Or, Lucienne
aura une des plus belles dots du pays, elle est
très jolie, très bien élevée. Ce mariage ne me
suffit pas, j'en veux un éclatant, qui soit la
consécration et la preuve de ma situation à
Angers.

LA BAUDIÈRE.

Pourtant, si par hasard Lucienne et le jeune
homme s'aimaient?

MADAME DE LA BAUDIÈRE.

Ils ne s'aiment pas.

LA BAUDIÈRE.

Tu en es sûre?

MADAME DE LA BAUDIÈRE.

Très sûre.

LA BAUDIÈRE.

Je crois qu'on peut hésiter tout de même,
avant de dire non?

MADAME DE LA BAUDIÈRE.

Il ne faut jamais hésiter dans la vie. Moi, je
n'ai jamais hésité. A l'âge de Lucienne, j'étais
déjà comme ça, rappelle-toi.

LA BAUDIÈRE.

Je me rappelle parfaitement.

MADAME DE LA BAUDIÈRE.

Toi, c'est le contraire, tu hésites à propos de tout; tu réfléchis, tu pèses le pour et le contre. Avec ce système-là, on ne fait rien, ou on fait des sottises... Souviens-toi que tu n'étais même pas décidé à m'épouser.

LA BAUDIÈRE.

C'est vrai.... J'hésitais.

MADAME DE LA BAUDIÈRE.

Si tu crois que je l'ai oublié!

LA BAUDIÈRE.

Et quel est l'époux que tu destines à Lucienne, sans indiscrétion?

MADAME DE LA BAUDIÈRE.

Notre voisine de campagne, madame de Morènes, la baronne de Morènes a un frère...

LA BAUDIÈRE.

Je sais bien! Jossan... André Jossan...

MADAME DE LA BAUDIÈRE

Tu le connais donc?

LA BAUDIÈRE.

Mieux que toi qui ne l'as jamais vu. J'ai connu Jossan, il y a dix ans, quand j'allais encore de temps en temps à Paris... A propos de Paris, j'ai reçu une lettre de mon neveu et de Thérèse.

(Il met la main à sa poche.)

MADAME DE LA BAUDIÈRE.

Je le sais, je les ai lues. Il se passe de jolies choses dans ce ménage-là.

LA BAUDIÈRE.

Cette pauvre Thérèse me dit...

MADAME DE LA BAUDIÈRE.

Pas maintenant... Tout à l'heure... Nous parlions de monsieur Jossan.

LA BAUDIÈRE.

Ah! oui.

MADAME DE LA BAUDIÈRE.

Assieds-toi.

LA BAUDIÈRE.

Je disais que je l'avais connu au cercle; nous étions même assez liés et nous faisions souvent la causette. Il jouait à ce moment-là d'une façon enragée. Il a été complètement ruiné très vite. Alors, il s'est rappelé qu'il n'était pas un imbécile et il s'est mis à travailler tout d'un coup avec autant d'acharnement qu'il jouait au baccara. Le cas d'un joueur qui cesse de jouer ne se présente pas une fois sur mille... Aussi, dans le monde on a commencé par se moquer ferme de Jossan. Ses anciens camarades du club venaient le déranger à son bureau et lui amenaient des cocottes. Il a mis les cocottes et les camarades à la porte. Un beau jour on a lu dans les journaux que Jossan avait fait une découverte industrielle très importante dans le domaine de l'électricité et qu'il gagnait des sommes fabuleuses. Immédiatement on l'a pris au sérieux et, aujourd'hui, c'est un homme célèbre. Le souvenir de la noce effrénée qu'il a faite autrefois augmente encore la considération que l'on a pour lui. A mon dernier voyage, un croupier du cercle m'a dit avec orgueil, en me montrant son portrait dans un journal : « Dire que je lui ai prêté un louis! » A Paris, c'est la gloire.

MADAME DE LA BAUDIÈRE.

Eh bien! monsieur André Jossan se trouve actuellement chez son beau-frère et chez sa sœur. Il y va passer une partie de l'été. Tu comprends?

LA BAUDIÈRE.

Ah! c'est lui que tu as choisi comme ça, d'autorité?

MADAME DE LA BAUDIÈRE.

Madame de Morènes m'a confié qu'elle serait heureuse de marier son frère ici. Nous en avons parlé une fois la semaine dernière et nous nous sommes comprises à demi-mot. Madame de Morènes sera à Angers cet après-midi avec monsieur Jossan et le baron. Ils viendront nous voir tous les trois. Tu les retiendras à dîner. Ne t'occupe de rien. C'est entendu d'avance. Puisque tu as connu monsieur Jossan, à Paris, c'est un prétexte tout trouvé.

LA BAUDIÈRE.

Bon! bon!...

MADAME DE LA BAUDIÈRE.

Ah! ce serait un mariage superbe!

LA BAUDIÈRE.

Magnifique.

MADAME DE LA BAUDIÈRE.

Le plus beau qu'on aurait jamais vu à Angers!

LA BAUDIÈRE.

Sans aucun doute.

MADAME DE LA BAUDIÈRE.

Et il se fera.

LA BAUDIÈRE.

Tu sais qu'il a trente-cinq ou trente-six ans, Jossan?

MADAME DE LA BAUDIÈRE.

Ça m'est égal.

LA BAUDIÈRE.

Et que Lucienne en a dix-huit?

MADAME DE LA BAUDIÈRE.

C'est la même différence d'âge qu'il y avait
entre nous deux. Ça ne me préoccupe pas le
moins du monde..

LA BAUDIÈRE.

Et s'ils ne se conviennent pas! S'ils ne s'aiment
ni l'un ni l'autre! Ça ne te préoccupe pas non
plus?

MADAME DE LA BAUDIÈRE.

Non. Ce qui est grave dans un ménage, c'est
que l'un des époux aime et que l'autre n'aime
pas. Mais s'ils ne s'aiment ni l'un ni l'autre, ils
peuvent être très heureux. Lucienne sera très
heureuse avec monsieur Jossan.

LA BAUDIÈRE.

Tu n'as pas encore fixé le nombre d'enfants
qu'ils auraient, par hasard?

MADAME DE LA BAUDIÈRE.

Soyons sérieux, n'est-ce pas? Ce mariage entre
dans mes plans. Je n'admets pas que Lucienne,
parce qu'elle est mademoiselle de La Baudière,
se voie obligée d'épouser un petit gentilhomme
de province, avocat médiocre par-dessus le marché. Je ne tiens pas à la noblesse, moi; je n'en
suis pas, on me l'a assez fait comprendre dans les
premiers temps et on te l'a assez reproché. Lucienne sera vraiment bien à plaindre d'épouser
un homme jeune, riche et célèbre...! Et moi,
j'aurai la joie de montrer à ces dames quel cas je
fais de leurs préjugés. Je ne vois pas quels obstacles il peut y avoir à ce mariage, mais, s'il y
en a, je les briserai, voilà tout. Tu sais que j'ai
toujours fait tout ce que j'ai voulu.

LA BAUDIÈRE.

Tu me rappelles une personne qui venait souvent à Angers, autrefois, pour voir son fils, et qui avait exactement le même caractère que toi.

MADAME DE LA BAUDIÈRE.

Qui donc?

LA BAUDIÈRE.

Catherine de Médicis. Tu dois regretter parfois que la mode des oubliettes ait un peu disparu. Et dire que tu n'es pas une trop mauvaise femme au fond!

MADAME DE LA BAUDIÈRE.

Je suis une très bonne femme. Seulement, j'ai une volonté, tandis que toi tu n'en as pas.

LA BAUDIÈRE.

Qu'est-ce que j'en ferais?

MADAME DE LA BAUDIÈRE.

Hein! Qui a eu l'idée de ce mariage?

LA BAUDIÈRE.

C'est toi.

MADAME DE LA BAUDIÈRE.

Qui est-ce qui aurait donné bêtement sa fille à un monsieur de Méray que personne ne connaît?

LA BAUDIÈRE.

C'est moi.

MADAME DE LA BAUDIÈRE.

Et si Lucienne fait un mariage éclatant, à qui le devra-t-elle?

LA BAUDIÈRE.

A moi.

MADAME DE LA BAUDIÈRE.

Tu dis?

LA BAUDIÈRE.

Non, pas à moi, à toi. Je m'embrouille dans toutes tes questions. Il y a si longtemps que je n'ai pas passé d'examen.

MADAME DE LA BAUDIÈRE, *voyant la porte s'ouvrir.*

Voilà le jeune homme. Sois net, hein?

LA BAUDIÈRE.

Je serai net.

(Entre de Méray introduit par le domestique.)

MADAME DE LA BAUDIÈRE, *à de Méray.*

Je sais que vous avez à parler à mon mari, je vous laisse.

DE MÉRAY.

Madame...

(Sort madame de La Baudière.)

SCÈNE IV

LA BAUDIÈRE, CHARLES DE MÉRAY.

LA BAUDIÈRE.

Mon bon ami, je me doute de ce que vous allez me dire.

DE MÉRAY.

Tant mieux, monsieur de La Baudière, tant mieux!... Et alors?...

LA BAUDIÈRE.

Et alors... et alors... voici... Ce ne sera pas commode.

DE MÉRAY.

Oh! mais j'aime Lucienne, je l'aime, je vous jure.

LA BAUDIÈRE.

Asseyez-vous donc...

DE MÉRAY.

Je suis un honnête homme, j'ai une certaine fortune.

LA BAUDIÈRE.

Eh!... croyez-vous que ce soit moi qui fasse de l'opposition!

DE MÉRAY.

C'est madame de La Baudière?...

LA BAUDIÈRE.

Parbleu!...

DE MÉRAY.

Quelles raisons donne-t-elle pour refuser?... Quelles raisons?

LA BAUDIÈRE.

Dame!... Des raisons qui ne sont pas trop mauvaises. Votre jeunesse, l'incertitude de votre position... l'âge aussi de Lucienne qui n'a que dix-huit ans...

DE MÉRAY.

Il n'y a pas autre chose?...

LA BAUDIÈRE.

Mais non.

DE MÉRAY.

Alors, ce ne peut pas être un refus définitif.

LA BAUDIÈRE.

De la part de ma femme, je le crains.

DE MÉRAY.

C'est navrant ce que vous me dites-là, navrant... Jamais madame de La Baudière ne reviendra sur sa parole.

LA BAUDIÈRE.

Bah! qui sait?...

DE MÉRAY.

Oh! quand elle a dit non, c'est non!

LA BAUDIÈRE.

Oui, elle est un peu despotique, j'en conviens.

DE MÉRAY.

Et vous qui êtes si conciliant, au contraire !

LA BAUDIÈRE.

Eh ! il le faut bien.

DE MÉRAY.

Ah ! mon pauvre monsieur de La Baudière.

LA BAUDIÈRE.

Vous me plaignez, je parie ?

DE MÉRAY.

Non, mais...

LA BAUDIÈRE.

Allons ! allons ! Vous me croyez très malheureux... Il y a des tas de gens qui me croient très malheureux.

DE MÉRAY.

Pas absolument... Quoique...

LA BAUDIÈRE.

Si ! si ! Vous vous dites qu'avec une femme comme la mienne, je dois mener une vie d'enfer.

DE MÉRAY.

Heu !... Heu !...

LA BAUDIÈRE.

Eh bien ! mon bon ami, c'est ce qui vous trompe. Non seulement je ne suis pas malheureux, mais je suis très heureux. Le caractère de madame de La Baudière, qui m'horripilait, en effet, dans les commencements de notre mariage, m'est devenu très sympathique, parce que je me suis mis à l'envisager avec philosophie. Ma femme est

convaincue qu'elle a une volonté de fer et c'est
vrai, elle a une volonté de fer. Seulement, quand
on sait s'y prendre, on arrive à lui faire faire le
contraire de ce qu'elle a décidé et comme elle y
apporte la même volonté de fer et la même énergie, elle ne s'aperçoit pas qu'elle a changé d'opinion. Je me suis amusé souvent à ce petit jeu-là.
C'est une de mes plus grandes distractions : on en
a si peu en province !... Ne vous découragez
donc pas

DE MÉRAY, *lui serrant la main.*

Je m'en rapporte à vous entièrement. Et j'ai
confiance en vous, et aussi en Lucienne, qui
m'aime, j'en suis sûr.

LA BAUDIÈRE.

N'insistez pas et laissez-moi faire. Nous y
mettrons le temps qu'il faudra, mais j'ai comme
un pressentiment que ça ne sera pas long.

DE MÉRAY.

Merci alors! merci et au revoir.

LA BAUDIÈRE.

Au revoir, mon ami.

(*Il le reconduit à droite. Dès qu'il est sorti, entre
madame de La Baudière, à gauche.*)

SCÈNE V

LA BAUDIÈRE, MADAME DE LA BAUDIÈRE.

MADAME DE LA BAUDIÈRE.

C'est fini ?

LA BAUDIÈRE.

C'est fini. Maintenant, ma bonne amie, veux-tu
me laisser te dire?...

MADAME DE LA BAUDIÈRE.

Oh! non. Oh! non. Ne parlons plus de cette histoire-là... Elle est réglée. Elle est réglée... Tu disais que ton neveu et Thérèse?...

LA BAUDIÈRE.

Les malheureux en sont presque au divorce.

MADAME DE LA BAUDIÈRE.

Tu remarqueras que lorsqu'il s'est agi de ce ménage, j'ai prévu ce qui arriverait?

LA BAUDIÈRE.

Tu prévois tout.

MADAME DE LA BAUDIÈRE.

Ton neveu était un garçon paresseux et débauché. Thérèse, sous prétexte qu'elle était mademoiselle de Chandeuil, avait été élevée avec des idées de l'autre monde, sans aucune connaissance de la vie pratique. C'est un mariage qui devait fatalement sombrer dans le divorce ou même pire.

LA BAUDIÈRE.

Thérèse a quitté Paris.

MADAME DE LA BAUDIÈRE.

Seule?

LA BAUDIÈRE.

Avec son enfant... Elle est installée dans sa propriété de Sauveterre, à une heure d'ici.

MADAME DE LA BAUDIÈRE.

Penses-tu que je ne connaisse pas Sauveterre?... *(Appuyant.)* le château de Sauveterre, une masure en ruines...

LA BAUDIÈRE.

J'attends donc Thérèse d'un instant à l'autre.

MADAME DE LA BAUDIÈRE.

Aujourd'hui?

LA BAUDIÈRE.

Aujourd'hui.

MADAME DE LA BAUDIÈRE.

Tu avais bien besoin de choisir le jour où les Morènes!...

LA BAUDIÈRE.

Je ne savais pas.

MADAME DE LA BAUDIÈRE.

Tu me feras l'amitié de ne pas retenir Thérèse à dîner.

LA BAUDIÈRE.

Allons donc!... Pourquoi?...

MADAME DE LA BAUDIÈRE.

Parce qué... Parce que je ne tiens pas à ce que Lucienne se lie beaucoup avec elle. La fréquentation d'une femme qui va divorcer n'est pas convenable pour une jeune fille.

LA BAUDIÈRE.

Je l'inviterai pour demain.

MADAME DE LA BAUDIÈRE.

Nous verrons.

LA BAUDIÈRE.

Ah! j'attends aussi monsieur Lormois.

MADAME DE LA BAUDIÈRE.

Le notaire?

LA BAUDIÈRE.

Oui!

MADAME DE LA BAUDIÈRE.

A quel propos?

LA BAUDIÈRE.

J'ai besoin de renseignements sur la situation de Sauveterre.

MADAME DE LA BAUDIÈRE.

Pourquoi diable te mêles-tu de tout ça? Laisse donc ton neveu et la nièce se débrouiller tout seuls. Est-ce qu'ils t'ont jamais demandé un conseil? Sauveterre doit être furieusement hypothéqué, je t'en réponds.

LA BAUDIÈRE.

Lormois nous le dira.

MADAME DE LA BAUDIÈRE.

Tu tâcheras de mener tout ça un peu rondement, j'attends les Morônes à quatre heures.

(Entre Thérèse.)

SCÈNE VI

Les Mêmes, THÉRÈSE.

THÉRÈSE.

Mon oncle... Chère madame.
(Elle embrasse La Baudière.)

LA BAUDIÈRE.

Vous arrivez de Sauveterre, ma chère Thérèse?

THÉRÈSE.

Je suis venue en voiture par le bord de la Loire... Est-elle assez belle notre Loire, dans cette saison?

MADAME DE LA BAUDIÈRE.

Ne perdons pas un temps précieux à des descriptions de la Loire.

LA BAUDIÈRE.

Et le petit va bien?...

MADAME DE LA BAUDIÈRE.

Oui, au fait?...

THÉRÈSE.

Il est devenu très fort, vous verrez.

LA BAUDIÈRE.

Il ne doit pas avoir loin de sept ans, ce ga-
min-là?

THÉRÈSE.

Il a sept ans, juste...

MADAME DE LA BAUDIÈRE.

Vous l'embrasserez pour moi.

THÉRÈSE.

Merci, madame!

MADAME DE LA BAUDIÈRE.

Eh bien! voyons!... Où en sommes-nous?... Ce
que vous dites dans vos lettres, est-ce sérieux?...

THÉRÈSE.

Comment!... Sérieux!...

MADAME DE LA BAUDIÈRE.

Vous divorcez?... C'est irrévocable?...

THÉRÈSE.

Oh! madame... irrévocable. Il n'y aura pas plus
de difficultés d'un côté que de l'autre. Nous
sommes parfaitement d'accord. Mon mari est
resté à Paris pour consulter notre avoué et tâcher
d'aboutir rapidement.

MADAME DE LA BAUDIÈRE.

Et peut-on savoir les raisons principales de
cette résolution, quoique je ne vous demande pas
de détails?...

THÉRÈSE.

Je vais vous en donner un, entre autres, entre

vingt autres. Gaston me parlait assez rarement
de ses affaires. Depuis qu'il avait renoncé au barreau, où il ne réussissait pas, il s'était mêlé à
plusieurs entreprises de Bourse, d'industrie, que
sais-je? Nous menions la vie de Paris, il nous
restait une assez grosse fortune; j'avais bien de
vagues inquiétudes, mais j'attendais. Mon fils se
portait bien, grandissait. Ça me rassurait tout de
même. Un beau soir, j'ai tout découvert d'un
coup : Gaston entretenait une femme et toute
notre fortune avait passé moitié chez elle, moitié
dans des spéculations de toutes sortes. J'ai découvert tout cela à la fois, brusquement, par un
de ces hasards fous qui vous sautent à la gorge
comme un malfaiteur, la nuit. La femme était
même une de mes amies ou à peu près. Je la
voyais presque tous les jours; elle était veuve,
je la croyais riche. Eh bien! son mari ne lui avait
pas laissé un centime et elle vivait entretenue,
tantôt par les uns, tantôt par les autres. J'étais
dans cette position-là, depuis quatre ans. Je
vivais au milieu de cette malpropreté sans me
douter de rien...

LA BAUDIÈRE.

C'est abominable.

THÉRÈSE.

Je vous épargne le reste. Quoique je n'eusse
pas en mains la preuve matérielle suffisante pour
divorcer, s'il avait voulu s'y opposer, j'ai dit à
mon mari que je ne resterais pas avec lui une
heure de plus. D'ailleurs, il a consenti au divorce
tout de suite. Il ne m'avait jamais aimée; moi,
j'avais cru l'aimer dans les premières années de
notre union, je m'étais vite aperçue qu'il y avait
entre nous des obstacles de caractère infranchis-
sables. Nous avions fait un de ces mariages pré-

parés par les familles, où, quand tout est bien réglé à votre insu, on vous dit à l'un: « Voilà votre femme », et à l'autre: « Voilà votre mari », avec autant de simplicité qu'on vous dit dans un salon : « Donnez-vous la peine de vous asseoir. » Et on s'assied. Et ça dure ce que ça peut. Ah! je vous jure, mon oncle, que s'il y a jamais eu un divorce juste et nécessaire, c'est le mien.

MADAME DE LA BAUDIÈRE.

Je vois, en effet, que les torts de votre mari ont été graves, très graves. Cela ne m'étonne pas, d'ailleurs. Il y a dans la famille de monsieur de La Baudière, car Gaston est son neveu, et non le mien, il y a, dis-je, toutes les trois ou quatre générations, un monsieur qui sème des désastres autour de lui.

LA BAUDIÈRE.

Tu exagères!...

MADAME DE LA BAUDIÈRE.

Il aurait fallu, pour mater ce gaillard-là, une autre femme que vous êtes, une femme comme il y en a peu. Passons à autre chose maintenant, car je vois que toutes les tentatives que nous ferions pour vous réconcilier seraient vaines.

LA BAUDIÈRE.

Certes!...

MADAME DE LA BAUDIÈRE.

Arrivons à l'essentiel... Comment avez-vous réglé vos questions d'intérêt?

THÉRÈSE.

Très simplement. J'ai abandonné ma dot morceau par morceau... Il ne me reste plus que le château de Sauveterre. Je vais le vendre. Je suis venue à Angers exprès pour cela. Et j'irai vivre

avec mon fils dans un petit appartement, à Paris.
Voilà !

MADAME DE LA BAUDIÈRE.

Combien croyez-vous que vaut Sauveterre ?

THÉRÈSE.

Il a été estimé dans ma dot trois cent mille
francs.

MADAME DE LA BAUDIÈRE.

Ma pauvre amie, ma pauvre amie ! vraiment,
vous me faites de la peine !... Mais votre Sauveterre ne vaut pas la moitié de ça... il n'en vaut
pas le tiers. Et en outre, il est hypothéqué : votre
mari ne vous a donc pas dit que Sauveterre était
hypothéqué ? Vous avez dû signer pourtant.

THÉRÈSE.

J'ai tant signé de choses !

MADAME DE LA BAUDIÈRE.

Ah ! ma pauvre petite, vous n'y êtes pas, vous
n'y êtes pas du tout, et vous allez avoir bien des
déceptions... *(La porte s'ouvre.)* Tenez, voici Lormois
qui va nous fixer tout de suite... *(Entre Lormois.)*
Bonjour, Lormois. Entrez donc. Combien vaut
Sauveterre ?...

SCÈNE VII

Les Mêmes, LORMOIS.

LORMOIS.

Madame, votre serviteur... Cher monsieur
La Baudière... *(A madame de La Baudière.)* Je réponds
à votre question, madame. Si l'on trouvait un
amateur, car Sauveterre a des parties historiques

intéressantes et il est bien situé... on en tirerait peut-être cent cinquante mille francs... Mais dans les conditions où nous sommes obligés de vendre, Sauveterre vaut une centaine de mille francs, je ne crois pas me tromper de mille écus.

THÉRÈSE.

Ah !...

MADAME DE LA BAUDIÈRE.

Que vous disais-je ?

LA BAUDIÈRE.

Mais Sauveterre vaut mieux que cela, nom d'un chien !... Et, pour ma part, j'en donnerais...

MADAME DE LA BAUDIÈRE.

Tu n'en donnerais rien, car il faudrait de l'argent liquide et tu n'en as pas !

LA BAUDIÈRE.

Eh !

MADAME DE LA BAUDIÈRE, appuyant.

Tu n'en as pas.

THÉRÈSE, au notaire.

Et alors, monsieur Lormois ?

LORMOIS.

J'ajoute que Sauveterre est hypothéqué pour soixante-cinq mille francs, dont les intérêts sont impayés depuis quatre ans.

THÉRÈSE.

Ce qui fait que, quand on aura vendu, il me restera ?...

LORMOIS.

Une vingtaine de mille francs environ.

THÉRÈSE.

Et c'est tout ?...

LORMOIS.

Oui, madame.

LA BAUDIÈRE.

Voyons, mon enfant, voyons. Tous ces calculs ne sont pas absolus...

THÉRÈSE.

Mais vous comprenez bien, mon oncle, que pour moi ça me serait égal, ça me serait égal... Mais c'est pour élever Jacques. Comment vais-je pouvoir élever Jacques? Je ne m'attendais pas à ça, moi!...

LORMOIS.

M'autorisez-vous, madame, à chercher un acquéreur?...

THÉRÈSE.

Certainement, monsieur Lormois... Faites ce que vous voudrez.

LORMOIS.

En cas où je trouverais, avez-vous une autorisation de votre mari?

THÉRÈSE.

Oui, je l'ai : mon mari me l'a donnée quand je suis partie...

LORMOIS.

Je vous demanderai aussi quelques signatures un jour que vous passerez à l'étude.

THÉRÈSE.

Aujourd'hui, si vous voulez.

LORMOIS.

A votre service, madame. Je vais avoir l'honneur de vous accompagner, l'étude est à deux pas.

THÉRÈSE, à La Baudière, pendant que le notaire et madame de La Baudière causent.

Est-ce bête! J'ai une envie de pleurer!

LA BAUDIÈRE.

Non, ce n'est pas bête! Ce qui serait bête, ce serait de n'avoir pas envie de pleurer.

THÉRÈSE.

Hein? croyez-vous?... Quatre phrases d'un notaire et comme la vie change!

LA BAUDIÈRE.

Ne vous désespérez pas... ma pauvre Thérèse.

THÉRÈSE.

Il le faudra bien... En tout cas, je tâcherai de ne me décourager que petit à petit.

LA BAUDIÈRE.

Revenez bientôt... Nous trouverons quelque chose...

THÉRÈSE.

Je vous remercie... Allons!... Au revoir, mon oncle.

LA BAUDIÈRE, *l'embrassant.*

Au revoir, mon enfant.

MADAME DE LA BAUDIÈRE.

Au revoir... Et suivez bien les conseils de Lormois.

(Sortent Lormois et Thérèse.)

SCÈNE VIII

LA BAUDIÈRE, MADAME DE LA BAUDIÈRE.

MADAME DE LA BAUDIÈRE.

Ma parole, j'ai vu le moment où tu voulais acheter Sauveterre! Une masure!... Et avec une fille à marier!

LA BAUDIÈRE.

Que va devenir cette malheureuse Thérèse ?
Je voudrais bien la tirer de là !...

MADAME DE LA BAUDIÈRE.

Ce qui arrive n'est ni de ma faute, ni de la
tienne. Plus tard, si nous pouvons lui venir en
aide, nous le ferons dans une certaine mesure, je
ne m'y oppose pas. Mais, pour l'instant, je ne veux
plus me mêler de rien. J'entends sonner. Ce sont
les Morènes, certainement. N'oublie pas ce que
je t'ai dit.

LA BAUDIÈRE.

Ce bon Jossan... Je le reverrai avec plaisir
d'ailleurs.

(Entrent madame de Morènes, Jossan et le Baron.)

SCÈNE IX

Les Mêmes, CLOTILDE, JOSSAN,
LE BARON DE MORÈNES.

MADAME DE LA BAUDIÈRE.

Quelle bonne idée !

(Elle embrasse Clotilde.)

CLOTILDE.

Je n'ai pas voulu passer à Angers sans vous
présenter mon frère, monsieur Jossan, André
Jossan.

JOSSAN.

Madame...

LA BAUDIÈRE, allant à André.

Nous, il n'y a pas besoin de nous présenter.

JOSSAN.

Nous sommes de vieux amis.

LA BAUDIÉRE.

De club !

MADAME DE LA BAUDIÉRE.

Mon mari me parle de vous fort souvent,
monsieur, et je vous connais bien. D'ailleurs qui
ne vous connaît pas ?

(André s'incline.)

LA BAUDIÉRE.

Y a-t-il longtemps qu'on ne s'était pas rencontrés, hein ?

JOSSAN.

Des années... Vous ne venez plus à Paris faire
votre piquet ?

LA BAUDIÉRE.

Pardon ! Pendant que nous y sommes... Vous
m'avez vu souvent jouer au piquet ?

JOSSAN.

Cent fois, mille fois.... Vous ne faisiez que ça.

LA BAUDIÉRE.

Au piquet et non au baccara ? Combien de fois
m'avez-vous vu jouer au baccara ?

JOSSAN.

Jamais !

LA BAUDIÉRE, à sa femme.

Tu vois, ce n'était nullement préparé. Ma femme
était convaincue que je jouais au baccara.

MADAME DE LA BAUDIÉRE, avec une voix subitement doucereuse.

Tu faisais ce que tu voulais, mon ami. Tu sais
bien que je ne me mêle jamais de tes plaisirs.

CLOTILDE.

Vous êtes une femme modèle.

LA BAUDIÈRE, à *André*.

Quant à vous, le jeu... fini, hein?

JOSSAN.

Ma foi, oui!

LE BARON, *un peu bourru*.

Espérons-le.

MADAME DE LA BAUDIÈRE.

Vous étiez très joueur, monsieur Jossan? Est-ce possible!

JOSSAN.

Hélas, oui, madame. Et il est également possible qu'on cesse de l'être.

LE BARON.

Hum!

LA BAUDIÈRE.

Avant vous, mon cher, je ne le croyais pas... Ah! vous êtes un joli exemple!... Comment avez-vous fait?

JOSSAN, *souriant*.

Je vous raconterai ça.

CLOTILDE.

Nous en avons été bien heureux, mon mari et moi, moi surtout.

LE BARON.

Mais moi aussi.

CLOTILDE.

André nous négligeait beaucoup. On ne le voyait presque plus, et tout d'un coup le voilà devenu un homme sérieux, un homme célèbre et le plus grand travailleur du monde. J'ai visité au printemps les quatre usines qu'il a aux environs de Paris. Quatre usines!... Et admirables! Avec trois ou quatre cents ouvriers sous ses ordres... Et des gens qui l'adorent, ce qui est fabuleux! Il y a un contremaître qui m'a dit de lui : « C'est

un homme, madame, à qui on aime à obéir. »
Ce qui prouve, comme dit l'Ecriture, qu'un débauché qui se met au travail est plus utile à la
société que dix travailleurs qui n'ont jamais fait
de bêtises.

JOSSAN, à madame de La Baudière.

Je suis honteux, madame, de tous les compliments dont on m'accable devant vous.

MADAME DE LA BAUDIÈRE.

Vous les méritez, monsieur, j'en suis sûre. Et
vous êtes venu vous reposer un peu de vos travaux
dans la belle propriété de votre beau-frère?

CLOTILDE.

Se reposer, à peine! Il est obligé de surveiller
ses affaires de loin; trois fois par semaine son
secrétaire vient travailler avec lui, et il envoie
des télégrammes à Paris toute la journée.

LE BARON.

C'est-à-dire qu'il n'y a plus moyen d'avoir un
domestique depuis que ce gaillard-là est ici!

CLOTILDE, riant.

Il faut vous dire, chère madame, que dans sa
conversion, puis dans ses triomphes, André a
toujours eu un détracteur...

MADAME DE LA BAUDIÈRE.

Et qui donc?

CLOTILDE.

Mon mari.

MADAME DE LA BAUDIÈRE.

Oh !...

LE BARON.

Permettez, ma chère !...

CLOTILDE.

Si! si!... c'est curieux, mais c'est comme ça...
Mon mari ne croit pas au talent d'André, à son
énergie, à sa notoriété... Ça a beau être l'évidence, non, il n'y croit pas! Voilà bien la
famille!... Il a beau entendre tout le monde
autour de lui...

LE BARON.

Pardon, ma chère, pardon... vous me prêtez
des sentiments que je n'ai pas, et André sait bien
la bonne opinion que j'ai de lui, maintenant. Il
nous donne de grandes satisfactions. Il ne joue
plus, il ne fait plus la fête. Du moins, on n'en
sait rien, on n'en sait rien, c'est l'important. Il
commence à compter dans la grande industrie,
ce n'est pas niable. J'ai vu son portrait dans les
journaux ce qui est signe qu'il n'est pas le premier venu. Jadis ce n'était pas son portrait qui
était dans les journaux, mais le récit de ses
fredaines.

CLOTILDE.

Oui... oui... et tu me disais avec ce ton d'ironie
spéciale dont les membres des familles les plus
unies parlent les uns des autres : « Tiens! tiens!
Il paraît que ton excellent frère s'est déguisé
hier en ours bleu pour aller au bal de Geneviève
de Brabant!... » Ou bien, tu venais de recevoir
une lettre d'un de tes amis du club, t'annonçant
qu'André avait pris une forte culotte la nuit précédente. Moi, j'en étais navrée comme une pauvre
sœur qui adore son frère. Mais toi, tu n'étais pas
trop mécontent. Ça établissait ta supériorité de
grand propriétaire foncier sur un simple viveur.

LE BARON.

Vous ne m'empêcherez pas de croire, ma

chère, qu'un grand agriculteur, un grand propriétaire rural vaut bien un grand industriel.

JOSSAN.

Mais tu as joliment raison.

LE BARON, à sa femme.

Tu vois.

JOSSAN.

Une industrie peut disparaître du jour au lendemain. Ainsi, moi, je me réveillerais complètement ruiné un de ces matins, que ça ne m'étonnerait pas.

LE BARON.

Voilà qui est parlé.

JOSSAN.

Ma situation n'est rien à côté de la tienne.

LE BARON.

Très bien !

JOSSAN.

Et je voudrais joliment changer avec toi.

LE BARON, à Clotilde.

Mais écoute-le... écoute-le... Voilà un homme
intelligent.

JOSSAN, bas à sa sœur.

Ce n'est pas vrai, mais ça lui fait plaisir.

LA BAUDIÈRE, sur un signe de sa femme.

Dites donc, Jossan, vous dînez avec nous?...
Oh! pas de refus.

MADAME DE LA BAUDIÈRE.

Ce nous sera, monsieur, une grande joie.

CLOTILDE.

Vous êtes vraiment trop aimable, chère madame.

LA BAUDIÈRE.

Allons ! allons !... C'est convenu.

JOSSAN.

Je ne veux pas me faire prier.

MADAME DE LA BAUDIÈRE.

Vous êtes charmant... Nous serons tout à fait
en famille... *(Entre Lucienne.)* Je veux vous présenter
la fille de mon mari, et je peux dire aussi ma fille.

SCÈNE X

LES MÊMES, LUCIENNE.

JOSSAN.

Mademoiselle !...

LUCIENNE.

Monsieur...

CLOTILDE.

Vous êtes délicieusement jolie, aujourd'hui,
ma petite Lucienne... Seulement, il faudra que je
vous gronde, vous n'êtes pas venue une seule fois
à la maison de tout l'été.

LUCIENNE.

Je comptais y aller dimanche, avec maman.

CLOTILDE.

Nous organiserons une partie de pêche dans
l'étang...

LUCIENNE.

Il y a beaucoup de carpes cette année ?...

CLOTILDE.

Et elles sont d'une grosseur à faire frémir. Mon
frère en a pris une, hier, miraculeuse.

MADAME DE LA BAUDIÈRE.

Et l'étang lui-même est superbe, comme toute votre propriété d'ailleurs.

JOSSAN.

Et comme tout le pays.

MADAME DE LA BAUDIÈRE.

Et notre Loire ?... Est-elle assez belle, notre Loire, dans cette saison ?

JOSSAN.

Radieuse !...

CLOTILDE.

Savez-vous que mon frère ne rêve que d'acheter quelque chose à côté de nous !

MADAME DE LA BAUDIÈRE.

Vraiment ?

JOSSAN.

Mais oui... *(A Clotilde.)* Comment appelles-tu cette merveille de petit château Renaissance, à mi-coteau sur le bord de la Loire.

CLOTILDE, à *La Baudière.*

Il veut parler de Sauveterre qui appartient à monsieur de Rive, un de vos parents, je crois... Malheureusement, mon ami, Sauveterre n'est pas à vendre.

LA BAUDIÈRE, *vivement.*

Mais, pardon !... pardon !...

MADAME DE LA BAUDIÈRE, *bas à son mari.*

De quoi te mêles-tu ?... De quoi te mêles-tu ?

CLOTILDE.

Comment, Sauveterre est à vendre ?

MADAME DE LA BAUDIÈRE.

C'est-à-dire...

LA BAUDIÈRE.

Monsieur et madame de Rive sont bien décidés à vendre Sauveterre si l'occasion s'en présente, et ma nièce est à Angers précisément pour cela.

CLOTILDE.

Dis donc, André... hein !...

JOSSAN.

Mais Sauveterre ne sera acheté que par moi...

LA BAUDIÈRE.

Connaissez-vous mon neveu ?...

JOSSAN.

Pas du tout... Quand pourrai-je le voir ?...

LA BAUDIÈRE.

Il est à Paris, mais ma nièce est chez son notaire, à quelques pas d'ici.

CLOTILDE.

Ne pourrait-on pas lui faire dire ?...

LA BAUDIÈRE.

Pardi !... Lucienne ?...

LUCIENNE.

Tout de suite... Chez quel notaire ?

LA BAUDIÈRE.

Monsieur Lormois...

LUCIENNE.

Bien !...

(Elle sort.)

CLOTILDE, *à madame de La Baudière.*

Vous avez visité le château, récemment ? Dans quel état est-il ?...

MADAME DE LA BAUDIÈRE.

Hum !...

CLOTILDE.

Oui... il tombe un peu en ruines...

JOSSAN.

Tant mieux !

LA BAUDIÈRE.

Il y a encore des parties admirablement conservées.

LE BARON.

Oui, une tourelle entre autres...

LA BAUDIÈRE.

Nous irons le visiter tous un de ces jours.

MADAME DE LA BAUDIÈRE, à *André*.

Tant mieux, si Sauveterre fait votre affaire,
monsieur. Nous en serions enchantés pour le voi-
sinage, mais cela m'étonnerait fort.

JOSSAN.

Nous verrons.

CLOTILDE.

Maintenant, nous allons laisser monsieur La
Baudière et mon frère se raconter les petits potins
de leur cercle... et nous, nous allons nous raconter les nôtres.

MADAME DE LA BAUDIÈRE.

Oui... oui...

LE BARON.

Moi, je vais dans la bibliothèque voir le livre
que vous venez d'acheter.

LA BAUDIÈRE.

Ah ! oui, sur la culture de la vigne dans l'Anjou... Madame de La Baudière va vous le donner.

*(Sort le Baron. — Clotilde et madame de La Baudière
sont sorties une réplique avant.)*

SCÈNE XI

JOSSAN, LA BAUDIÈRE.

LA BAUDIÈRE, *prenant les mains d'André.*

Quelle chance, mon bon ami, de vous revoir un peu !... Et de vous féliciter.

JOSSAN.

De quoi, mon Dieu ?...

LA BAUDIÈRE.

De cette merveilleuse transformation... Je ne vous ai, pour ainsi dire, plus aperçu depuis ce temps-là .. Mais je vous suivais de loin, je vous admirais !...

JOSSAN.

Oh! oh!...

LA BAUDIÈRE.

Si! si!... La façon dont vous avez quitté la fête, tout d'un coup, à l'anglaise : « Bonsoir, je vous ai assez vus ! » après les succès de toutes sortes que vous aviez, les femmes... le plaisir...

JOSSAN.

La Baudière! La Baudière!...

LA BAUDIÈRE.

Ce n'est pas avec moi qu'il faut faire le modeste .. Qu'est devenue cette superbe créature qui voulait tout le temps se tuer pour vous?

JOSSAN.

Mais non !... Elle ne voulait pas se tuer pour moi... elle voulait me tuer pour elle.

LA BAUDIÈRE.

N'importe!... puis, sans transition, le travail acharné, la vie avec des ouvriers, au milieu des machines, ça indique un rude tempérament!... quelque chose dans la cervelle!

JOSSAN.

Vous oubliez un détail qui rend ma conduite moins héroïque : j'étais complètement décavé.

LA BAUDIÈRE.

Ah! le fait est que vous en avez perdu, de l'argent! Et gaspillé... Car vous étiez aussi riche que votre sœur : soixante ou quatre-vingt mille francs de rente.

JOSSAN.

Quatre-vingts...

LA BAUDIÈRE.

Mon Dieu! Mon Dieu!... Je vous voyais quelquefois, au cercle, tailler des banques avec une déveine noire... Vous aviez toujours l'air imperturbable et souriant, c'est une justice à vous rendre. Moi, je me promenais autour du tapis vert, je m'intéressais à vous, étant lié depuis longtemps avec votre famille, et je pensais : « Faut-il qu'un être soit abruti! » Je vous demande pardon...

JOSSAN.

Ne vous gênez pas.

LA BAUDIÈRE.

« Pour passer toutes ses nuits à donner des neufs aux deux tableaux en ayant continuellement baccara! » A ce moment-là, je ne vous le cache pas, j'étais convaincu que vous finiriez très mal.

JOSSAN.

Et moi donc!

LA BAUDIÈRE.

Tout de même, hein! Le jour où vous avez jeté sur le tapis votre dernier billet de cent francs, vous n'avez pas eu de remords?

JOSSAN.

J'avais reçu le matin vingt-cinq mille francs, c'est tout ce qui me restait, absolument tout... Cela représentait le prix d'un petit moulin qui n'est pas loin d'ici, le moulin de Lorsay. Je suis allé le revoir hier. Il ne tourne pas très fort, il a l'aspect mélancolique d'un moulin qui a été perdu au baccara, en une nuit. Je me rappelle que vers deux heures du matin, j'avais cent cinquante mille francs devant moi.

LA BAUDIÈRE.

Sacrebleu!... Il fallait vous en aller.

JOSSAN.

Il le fallait, certainement. Mais j'avais mon idée...

LA BAUDIÈRE.

Qui était de tout reperdre.

JOSSAN.

Ce que je fis... Et à quatre heures du matin, environ, j'avais dans ma poche trois pièces de cent sous et sept ou huit francs, je ne me rappelle pas si c'était sept ou huit, de petite monnaie.

LA BAUDIÈRE.

Nom d'un chien!... Ça m'émeut! Ça m'émeut rétrospectivement... Et alors?

JOSSAN.

Je quittai le club après avoir allumé un cigare et je rentrai à pied, sous le regard distrait des premiers balayeurs. En arrivant au coin de ma rue, je vis une dame qui se promenait le long des maisons, les mains dans un petit manchon noir et qui n'avait pas l'air de s'amuser. Ce n'était pas la première fois que je la rencontrais dans des circonstances analogues, et elle m'avait déjà fait à diverses reprises les compliments les plus flatteurs sur ma personne, ce qui ne m'avait inspiré aucune vanité. Quand je passai près d'elle, elle leva les yeux vers moi, remarqua probablement que ma figure n'était pas celle d'un homme réjoui et essaya de me consoler par ces mots : « Eh bien ! Et moi qui suis là depuis dix heures et demie du soir ! » Alors, je pris dans ma poche deux pièces de cent sous qui faisaient un bruit ridicule et je les lui donnai tout en m'éloignant. Je l'entendis derrière moi qui disait : « Chouette ! » sans chercher à me remercier outre mesure. Et nous rentrâmes, moi, chez moi, et elle, je ne sais pas où. Mon cher, je ne vous dirai pas que cette histoire a eu une grande importance dans ma vie, mais c'est tout de même un de ces petits faits qui vous font réfléchir et qui découvrent en vous des ressorts qu'on ne soupçonnait pas. Je dormis fort bien et en me réveillant le lendemain, j'eus la sensation bien nette que j'arrivais dans un pays dont j'ignorais la langue et où il fallait me débrouiller. Je sautai à bas de mon lit, plein de résolutions vagues mais énergiques et je m'aperçus que j'étais de très bonne humeur.

LA BAUDIÈRE.

Ah ! oui... Vous vous êtes joliment débrouillé.

JOSSAN.

Oh ! ça n'a pas été tout seul.

LA BAUDIÈRE.

Oui, vous avez dû en voir de rudes avant d'arriver où vous êtes?... C'est vrai que vous avez été saisi par huissier et vendu plusieurs fois?...

JOSSAN.

Par autorité de justice. C'est un des rares cas où la justice ait de l'autorité.

LA BAUDIÈRE.

Vous aviez fait déjà un commencement d'études pour être ingénieur?

JOSSAN.

Et j'avais même toujours, à travers mes vagabondages, conservé ce goût-là. Je me suis remis à la besogne, je suis allé voir un ancien camarade à moi, Berniès, qui dirigeait une usine électrique. Il m'a donné une place chez lui, j'ai travaillé, et voilà!

LA BAUDIÈRE.

Dites donc... Il vous a fallu une sacrée volonté pour tout ça... Oh! si... D'ailleurs, je suis un peu physionomiste, moi... Vous avez de la volonté, de la vraie. Pas la volonté sans relâche et désobligeante, la volonté agaçante, qui s'étale à propos de rien, comme... comme bien d'autres, mais la volonté embusquée et secrète, cachée au fourreau comme une épée, et qui sort toute seule le jour du combat.

JOSSAN.

J'ai surtout fait une découverte qui m'a rendu plus de services peut-être que la découverte de mon moteur électrique. J'ai découvert ce que c'était que l'argent, que cet argent que j'avais perdu sans joie, sans émotion, sans but. La plupart de ceux qui le possèdent ne s'en doutent même pas. Ils le dépensent sans art et sans ingéniosité

4

Ils ne savent pas en jouir. Ils ne savent pas tout ce qu'il contient de vie, de force et de gaieté. Il y en a qui le gaspillent, et qui se croient très généreux, mais ils le gaspillent par égoïsme et parce qu'ils n'ont pas le courage de s'en servir. Oui, je trouve que le mépris hautain de l'argent, loin d'être un sentiment noble, est le signe d'un égoïsme brutal et d'une vaniteuse ignorance de la vie. Moi, je suis arrivé à aimer l'argent, et je vous jure, La Baudière, que cela ne m'empêche pas, je crois, de ne pas être un mufle.

LA BAUDIÈRE, *lui prenant la main.*

Ça me fait plaisir de vous entendre parler comme ça... *(Entre Thérèse.)* Ah ! voici ma nièce.

SCÈNE XII

JOSSAN, LA BAUDIÈRE, THÉRÈSE.

LA BAUDIÈRE.

Entrez, ma chère Thérèse... Je vous ai priée de repasser à la maison pour vous présenter mon ami, monsieur Jossan, André Jossan, que vous connaissez certainement de nom...

THÉRÈSE.

Oh ! certainement !...

JOSSAN, *s'inclinant.*

Madame !...

LA BAUDIÈRE.

Mon ami Jossan cherche une maison de campagne aux environs d'Angers. Il a su par moi que vous n'êtes pas éloignée de l'idée de vendre Sauveterre...

THÉRÈSE.

En effet, monsieur... Connaissez-vous le château?

JOSSAN.

Je n'ai fait que l'apercevoir d'un peu loin, en me promenant au bas du coteau, mais, tout de suite, il m'a ravi. C'est l'ancien château des comtes de Sauveterre?

THÉRÈSE.

Oui... Mon père en a hérité à la mort du comte Dominique qui n'avait ni enfant, ni neveu. Mon père était son arrière-petit-cousin.

JOSSAN.

Il y a une partie du château qui est restaurée, n'est-ce pas?

THÉRÈSE.

Toute la partie gauche, celle qu'on n'aperçoit pas bien de la route.

JOSSAN.

Comment est l'intérieur de Sauveterre?

THÉRÈSE.

Je ne vous cache pas, monsieur, qu'à part deux salles, toute la partie ancienne n'est pas en très bon état... Mais il y a deux salles parfaitement conservées. L'une s'appelait, avec un peu de prétention, la salle des gardes. L'autre est située dans la grande tourelle de droite... Mon père en avait fait un assez beau cabinet de travail. Il y a encore... je vous vante tout de suite ce qu'il y a de bien dans Sauveterre, afin que vous soyez indulgent pour le reste... Il y a encore la terrasse dont la vue sur la vallée est vraiment une chose féerique... Et le parc qui est en désordre, mais dont les arbres sont merveilleux... D'ailleurs, il faudra que vous veniez le visiter.

LA BAUDIÈRE.

Nous irons tous dimanche... Voulez-vous dimanche, Jossan?

JOSSAN.

Le jour qui conviendra le mieux à madame.

THÉRÈSE.

Dimanche, alors.

LA BAUDIÈRE.

Ce sera une vraie partie de plaisir, ma bonne Thérèse... (A part.) Tant pis, je l'invite à dîner. (Haut.) Vous allez dîner avec nous, vous rentrerez ce soir à Sauveterre... Le baron et la baronne de Morènes vous reconduiront, vous êtes à une lieue, à peine.

JOSSAN.

Mais, oui...

THÉRÈSE.

Vous êtes bien aimable, mon oncle, et je vous remercie. Mais j'ai laissé mon petit Jacques seul avec la gouvernante, et il faut que je rentre dîner avec lui.

LA BAUDIÈRE.

Ça, évidemment, c'est une raison... Ce sera pour bientôt, hein?

THÉRÈSE.

Avec grand plaisir, mon oncle.

LA BAUDIÈRE.

Au revoir, alors, chère enfant. Vous nous attendrez dimanche.

THÉRÈSE.

C'est entendu!... (A André.) Monsieur!...

JOSSAN, s'inclinant.

Madame!...

THÉRÈSE, bas à La Baudière.

Croyez-vous qu'il y ait de l'espoir?

LA BAUDIÈRE, *bas.*

Je le crois.

(Thérèse sort.)

SCÈNE XIII

LA BAUDIÈRE, JOSSAN.

JOSSAN, *après un temps.*

Voilà une femme distinguée.

LA BAUDIÈRE, *après une seconde d'hésitation.*

N'est-ce pas?... *(Un temps.)* Mon cher, je vais vous dire juste le contraire de ce que je devrais dire à un acheteur ordinaire... tant je suis sûr que vous n'abuserez pas de ma confidence.

JOSSAN.

Mais dites, dites...

LA BAUDIÈRE.

En achetant Sauveterre, vous ferez non seulement une bonne affaire, mais une bonne action.

JOSSAN.

Comment?

LA BAUDIÈRE.

Mon neveu et ma nièce sont obligés de vendre parce qu'ils sont complètement ruinés.

JOSSAN.

Ah!

LA BAUDIÈRE.

En outre, ils divorcent pour des histoires dont je vous épargne le récit. Cette propriété de Sauveterre est tout ce qui reste à Thérèse. Si on la vend aux enchères, c'est la détresse pour elle. Mais si elle vendait convenablement elle pourrait

peut-être se tirer de ce désastre tant bien que mal.
Voilà. Et je suis convaincu que non seulement
vous n'abuserez pas de la situation, mais qu'elle
vous rendra au contraire plus conciliant.

JOSSAN, *vivement.*

Mais n'ayez pas peur, mon cher ami... Tenez,
je ne trouve rien de plus profondément pitoyable
qu'une femme jeune, jolie, élégante, qui se débat
dans des embarras d'argent... Oh! les pauvres
femmes!... Elles savent si peu ce que c'est...
Elles y sont si maladroites, si ahuries... C'est un
si brusque réveil... Oui, je vais plus loin, c'est
une injustice; et tous les hommes qui, même sans
les avoir approchées, ont cependant par la vue ou
par l'esprit joui de leur élégance, de leur jeunesse
et de leur beauté, devraient en être rendus responsables.

LA BAUDIÈRE.

Il faudra que je vous fasse redire ça devant
madame de La Baudière.

JOSSAN.

Ce sont des réflexions pour hommes... Et elle
divorce?...

LA BAUDIÈRE.

Le plus tôt possible.

JOSSAN.

Qui est-ce son mari?... Quel genre?

LA BAUDIÈRE.

C'est mon neveu. C'est un garçon pas méchant
et très dangereux à la fois.

JOSSAN.

Oui...

LA BAUDIÈRE.

Aigri d'avoir raté sa carrière et de s'être ruiné,

passablement envieux du succès des autres, avec tout ça, léger et sans énergie ; une certaine inconscience du mal qu'il fait...

JOSSAN.

Enfin ! une bonne moyenne d'homme d'aujourd'hui.

LA BAUDIÈRE.

C'est ça... Ah ! fichtre, ce n'est pas un gaillard comme vous, ni même comme moi. Car moi, j'aurais été un type dans votre genre si je n'avais pas moisi en province.

JOSSAN.

Vous êtes parfait, La Baudière.

LA BAUDIÈRE.

Faisons-nous une partie de billard avant dîner ?

JOSSAN.

Je crois bien.

LA BAUDIÈRE.

Je vous rends dix points.

JOSSAN, *riant.*

Mais je joue peut-être mieux que vous.

LA BAUDIÈRE.

Ça m'est égal. Je suis tellement content que je vous rends dix points.

JOSSAN.

Allons !

ACTE II

Au château de Sauveterre.

Une salle style Renaissance formant cabinet de travail. Une table au milieu. Portes à droite et à gauche. Grande cheminée Renaissance avec ornements.

SCÈNE PREMIÈRE

JOSSAN, LE BARON, THÉRÈSE, CLOTILDE,
puis LA GOUVERNANTE.

LE BARON.

Nous avons monté depuis une heure deux cent vingt-deux marches... Je vous demande la permission de me reposer cinq minutes.

THÉRÈSE, *à Clotilde.*

Et vous, chère madame, vous n'êtes pas un peu lasse?

CLOTILDE.

Ma foi, je m'assieds volontiers... Nous n'avons plus à visiter, après celle-ci, que la salle des gardes, n'est-ce pas?

THÉRÈSE.

Et ce sera tout.

LE BARON.

Où sont donc les La Baudière?

THÉRÈSE.

Ils sont restés dans le parc un instant. Ils connaissent le château.

CLOTILDE.

C'est beaucoup plus grand que je ne le croyais, Sauveterre... Je l'avais visité autrefois, je ne me le rappelais plus du tout.

THÉRÈSE, à *Jossan.*

Voici, monsieur, le cabinet de travail dont je vous ai parlé l'autre jour.

JOSSAN.

C'est un bijou.

LE BARON.

Voilà une bien belle cheminée!...

THÉRÈSE.

Elle représente — je vais vous parler comme un guide — un couronnement de château, avec créneaux et machicoulis, et elle rappelle, d'après ce que j'ai entendu dire à un vieux concierge qui la montrait aux visiteurs avec orgueil, la célèbre cheminée de l'hôtel de Jacques-Cœur, à Bourges.

JOSSAN, *s'approchant.*

Oh! les jolies petites figures!

THÉRÈSE.

Ici, le vieux concierge ajoutait toujours : « Les petites figures entre les créneaux sont très intéressantes comme expression ».

JOSSAN.

Il avait raison, le concierge. Et que disait-il des chapiteaux de ces colonnes?

THÉRÈSE.

Il disait : « Ces chapiteaux sont formés par des

feuillages et entre autres dessins, de feuilles de choux mangées par des colimaçons. »

LE BARON.

Ah! ah! voyons un peu...
(Il s'approche.)

JOSSAN.

L'agronome se réveille.

LE BARON, *regardant de près.*

C'est pourtant vrai, voici un colimaçon.
(Il le touche.)

JOSSAN.

Ne le dérange pas. Laisse-le manger.

LA GOUVERNANTE, *entrant*

Madame, Jacques vient de se réveiller.

THÉRÈSE.

Ah! Et qu'est-ce qu'il demande?

LA GOUVERNANTE.

Il demandait madame, tout à l'heure; mais il commence à sauter sur les meubles.

THÉRÈSE, *riant.*

Vous permettez?

JOSSAN.

Ne vous gênez pas pour nous... J'expliquerai le reste à ces barbares.
(Thérèse sort.)

SCÈNE II

JOSSAN, LE BARON, CLOTILDE.

LE BARON.

Ce que tu ferais mieux de m'expliquer, c'est pourquoi tu veux acquérir ce castel ruiné au lieu

d'une belle terre que je t'aurais trouvée facilement?

JOSSAN.

C'est le descendant d'un baron féodal qui me
pose cette question, à moi, simple vilain!... Mais,
malheureux, les ancêtres n'avaient pas d'autre
habitation. C'est de là qu'ils bondissaient dans la
plaine pour y faire mille espiègleries avec leurs
vassales.

LE BARON.

Je ne regrette pas cette époque.

JOSSAN.

Dire que tu as fait raser ton vieux castel pour
y établir une ferme modèle!

LE BARON.

Il ne tenait plus debout.

CLOTILDE.

Moi, je suis enchantée de voir André se rap-
procher de nous...

LE BARON.

Et puis; tu te l'imagines déjà installé ici avec
une bonne petite femme que tu auras choisie toi-
même.

CLOTILDE.

Pourquoi pas?

LE BARON.

Et moi je te dis que jamais André ne se
mariera.

CLOTILDE.

Je parie que si.

LE BARON.

Je parie que non.

JOSSAN.

Vous n'auriez pas l'idée de me demander ça à
moi?

LE BARON.

Tu ne t'aperçois donc pas qu'il y a un petit complot ici pour te marier?...

CLOTILDE.

Quel bavard tu fais !

JOSSAN.

Mais non, je ne m'aperçois de rien... Et avec qui?...

LE BARON.

Tu ne devines pas? Allons donc !

JOSSAN.

Non.

CLOTILDE, *à son mari.*

Je t'en prie !

LE BARON, *haussant les épaules.*

La petite Lucienne La Baudière, pardi !

CLOTILDE, *à son mari.*

Tu peux te vanter, toi !... *(A André.)* Enfin, puisqu'on en parle, que penses-tu de Lucienne?

JOSSAN.

Elle est charmante.

CLOTILDE.

Ah!... La veux-tu ?

JOSSAN.

Comme femme?

CLOTILDE.

Enfin, veux-tu l'épouser?

JOSSAN.

Je te demande une minute de réflexion.

LE BARON.

Ce n'est pas trop.

JOSSAN.

Là, j'y suis... Eh bien! Je me sens incapable de demander la main d'une jeune fille. Les mots hésiteraient sur mes lèvres.

CLOTILDE.

Je ferai la demande pour toi.

LE BARON.

C'est très simple. On s'approche du père et on lui dit : « Monsieur, j'aime mademoiselle votre fille et j'ai l'honneur de vous demander sa main. »

JOSSAN.

La plupart du temps on n'aime pas la jeune fille.

LE BARON.

Et on vous accorde sa main tout de même. C'est comme ça que nous nous sommes mariés.

CLOTILDE.

Mais nous nous sommes aimés depuis, n'est-ce pas, mon ami?

LE BARON.

Au bout de deux ans, si ma mémoire ne me trahit pas.

CLOTILDE, *à son frère.*

Alors?...

JOSSAN.

Alors, nous en reparlerons.

CLOTILDE.

Quand?

JOSSAN.

Eh bien! par exemple, au décès de madame de La Baudière.

LE BARON.

Ah! ah! Le fait est. .

CLOTILDE.

Madame de La Baudière est une femme très remarquable.

JOSSAN.

Les femmes très remarquables sont très dangereuses comme belles-mères.

CLOTILDE.

D'ailleurs, elle ne vivrait pas avec vous.

JOSSAN.

Mais elle vivrait.

CLOTILDE.

Voilà des plaisanteries de bon goût !

JOSSAN.

Je les retire... Mais regarde-moi donc, ma pauvre enfant, sais-tu quel âge j'ai ?

CLOTILDE.

Pardi ! trente-six ans.

JOSSAN.

Et Lucienne en a dix-huit, juste la moitié. Quand elle en aura trente et qu'elle ne rêvera que plaies et bosses, moi j'en aurai quarante-huit, qui est un âge de repos et de philosophie. Non, non, la jeune fille de dix-huit ans, c'est bon pour les jeunes gens de vingt-cinq ans. Tout ce petit monde ignore ce que c'est que la vie et le mariage. Ils l'apprennent en même temps. Ils sont comme des écoliers qui font leurs classes ensemble. Ils sont souples. Ils peuvent se bousculer, se jeter par terre, se faire des bleus. Ça ne reste pas. Moi, ça resterait.

CLOTILDE.

Tu ne trouves donc pas exquis d'être l'éducateur, le professeur d'une jeune fille qui ?...

JOSSAN.

Pas du tout. Les professeurs, c'est des gens à qui on fait des niches. Il vaut mieux être l'élève d'une femme que son professeur. *(Voyant la porte s'ouvrir et madame de La Baudière entrer suivie de La Baudière et de Lucienne.)* Voici cette bonne madame de La Baudière. Regarde comme elle a l'air bien portant ..

SCÈNE III

Les Mêmes, LA BAUDIÈRE, MADAME DE LA BAUDIÈRE, LUCIENNE.

LA BAUDIÈRE.

Ah ! vous êtes là. Nous vous cherchions. Avez-vous vu la salle des gardes ?

JOSSAN.

Pas encore. Nous y allons de ce pas.

MADAME DE LA BAUDIÈRE.

Quel désordre partout ! Ça ne sera pas une petite affaire de restaurer tout ça...

LA BAUDIÈRE.

Oui, mais une fois restauré intelligemment, ce sera unique.

JOSSAN

C'est mon avis.

LUCIENNE.

Et le mien aussi.

JOSSAN.

J'en suis bien heureux, mademoiselle.

LE BARON.

La terre n'est pas mauvaise... J'en ai pris dans la main... on peut en faire quelque chose.

MADAME DE LA BAUDIÈRE.

Où est donc Thérèse?

CLOTILDE.

Avec son fils. Nous visiterons la salle des gardes sans elle.

LA BAUDIÈRE.

Savez-vous où est la salle des gardes?

CLOTILDE.

Vaguement.

LA BAUDIÈRE.

Vous sortez par ici. *(Il désigne la droite.)* Vous trouvez un couloir... après le couloir, une porte basse, puis vous entrez dans le corridor qui mène à la salle des gardes. Vous ferez attention à une petite oubliette qui est à gauche en entrant. Elle n'a pas plus de dix centimètres de profondeur, mais on peut se tordre le pied.

JOSSAN.

En route !

MADAME DE LA BAUDIÈRE, à *Clotilde,* à part, pendant que Jossan et le Baron sortent.

Dites à votre frère qu'il aura Sauveterre pour cent ou cent dix mille francs. C'est tout ce que ça vaut, d'ailleurs.

CLOTILDE.

Il me semble.

(Elle sort.)

SCÈNE IV

LA BAUDIÈRE,
LUCIENNE, MADAME DE LA BAUDIÈRE.

MADAME DE LA BAUDIÈRE, à *Lucienne.*

Pourquoi ne les accompagnes-tu pas?

LUCIENNE.

Pour ne pas les ennuyer.

MADAME DE LA BAUDIÈRE.

Pour ne pas les ennuyer! Qu'est-ce que c'est que cette réponse? Lucienne, mon enfant, tu es très peu aimable depuis quelques jours... je dirai plus, par moments, tu es à peine convenable.

LUCIENNE.

Ah! par exemple.

MADAME DE LA BAUDIÈRE.

Tout à l'heure, monsieur Jossan t'a dit une chose très gracieuse... Tu n'as rien trouvé à lui répondre.

LUCIENNE.

Quelle est cette chose si gracieuse?

MADAME DE LA BAUDIÈRE.

Monsieur Jossan t'a dit qu'il était heureux que tu sois de son avis... Non seulement tu n'as pas répondu un mot, mais tu n'as même pas eu l'air de comprendre... De quoi ris-tu?

LUCIENNE.

Tu veux le savoir?

5

MADAME DE LA BAUDIÈRE.

Oui, je n'en serais pas fâchée.

LUCIENNE, *embrassant sa mère.*

Ma chère maman, laisse-moi te dire avec tout le respect que je te dois, que tu es en train de te tromper... Oh! mais là, carrément.

MADAME DE LA BAUDIÈRE.

Plaît-il?

LUCIENNE.

Tu penses si j'ai deviné, hein? Depuis huit jours que ça se chuchote autour de moi... Ce serait malheureux. Eh bien! monsieur Jossan et moi, nous n'avons pas plus envie de nous épouser l'un que l'autre... Il me fait bien des compliments, de temps en temps, mais il m'a à peine regardée. S'il fait attention à quelqu'un ici, ce n'est pas à moi.

MADAME DE LA BAUDIÈRE.

Voilà de jolies réflexions pour une jeune fille!...

LUCIENNE.

Mais non, maman, ce n'est pas à moi, je t'assure.

MADAME DE LA BAUDIÈRE.

Et à qui?

LUCIENNE.

Mon Dieu! Mon Dieu! Comme les parents sont peu observateurs!

MADAME DE LA BAUDIÈRE, *frappée.*

Ce serait violent ça! *(A Lucienne.)* Lucienne! laisse-nous, j'ai à causer avec ton père immédiatement.

LUCIENNE, *riant.*

Je vais retrouver Thérèse.

(Elle sort.)

SCÈNE V

LA BAUDIÈRE, MADAME DE LA BAUDIÈRE.

MADAME DE LA BAUDIÈRE.

Tu as compris?

LA BAUDIÈRE.

Quoi?

MADAME DE LA BAUDIÈRE.

Ce qu'a dit la fille?

LA BAUDIÈRE.

Très bien.

MADAME DE LA BAUDIÈRE.

Tu avais remarqué ça?

LA BAUDIÈRE.

Non.

MADAME DE LA BAUDIÈRE.

Moi non plus.

LA BAUDIÈRE.

Il est vrai que nous ne sommes pas des observateurs.

MADAME DE LA BAUDIÈRE.

C'est impossible. Cela m'aurait sauté aux yeux.

LA BAUDIÈRE.

Évidemment.

MADAME DE LA BAUDIÈRE.

Oh! que Thérèse essayât de lui faire des coquetteries, cela ne m'étonnerait pas.

LA BAUDIÈRE.

Allons donc! C'est la plus honnête femme du monde.

MADAME DE LA BAUDIÈRE.

Je veux bien le croire, mais je n'en suis pas sûre.

LA BAUDIÈRE.

J'en réponds.

MADAME DE LA BAUDIÈRE.

Ça ne me suffit pas. Il y a trop de hasard dans la vertu d'une femme. Je ne répondrais pas de la mienne, à plus forte raison de celle de Thérèse.

LA BAUDIÈRE.

Tu vois toujours des choses...

MADAME DE LA BAUDIÈRE.

Il faut tout voir dans la vie, il faut tout prévoir. Moi, je prévois tout et je me méfie de tout. Qui sait ce qu'une femme, dans la position de Thérèse, est capable de faire? Ah! elle me le paierait.

LA BAUDIÈRE.

Cette pauvre Thérèse! Je crois que si l'oubliette avait encore trente pieds!...

MADAME DE LA BAUDIÈRE.

Ils ne se connaissaient pas?

LA BAUDIÈRE.

Qui?

MADAME DE LA BAUDIÈRE.

Elle et lui?

LA BAUDIÈRE.

Non... C'est moi qui les ai présentés l'un à l'autre et qui les ai fait dîner ensemble le lendemain.

MADAME DE LA BAUDIÈRE.

Une jolie idée que tu as eue là!

LA BAUDIÈRE.

Ils étaient destinés à se connaître fatalement

puisque l'un voulait vendre un château et l'autre l'acheter.

MADAME DE LA BAUDIÈRE.

Quelle bicoque! Peut-on désirer habiter là dedans?... Il est stupide ce monsieur!...

LA BAUDIÈRE.

Et tu veux lui donner Lucienne?

MADAME DE LA BAUDIÈRE.

Une fois ton gendre, je te jure qu'il n'aura plus de ces idées-là.

LA BAUDIÈRE.

Ne lui dis pas ça d'avance.

MADAME DE LA BAUDIÈRE.

Tu es certain qu'ils ne s'étaient jamais vus à Paris?

LA BAUDIÈRE.

Je t'en réponds.

MADAME DE LA BAUDIÈRE.

Ce que cette femme-là m'est antipathique!...

LA BAUDIÈRE.

Il n'y a pas beaucoup de gens qui te soient sympathiques, d'ailleurs.

MADAME DE LA BAUDIÈRE.

Quelle hypocrisie!

LA BAUDIÈRE.

Ne t'emballe pas comme ça.

MADAME DE LA BAUDIÈRE.

Elle a dû se poser en grande dame victime de ses malheurs, de la fatalité, prendre des airs de princesse. Je suis sûre que pour elle, je ne suis qu'une bourgeoise de province, avec qui tu t'es mésallié. Jour de Dieu! je te donne ma parole que si elle voulait lutter contre moi, il lui en cuirait!

LA BAUDIÈRE.

Que d'histoires ! que d'histoires ! pour une chose si simple. Ah ! tu peux te vanter d'en avoir de l'imagination ! Laisse donc arriver ce qui doit arriver. Si André épouse Lucienne, tant mieux ; s'il ne l'épouse pas, ce sera un autre.

MADAME DE LA BAUDIÈRE.

Ce sera lui. Il le faut. Ce projet de mariage court déjà la ville. On m'en a parlé à mots couverts. Dix de mes amies en sont enragées de jalousie. Il se fera donc. Qu'elle ne s'avise pas de me mettre des bâtons dans les roues, ou nous emploierons les grands moyens.

LA BAUDIÈRE

Il n'y a pas de grands moyens.

MADAME DE LA BAUDIÈRE.

C'est ce que tu verras en temps et lieu. En attendant, je vais la surveiller.

(Entre Thérèse à gauche.)

SCÈNE VI

Les Mêmes, THÉRÈSE.

THÉRÈSE.

Je vous demande pardon.

MADAME DE LA BAUDIÈRE, *très doucement.*

De rien. Nous causions de choses et d'autres.

THÉRÈSE.

Ces messieurs ont continué leur visite ?

LA BAUDIÈRE.

Ils sont dans la salle des gardes.

MADAME DE LA BAUDIÈRE.

Et où est Lucienne?

THÉRÈSE.

Elle est restée avec Jacques.

MADAME DE LA BAUDIÈRE.

Avez-vous déjà un peu parlé d'affaires avec monsieur Jossan?

THÉRÈSE.

Nous n'avons pas dit un mot.

MADAME DE LA BAUDIÈRE.

Le fait est qu'on ne peut guère acheter une maison à première vue.

THÉRÈSE.

C'est bien naturel.

MADAME DE LA BAUDIÈRE.

Il faut le temps. . Il faut faire venir des experts, des architectes surtout, soit dit sans froisser votre sentiment de propriétaire, surtout quand il s'agit d'une propriété dans cet état-là!

THÉRÈSE.

Je ne me fais pas d'illusions.

MADAME DE LA BAUDIÈRE.

C'est toujours plus raisonnable.

(Entre Jossan par la droite.)

SCÈNE VII

Les Mêmes, JOSSAN.

JOSSAN.

Là, nous avons tout vu.

LA BAUDIÈRE, *regardant sa femme.*

Même l'oubliette?

JOSSAN.

Et la petite chapelle du fond... Il y a encore des vitraux de l'époque...

THÉRÈSE.

Quelques-uns, c'est vrai...

JOSSAN.

Et maintenant, chère madame, voulez-vous que nous causions un peu?

THÉRÈSE.

Mais oui, monsieur.

LA BAUDIÈRE.

Nous vous laissons... (A sa femme.) Viens-tu?

MADAME DE LA BAUDIÈRE.

A tout à l'heure!

JOSSAN.

Vous trouverez ma sœur et mon beau-frère dans le potager.

(Madame de La Baudière sort avec son mari.)

SCÈNE VIII

JOSSAN, THÉRÈSE.

JOSSAN.

Cette bonne madame de La Baudière!... Est-elle insupportable! Croyez-vous?

THÉRÈSE, souriant.

Oh! monsieur...

JOSSAN.

En ce moment-ci, elle doit être folle de curiosité. Faisons-la attendre, voulez-vous?

THÉRÈSE.

Mon oncle, lui, est un homme exquis, n'est-ce pas?

JOSSAN.

Et il vous aime beaucoup.

THÉRÈSE.

Eh bien! monsieur, comment trouvez-vous Sauveterre?

JOSSAN.

Je vais vous donner mon opinion en vous l'achetant tout de suite. Quel prix désirez-vous le vendre?

THÉRÈSE.

Hélas! monsieur, franchement, je suis incapable de vous répondre... J'avais de sa valeur une idée que mon notaire a détruite brutalement. Vous seriez plus sûrement fixé en le voyant lui-même. Je lui ai laissé mes pleins pouvoirs.

JOSSAN.

J'aime bien mieux discuter avec vous qu'avec lui. D'abord, j'ai horreur des notaires.

THÉRÈSE.

Ah!

JOSSAN.

Je vous raconterai un jour mes histoires de notaire, elles sont à faire frémir. Les meilleurs compliquent et ralentissent tout, et on n'a qu'à leur confier l'affaire la plus simple pour qu'ils la rendent subitement incompréhensible. Si je m'adresse à votre notaire, nous en avons pour deux mois. Ce seront des expertises, des devis à faire hausser les épaules. Tandis qu'à nous deux, nous allons arranger cela immédiatement. Et vous allez voir comme ça va être facile.

THÉRÈSE.

Oh! de mon côté, croyez bien...

(Elle s'arrête embarrassée.)

JOSSAN, *riant.*

Oui... oui... je vois... Vous avez en ce moment-
ci cette petite peur des chiffres qui est délicieusement féminine, et vous n'avez pas l'habitude
du marchandage. Comme je vous comprends!
Nous allons adopter un système que je crois
excellent. Voyons, quelle est la dernière esti-
mation de Sauveterre?

THÉRÈSE.

Je n'ose pas vous le dire, parce qu'elle serait
tellement avantageuse pour moi...

JOSSAN.

Mais encore!

THÉRÈSE.

Dans ma dot, Sauveterre a été estimé trois cent
mille francs.

JOSSAN.

Oui. Et vous le céderiez encore pour ce prix-là?

THÉRÈSE, *souriant.*

Oui, certes... mais...

JOSSAN.

Vous voyez que ce n'était pas la peine de déranger le moindre officier ministériel.

THÉRÈSE, *stupéfaite.*

Comment?

JOSSAN.

Vous désirez trois cent mille francs de Sauveterre. Je vous en donne trois cent mille francs.
De cette façon, nous n'aurons pas de discussions
pitoyables et désobligeantes pour quelques billets
de banque de plus ou de moins.

THÉRÈSE.

Monsieur... monsieur... je dois vous... oui, je dois vous prévenir loyalement que ce chiffre est au-dessus de celui que je vous aurais demandé. Mon notaire lui-même sera étonné.

JOSSAN.

J'adore étonner les notaires. Mais je vous certifie, madame, que Sauveterre, avec ses dépendances... les dépendances n'ont point changé, n'est-ce pas?

THÉRÈSE.

Non, monsieur, soixante hectares, environ.

JOSSAN.

Je vous certifie que Sauveterre vaut cela, à très peu de chose près et que je ne vous fais pas un cadeau. Je vais même vous dire pourquoi je me dépêche. Depuis quelque temps les Anglais achètent à tour de bras tous les châteaux des bords de la Loire, c'est un fait. Or, je connais un Anglais fort riche, qui est en train de parcourir la Touraine en automobile avec sa femme et quelques-unes de ses filles; les autres suivent à bicyclette. Si cet Anglais voit Sauveterre, il est capable de vouloir l'acheter beaucoup plus cher que moi et je perdrais peut-être Sauveterre, ce qui me désolerait. Je fais donc sûrement un bénéfice sur lui. Vous voyez, je suis aussi franc que vous. Alors, c'est entendu?

THÉRÈSE.

J'aurais bien mauvaise grâce à faire la difficile... Mais, je vous prie et j'insiste beaucoup là-dessus, je vous prie de prendre en considération les scrupules que j'ai...

JOSSAN.

Et je vous en sais gré.

THÉRÈSE.

C'est une chose si heureuse pour moi, si heureuse de vendre Sauveterre dans ces conditions-là... Cela m'apporte un secours si inespéré, si décisif, qu'il faut que je vous en remercie, même si vous ne devez pas comprendre pourquoi.

JOSSAN.

Voilà des remerciements qui me tombent du ciel, en effet. C'est toujours ça de gagné. Maintenant, pour en finir tout de suite, nous allons signer un sous-seing...

THÉRÈSE.

Un sous-seing?

JOSSAN.

Un sous-seing privé. Vous ne savez pas ce que c'est?

THÉRÈSE.

Non !

JOSSAN.

Moi, je le sais. Et je l'ai même appris à mes dépens, comme il convient d'ailleurs d'apprendre toutes choses. Cela fait partie de mes histoires de notaire, dont vous subirez le récit un jour ou l'autre. On appelle sous-seing privé un acte fait entre des particuliers sans l'intervention d'un officier ministériel. Il engage les contractants d'une façon définitive, retenez bien ceci.

THÉRÈSE, *souriant*.

Croyez, monsieur, que je ne l'oublierai jamais.

JOSSAN.

J'ai apporté le papier timbré nécessaire... voici. Nous allons signer immédiatement, voulez-vous ?

THÉRÈSE.

Oh ! oui...

JOSSAN.

Sur cette table... *(Regardant les pieds.)* C'est une merveille, d'ailleurs, cette table... *(Il s'assied.)* Que je me rappelle la formule. J'y suis... *(Il prend une plume et écrit.)* « Entre les soussignés, madame ?...

THÉRÈSE.

Thérèse-Louise de Chandeuil.

JOSSAN.

Épouse de monsieur de Rive, d'une part... *(Il murmure en écrivant.)* Et Monsieur Jossan André-Louis... Tiens, nous avons un même prénom... Louis... D'autre part... Il a été convenu ce qui suit : madame Thérèse..., etc..., cède à... heu... heu... la terre de Sauveterre et ses dépendances, telles que lesdites terres se poursuivent et comportent »... *(Parlé.)* Ce charabia ne signifie absolument rien du tout.

THÉRÈSE.

Il n'est pas clair.

JOSSAN.

Il est ténébreux et indispensable. *(Continuant à écrire.)* « Cette vente a eu lieu moyennant le prix principal de trois cent mille francs. » *(Parlé.)* Ici, encore quelques petites formules de la dernière puérilité... Gardez ce papier provisoirement... J'en rédigerai un tout pareil, que je vous prierai de bien vouloir signer un de ces jours... Fait double, à Angers, le... etc... etc... Veuillez signer, madame...

THÉRÈSE, *après un temps.*

Voulez-vous me permettre, monsieur, de vous faire une question ? Est-ce que quelqu'un, monsieur de La Baudière, par exemple, vous aurait mis au courant de ma situation ?

JOSSAN.

La Baudière m'a vaguement parlé de... dissentiments qui auraient éclaté entre vous et votre mari.

THÉRÈSE.

C'est tout?

JOSSAN.

C'est tout!...

THÉRÈSE.

Où faut-il signer?

JOSSAN.

Où vous voudrez... Mais préférablement ici.

THÉRÈSE *signe et lui passe la plume.*

Voici, monsieur.

JOSSAN.

A mon tour... *(Il signe.)* Voilà qui est terminé!... Et ces dissentiments ne sont pas... graves, je pense?

THÉRÈSE.

Très graves... Oh! d'ailleurs, je ne sais pas pourquoi je vous cacherais une chose que vous allez nécessairement savoir bientôt... Monsieur de Rive et moi, nous divorçons. Le château de Sauveterre m'appartenait. Il me revient donc. C'est ce qui vous explique que ce soit moi qui vende et non mon mari.

JOSSAN.

Vous avez plusieurs enfants?

THÉRÈSE.

Un seul... un garçon... Jacques.

JOSSAN.

Quel âge a-t-il?

THÉRÈSE.

Sept ans.

JOSSAN, *la regardant.*

Il ne les paraît pas.

THÉRÈSE.

Vous ne l'avez jamais vu.

JOSSAN.

Je me le figure... Mais vous me ferez faire sa connaissance. Je lui dois des excuses, car enfin, je viens de le déposséder.

THÉRÈSE.

Il ne vous en gardera pas rancune.

JOSSAN.

A propos, vous savez que je ne prendrai possession de Sauveterre que lorsque vous le voudrez bien. Je ne suis pas pressé... Combien de temps comptiez-vous y rester?

THÉRÈSE.

Je n'étais pas fixée.

JOSSAN.

Jusqu'à la fin des vacances, je suppose. Est-ce que monsieur Jacques est au collège?

THÉRÈSE.

Je compte l'y envoyer l'an prochain et m'installer à Paris. Paris est bien préférable pour l'éducation des garçons... Ce pauvre petit! il va être un peu effaré d'abord de tous ces changements. Qu'est-ce que je lui dirai? Oh! je lui dirai tout ce qu'il peut comprendre de la vérité. Il est d'un âge où l'on ne doit plus faire de mensonges aux enfants.

JOSSAN.

Vous serez très heureux tous les deux.

THÉRÈSE.

Oui... Oui... Qui sait? Je vais peut-être avoir là les heures les plus tranquilles et les plus

douces de ma vie? L'heureux hasard qui vous
a mis sur ma route y contribuera beaucoup. Mon
Dieu! hier, j'étais navrée, je ne voyais rien dans
l'avenir, j'avais une barre devant les yeux, et me
voilà presque vaillante...

JOSSAN.

C'est cela... C'est cela... Voyez-vous, il faut être
de bonne humeur. Il ne faut pas laisser le drame
pénétrer dans notre existence.

THÉRÈSE.

Ce n'est pas toujours commode.

JOSSAN.

Parce que nous sommes presque tous courbés
et résignés! Nous sentons les drames rôder autour
de nous et nous avons peur d'avance. Si nous
leur montrions des figures souriantes et des gestes
résolus, ils n'oseraient peut-être pas entrer. Oh!·
évidemment, ce n'est pas un moyen infaillible, et
on a vu des gens frappés par la foudre au moment
où ils riaient comme des fous. Mais j'ai la conviction tout de même, que souvent, avec presque
rien, un peu d'énergie, de confiance, de gaieté,
on met en fuite des catastrophes.

THÉRÈSE.

Oui, c'est vrai... Cela est vrai...

JOSSAN.

Je vous regarde, tenez, je vous regarde... Vous
avez l'œil vivant, la bouche hardiment dessinée,
le menton net, la main ferme. Tout cela est
excellent. Le malheur vous a frappée une fois...
Il ne reviendra plus, n'en parlons plus.

THÉRÈSE, *souriant.*

Dieu vous entende!

JOSSAN.

Vous voyez, vous riez déjà !

THÉRÈSE.

Oui, vous me rendez du courage par la sympathie que vous me témoignez et que je sens sincère.

JOSSAN.

Elle est très profonde.

THÉRÈSE.

Les circonstances où elle s'est produite me la rendent encore plus précieuse. J'étais toute seule, effrayée d'avoir à me débattre au milieu d'une question d'intérêt, redoutant les visages hostiles, les méfiances, les pièges, les sentiments âpres et mesquins qu'éveille l'argent. Et il s'agissait vraiment pour moi de toute la vie; je le comprenais, j'en avais le frisson. Eh bien! par votre délicatesse, par la générosité de votre esprit, vous m'avez épargné toutes ces amertumes... et de toute cette tristesse que je viens de traverser, il ne me reste qu'un souvenir plein de douceur, presque de joie. Je suis votre obligée, monsieur, je le sais, j'en suis sûre... Mais non seulement je ne me sens pas humiliée ni honteuse, mais je vous remercie du fond du cœur.

(Elle lui tend la main.)

JOSSAN.

Je suis très content... Parce qu'avec tout ça, nous allons être de grands amis, voulez-vous?

THÉRÈSE.

Oui, monsieur, oui... de grands... grands amis...

(Entre madame de La Baudière.)

6

SCÈNE IX

Les Mêmes, MADAME DE LA BAUDIÈRE.

MADAME DE LA BAUDIÈRE.

Mille pardons... J'ai oublié mon ombrelle...
Il fait une chaleur..., Où est-elle donc? Ah! la
voici...

(Elle s'avance vers la cheminée. Jossan la devance et la lui tend.)

JOSSAN.

Permettez, madame...

MADAME DE LA BAUDIÈRE.

Grand merci, monsieur.

ANDRÉ, *bas à Thérèse pendant que madame de La Baudière fait quelques pas.*

Elle l'avait laissée exprès pour pouvoir revenir... Croyez-vous, hein! Quelle ficelle!

MADAME DE LA BAUDIÈRE, *se retournant.*

Avez-vous décidé quelque chose?

JOSSAN.

Nous avons tout terminé, chère madame, absolument tout, et je vais annoncer cette bonne
nouvelle à ma sœur.

(Il sort après avoir laissé ses gants sur la table.)

SCÈNE X

THÉRÈSE, MADAME DE LA BAUDIÈRE.

MADAME DE LA BAUDIÈRE.

Vous avez terminé, dites-vous?

THÉRÈSE.

Oui, nous avons signé.

MADAME DE LA BAUDIÈRE.

Signé... Quoi?

THÉRÈSE.

Un sous-seing.

MADAME DE LA BAUDIÈRE, *vivement*.

Un sous-seing privé? Vous avez déjà signé un sous-seing privé?... *(Avisant le papier resté sur la table.)* Ah! le voici... Et sans indiscrétion, peut-on savoir?

THÉRÈSE.

Oh! faites, madame, ce n'est pas un mystère.

MADAME DE LA BAUDIÈRE, *lisant le sous-seing, puis avec éclat.*

Trois cent mille francs!... Et c'est signé!... Vous avez vendu trois cent mille francs!... Ah! c'est fabuleux!... Je n'en reviens pas... Qui a rédigé ce sous-seing?

THÉRÈSE.

C'est monsieur Jossan.

MADAME DE LA BAUDIÈRE.

Il est très bien fait, il n'y a pas d'erreur... *(Se contenant.)* Mes compliments, ma chère, mes plus sincères compliments. Je me croyais forte en affaires, je n'arrive pas à votre cheville.

THÉRÈSE.

Je n'ai pas eu besoin de grande habileté, je vous assure... J'ai même fait part à monsieur Jossan de quelques scrupules que j'avais.

MADAME DE LA BAUDIÈRE.

Eh bien! mais, ma chère, vous n'avez plus qu'une chose à faire maintenant, c'est de vous réconcilier avec votre mari.

THÉRÈSE.

Moi?

MADAME DE LA BAUDIÈRE.

Vous voici, par un concours de circonstances un peu providentiel, à la tête, je ne dis pas d'une fortune, mais d'une somme inespérée. Votre mari et vous, vous étiez absolument ruinés; c'est cette ruine qui était la cause principale de votre séparation.

THÉRÈSE.

Mais non, madame... la ruine m'eût été indifférente avec un homme que j'aurais aimé ou qui simplement ne m'aurait pas trahie d'une aussi atroce façon.

MADAME DE LA BAUDIÈRE.

Il faut oublier tout cela.

THÉRÈSE.

Jamais!

MADAME DE LA BAUDIÈRE.

Il faut vous réconcilier avec Gaston, il le faut, je vous le jure. C'est indispensable. C'est votre devoir, oui, votre devoir. Avec la somme dont vous disposez aujourd'hui, votre mari peut rétablir sa fortune.

THÉRÈSE.

Il peut surtout continuer à entretenir sa maitresse.

MADAME DE LA BAUDIÈRE.

Ne persistez pas dans des résolutions intransi-
geantes, je vous le conseille. Vous êtes étonnante,
vous savez. Mais vous n'êtes pas encore divorcée.
Et tant que le divorce n'aura pas été prononcé,
votre mari reste le chef de la communauté. Vous
lui devez compte de vos actes... Réconciliez-vous
donc avec lui, et tout de suite. C'est la meilleure
façon, c'est la seule de faire taire la médisance
et d'empêcher les gens de jaser.

THÉRÈSE.

Jaser! Qui?... Jaser!...

MADAME DE LA BAUDIÈRE.

Comment! Vous rencontrez un monsieur que
vous n'avez soi-disant jamais vu! Vous causez
une demi-heure avec lui et vous lui vendez
trois cent mille francs une masure qui n'en vaut
fichtre pas la moitié. Et vous ne voulez pas qu'on
en parle? De quoi parlerait-on alors?

THÉRÈSE.

C'est vous! Comment, c'est vous qui me parlez
sur ce ton! Vous qui me connaissez, qui devriez
être aussi heureuse que moi de ce qui m'arrive!
Je vous prie de me dire ce que cela signifie, de
me le dire nettement et tout de suite.

MADAME DE LA BAUDIÈRE.

Oui, oui, certes, je vous connais, mais je
connais aussi le monde. Monsieur Jossan est un
homme des plus compromettants, il est immen-
sément riche...

THÉRÈSE.

Madame, quand on a, comme je l'ai, la certitude d'être une honnête femme, on n'a pas souci
de ces malpropretés.

MADAME DE LA BAUDIÈRE.

L'honnêteté d'une femme, c'est l'opinion qu'on a d'elle. Je vous ai indiqué votre devoir. Vous le ferez, ou vous ne le ferez pas, à votre aise.

(Entrent Clotilde et La Baudière.)

SCÈNE XI

Les Mêmes, LA BAUDIÈRE, CLOTILDE.

CLOTILDE, *très froidement.*

Madame, nous venons prendre congé de vous!

THÉRÈSE.

Vous partez sitôt?

CLOTILDE.

Nous sommes fort pressés. Mon mari est parti devant. Il m'a prié de l'excuser auprès de vous.

LA BAUDIÈRE, *allant embrasser Thérèse, et bas.*

Je suis ravi!

MADAME DE LA BAUDIÈRE, *bas à Clotilde, pendant que La Baudière et Thérèse causent.*

Votre frère vous a dit?

CLOTILDE, *même jeu.*

Oui... C'est scandaleux. Je suis confondue. Comment, je lui dis qu'il peut avoir Sauveterre pour cent dix mille francs, et il le paie trois cent mille... Alors, quoi? D'autant plus que je lui ai fait part de notre projet, et qu'il a été froid, je ne vous le cache pas.

MADAME DE LA BAUDIÈRE.

Il faut agir.

CLOTILDE.

Vous avez une idée?

MADAME DE LA BAUDIÈRE.

Oui.

(Toutes ces répliques bas et très vite.)

CLOTILDE, haut, prenant congé de Thérèse.

Madame!

THÉRÈSE.

Madame!...

(Elle va pour lui tendre la main, elle s'arrête en voyant que Clotilde gagne la porte.)

LA BAUDIÈRE.

Au revoir, Thérèse... A demain, hein?...

MADAME DE LA BAUDIÈRE.

Au revoir, Thérèse.

(Elle sort avec son mari.)

SCÈNE XII

THÉRÈSE, seule, hésite une seconde, puis va à la table, prend une plume, du papier et commence à écrire. Entre Jossan.

SCÈNE XIII

JOSSAN, THÉRÈSE.

JOSSAN, riant.

Figurez-vous... J'ai oublié mes gants.

THÉRÈSE.

Les voici.

JOSSAN.

Qu'avez-vous?... Vous avez quelque chose. Ah!

vous avez quelque chose... Qu'est-ce que vous
avez?... Allons, dites?...

THÉRÈSE.

Au moment où vous entriez, monsieur, j'allais
vous écrire.

JOSSAN.

A moi?

THÉRÈSE.

Oui! J'ai réfléchi depuis tout à l'heure. Sauveterre est loin de valoir ce que vous l'avez payé, et
ce serait de ma part presque un abus de confiance
de vous le laisser acheter à de pareilles conditions.

JOSSAN.

Ah! voilà ce que vous a dit madame de La
Baudière, quand je vous ai laissées seules.

THÉRÈSE.

Ce qu'elle m'a dit, tout le monde me le dira
bientôt. Votre sœur elle-même vient de me le
laisser entendre durement.

JOSSAN.

Comment?

THÉRÈSE.

En devenant tout à coup glaciale avec moi.

JOSSAN.

Ce n'est pas possible?

THÉRÈSE.

Et en me refusant la main.

JOSSAN.

Oh! c'est vrai?

THÉRÈSE.

Oui. Qu'a-t-elle donc pensé de moi?... De quels
calculs abominables m'a-t-elle accusée?

JOSSAN.

Je vais vous expliquer... Ce n'est pas à cause
de la vente de Sauveterre. Mais figurez-vous, et
je vous demande pardon, moi aussi, de ce que je
vais vous dire... Figurez-vous qu'elle et madame
de La Baudière avaient fait le projet sournois de
me faire épouser la jeune Lucienne; et maintenant que nous sommes en rapport, elles ont une
peur affreuse que je ne devienne amoureux de
vous. Voilà ce grand mystère.

THÉRÈSE.

Ah! je comprends.

JOSSAN.

Tiens!...

THÉRÈSE.

Et c'est pourquoi, monsieur, je vous prie plus
instamment encore, je vous supplie de reprendre
ce papier ou de me permettre de le déchirer. Je
ne peux plus accepter.

JOSSAN.

Mais je ne veux pas... C'est impossible...
Quoi!... Il suffirait de quelques paroles aigres
d'une personne aussi malveillante que madame
de La Baudière pour vous impressionner à ce
point et me faire, à moi, un si grand chagrin,
oui, un très grand chagrin, car je croirai que
tout cela arrive par ma faute, parce que j'ai été
imprudent et maladroit.

THÉRÈSE.

Oh! non, ne le croyez pas... J'aurai toujours
pour vous la reconnaissance la plus vive; je garderai toujours de nos relations, le souvenir le plus
délicat.

JOSSAN.

Ce n'est pas votre reconnaissance que je veux;

c'est votre amitié. Vous me l'avez promise, tout
à l'heure, vous me l'avez donnée; elle est déjà
entrée en moi comme une habitude délicieuse,
il ne faut pas me la retirer. Et vous même, aujourd'hui dans votre solitude, n'avez-vous pas
besoin d'un ami sincère? Qu'allez-vous devenir?
Quand on songe qu'il n'y a personne autour de
vous qui puisse vous défendre, ni même vous
donner un conseil? Vous êtes dans une situation
qui serait déjà difficile pour un homme énergique, mais qui est impossible pour une femme
comme vous. C'est à cela que je pense depuis que
je vous ai vue, c'est à cela que je pensais surtout
il y a un instant, en vous voyant là, devant cette
table, un peu effarée et si ignorante de toutes les
choses dures et dangereuses de la vie!... Ces
choses, moi je les connais mieux que vous, j'ai
lutté contre elles, j'en ai été quelquefois victo-
rieux. Vous, elles vous écraseraient. Et c'est ce
que je ne veux pas! Cette idée que vous seriez
de nouveau malheureuse, je ne peux pas la supporter. Alors vous devinez ce que je n'ose pas vous
dire aujourd'hui, n'est-ce pas?

THÉRÈSE.

Non, non, ne le dites pas... Ce serait un grand
malheur, vous vous trompez...

JOSSAN.

Non, non... Je ne me trompe pas. L'amour
m'est venu trop vite et il m'a trop brusquement
éclaté dans le cœur pour que j'en doute...

THÉRÈSE.

Vous vous trompez... Vous vous trompez...
Ce que vous prenez pour l'amour n'est que la
sympathie, que l'intérêt que vous inspire une
femme seule et un peu triste... et comme vous

Mes très bon, ce sont les circonstances où nous nous sommes rencontrés, surtout, qui vous ont touché.

JOSSAN.

Non, non, ce que je prends pour l'amour, c'est bien l'amour! Et c'est lorsqu'il vient ainsi tout d'un coup qu'il est le plus fort. Est-ce qu'il n'arrive pas que deux êtres se rencontrent dans un paysage gracieux, d'une façon imprévue?... Ils se regardent, l'émotion vient et les voilà amants. Nous, ce n'est pas dans un lieu pittoresque que nous nous sommes rencontrés, mais dans la réalité de la vie qui a aussi sa grandeur. C'est elle et non l'illusion ou le mensonge qui a créé mon amour, et elle l'a créé ardent et durable, je vous le jure!

THÉRÈSE.

Oh! je suis horriblement troublée. Eloignez-vous... éloignez-vous... Laissez-moi. Ne me demandez jamais que ce que peut donner l'amitié la plus dévouée, la plus tendre...

JOSSAN.

Ce que peuvent donner le dévouement et l'amitié, l'amour le donne par-dessus le marché. Ah! je sens que si vous ne deviez pas m'aimer un jour, mon travail serait désormais sans but, ma vie serait inutile et gâchée!...

THÉRÈSE.

La mienne, à moi, est gâchée depuis longtemps, et elle n'est pas à refaire.

JOSSAN.

Mais, malheureuse, elle est commencée à peine puisqu'elle ne vous a encore donné que des déboires et de la tristesse. Maintenant, elle vous doit de la joie et elle vous paiera largement. La vie est très généreuse quand on a confiance en elle.

THÉRÈSE.

Il y a entre nous des obstacles insurmontables.
Je suis mariée... *(Sur un mouvement d'André.)* Oui, je
vais être libre... c'est vrai... Mais quelle liberté!...
Quand je n'aurai plus de mari, j'aurai tout de
même mon enfant, un enfant qui a besoin de
moi, de tout moi, et que vous ne pourriez pas
aimer.

JOSSAN.

Mais je l'aime déjà!... Nous l'élèverions très
bien, nous en ferions à nous deux quelqu'un qui
ne serait pas un imbécile, je vous le promets.
Non, non, ne cherchez plus, rien ne peut plus
nous séparer que notre démence.

THÉRÈSE.

Tout nous sépare, au contraire : votre famille,
vos habitudes, que sais-je?... Et tant de considérations que vous savez aussi bien que moi. Et
tous les gens que nous froisserions, que nous
irriterions autour de nous !

JOSSAN.

Dès que l'on est heureux, il y a toujours des
gens que cela indigne. Mais je le sais pourquoi
vous refusez, pourquoi vous luttez peut-être
contre vous-même! C'est parce que je suis riche
et que vous êtes pauvre, et ce n'est pas pour
d'autres raisons. Vous avez peur d'être accusée
d'intrigue et de duplicité, vous si intelligente et
si loyale! Mais, l'important, c'est que nous nous
connaissions nous deux, c'est que nous sachions,
moi, qui vous êtes, vous qui je suis. Le reste
n'existe pas. Eh bien! oui, je suis riche et si je ne
l'avais pas été, nous n'aurions probablement
jamais échangé deux paroles, jamais je ne vous
aurais rencontrée, jamais je ne vous aurais aimée.

Et après? quel déshonneur y a-t-il, si mon amour est noble et ardent? La fortune que j'ai, je l'ai durement conquise, et je vous l'offre parce que cela me plaît, et vous l'accepterez, non parce que vous êtes intéressée, mais parce que vous êtes généreuse. Oh! mon amie, il y a des sentiments qui ne sont pas dignes de vous... Oui, l'argent a détruit et souillé bien des amours, mais c'étaient des amours suspects et frivoles; sur le nôtre, il serait impuissant. En cela, il faudrait penser comme ces belles châtelaines d'autrefois, qui vivaient entre ces murs où nous sommes. Elles n'étaient pas aussi raffinées que nous. Elles dépensaient l'or et l'amour sans compter. Elles les donnaient l'un et l'autre comme elles les recevaient, sans honte, avec toute la violence de leur cœur. Et quand elles couvraient leur amant de baisers, de pistoles et de doublons d'Espagne, elles n'y mettaient pas de subtilités ni de scrupules, elles ne songeaient qu'à lui rendre l'amour et le combat plus faciles.

THÉRÈSE, *lui tendant la main.*

Mon ami, mon ami!... Laissez-moi ne pas vous répondre tout de suite. Laissez-moi penser un peu à vous et à ce que vous m'avez dit...

JOSSAN.

Oui... Oui... à bientôt... A demain... Je ris parce que je me figure cette bonne madame de La Baudière qui m'attend dans le parc avec anxiété... Savez-vous, comment son mari l'appelle? Catherine de Médicis. Me voyez-vous ayant pour belle-mère Catherine de Médicis? Allons! allons, nous commençons à dire des bêtises... C'est signe que tout va bien... A demain...

(Il baise la main de Thérèse et sort.)

ACTE III

Le château de Sauveterre.

La terrasse du château donnant sur la Loire. A droite, l'amorce d'un sentier conduisant aux pelouses et au jardin. A gauche, le château. Soleil couchant.

SCÈNE PREMIÈRE

THÉRÈSE, seule, puis JOSSAN.

(Au lever du rideau, Thérèse est assise et lit. Bientôt elle se lève, va à gauche à la balustrade de la terrasse. regarde et sourit.)

THÉRÈSE, seule.

Ah ! *(Elle va vers la gauche à la rencontre de quelqu'un en s'avançant dans l'intervalle qui est entre la terrasse et le château. Entre André. Elle lui tend la main.)* Comment êtes-vous venu ?...

JOSSAN.

En voiture, tout simplement, mais j'en ai un peu honte. Sauveterre est un lieu où on devrait arriver à cheval, et même avec une épée au côté. A propos, savez-vous qu'en 1574, le duc d'Anjou a fait égorger, ici même, un de vos ancêtres, pour lui enlever sa femme ?

THÉRÈSE.

En êtes-vous sûr ?

JOSSAN.

Je l'ai lu dans un opuscule sur Sauveterre que j'ai trouvé à Angers... Mais ce dont je suis encore plus sûr, c'est que depuis dimanche, je ne vous ai vue que deux fois. Et encore il m'a fallu des prétextes d'une ingéniosité !... Tenez, je vais de ce pas visiter un étang avec mon beau-frère et ma sœur. Ils m'attendent à un petit village près d'ici. Pour m'échapper, j'ai soutenu que j'avais besoin de mesurer la hauteur de cette balustrade, et j'ai emporté un mètre... Le voici... *(Il sort un rouleau.)* La balustrade aurait soixante-quinze centimètres de hauteur, que ça ne m'étonnerait pas. Voilà à quels stratagèmes nous condamne l'opinion publique.

THÉRÈSE.

Que dit votre sœur ?

JOSSAN.

Elle me boude, c'est admirable ! Et mon beau-frère est enchanté de voir sa femme me bouder. Il me fait des plaisanteries d'agriculteur. Je m'amuse suffisamment. Dois-je parler aussi des La Baudière ? Oui, après quoi nous ne parlerons plus que de nous. Madame de La Baudière et ma sœur trament des complots à faire frémir : je les vois échanger des sourires d'une enfantine férocité. La Baudière qui est un être délicieux, intrigue contre sa propre femme pour marier la jeune Lucienne avec un petit avocat dont j'ai fait la connaissance et qui est très gentil. Je crois que je vais avoir à Angers un procès sans la moindre importance ; je le lui confierai, il me le fera perdre, ça le lancera. Seulement, en ce qui nous concerne, un de ces jours, je prendrai ma sœur à part et je lui intimerai l'ordre d'avoir à vous aimer beaucoup. Et maintenant qu'il ne

soit plus question de personne. Qu'avez-vous fait
hier?

THÉRÈSE.

Je n'ai pas bougé d'ici, sauf une promenade
dans le parc avec Jacques. J'ai lu et j'ai songé.

JOSSAN.

A quoi?

THÉRÈSE.

Cherchez!

JOSSAN, *lui prenant la main et la regardant.*

Thérèse, vous ne vous imaginez pas comme
ce cadre d'ancienne France, avec tous ses souvenirs de drame et de joie, comme ce ciel léger vont
divinement à votre visage!... Oui... je voudrais
pouvoir vous parler tout à coup en vieux français. Malheureusement, nous ne le savons ni l'un
ni l'autre. Moi, je ne me rappelle qu'un mot : Je
t'ayme. En voilà un qui n'a pas changé. Nous le
prononcerons éternellement de la même façon;
son affaire est bonne, il n'a rien à craindre.

THÉRÈSE.

Oh! André, c'est la première fois que j'ai la
sensation que la vie n'est pas faite uniquement
d'ennuis, de devoirs mornes et de menaces.
Même jeune, même très jeune, ici dans ce château, entre mon père malade, ma mère inquiète,
je n'ai jamais eu peut-être la vraie gaieté, la
gaieté sincère et vivante. Mon mariage m'a été
tout de suite un remords. Que serais-je devenue
si je n'avais pas eu d'enfant? Et me voilà trans-
formée grâce à vous, grâce à votre vaillant caractère. Je suis très heureuse... je vous aime!

JOSSAN.

Oui, nous sommes « presque » très heureux.

THÉRÈSE.

Non, nous sommes très heureux. Ne nous hâtons pas d'être plus heureux. Goûtons une à une les heures que nous vivons en ce moment, si douces, si imprévues pour moi, que je regrette celle qui vient de partir, que j'ai peur que l'autre ne lui ressemble pas.

JOSSAN.

Je vous défends d'avoir peur! Oh! ma chérie, ma chérie, comme vous redoutez le mal...! comme vous cherchez dans l'avenir tout ce qui pourrait vous nuire, tout ce qui pourrait vous menacer. Mais il ne faut pas trop regarder dans l'avenir, ça nous enlève tout courage. Non, non, notre amour est invincible parce qu'il est né librement et aisément, sans rien détruire autour de lui. Vous étiez abandonnée et trahie, mon cœur est allé à vous. Nous n'avons heurté ni blessé personne, et c'est tant mieux, car le bonheur fait avec la douleur des autres, n'est pas durable. Voilà pourquoi je crois à notre bonheur, à nous, je crois que nul ne le brisera et si quelqu'un l'essayait, je vous jure, Thérèse, que ce serait tant pis pour lui! Viens dans mes bras un instant...

(Il l'attire à lui.)

THÉRÈSE, après un temps.

Et maintenant, je vous renvoie.

JOSSAN.

Et pourquoi?

THÉRÈSE.

Parce que votre sœur vous attend.

JOSSAN.

C'est vrai... Vous ne trouvez pas tout de même que c'est un peu agaçant d'être surveillés comme deux écoliers?...

7

THÉRÈSE.

Non, c'est charmant, au contraire. A demain.

JOSSAN.

A demain ou à tout à l'heure, car si je peux m'échapper, je repasserai par Sauveterre. Je ne vous ai pas dit le quart de ce que j'avais à vous dire. Vous n'attendez pas de visite?

THÉRÈSE, *lui prenant le bras en riant.*

Pas l'ombre, Dieu merci. Je vous accompagne.
(*Ils sortent par la droite.*)

SCÈNE II

(*La scène reste vide un instant. Une porte de gauche (côté du château) s'ouvre. Un monsieur traverse lentement la scène, se dirige vers la balustrade du côté où viennent de disparaître Thérèse et Jossan, regarde un instant et fronce les sourcils. Revient Thérèse.*)

SCÈNE III

GASTON, THÉRÈSE.

(*Thérèse remonte l'escalier de droite.*)

THÉRÈSE, *stupéfaite.*

Comment?... vous!
(*Elle lui tend la main.*)

GASTON.

Mon Dieu, oui... J'ai reçu votre mot, l'autre jour; je vous en remercie. J'ai pensé que vous aviez peut-être besoin de moi.

THÉRÈSE.

J'avais votre procuration...

GASTON.

Je le sais bien. Mais comme d'autre part j'avais à vous parler de certaines formalités relatives à notre divorce, j'ai profité de l'occasion et je suis venu.

THÉRÈSE.

Mais il n'y a pas de mal. Asseyez-vous donc.

GASTON.

Comment va Jacques?

THÉRÈSE.

A merveille. Il joue sur la pelouse. *(Elle désigne la gauche.)* Vous l'embrasserez tout à l'heure... Alors vous avez consulté notre avoué?

GASTON.

Je l'ai vu à peine un instant, mais je lui ai parlé de notre résolution. Les divorces comme le nôtre sont très simples et très rapides. Nous n'aurons qu'à organiser un des cas reconnus par la loi, ce qui est facile : injures graves, adultère du mari...

THÉRÈSE.

Oh! de côté-là...

GASTON.

Vous voulez dire que j'ai pris les devants? Sans doute, mais les circonstances auxquelles vous faites allusion, n'ont pas été constatées légalement... Elles sont donc nulles et non avenues pour un tribunal. Et si l'un de nous, aujourd'hui, pour une raison quelconque, ne voulait plus du divorce, il serait presque impossible à l'autre de l'obtenir.

THÉRÈSE.

Alors, tout est à souhait.

GASTON.

Parfaitement. Où comptez-vous vivre une fois
le divorce prononcé?

THÉRÈSE,

A Paris, à cause de l'éducation du petit. Et vous?

GASTON.

Mais moi aussi. Je suis très heureux, Thérèse,
ai-je besoin de vous le dire, de la façon avantageuse dont Sauveterre a été vendu. Je ne croyais
pas à un pareil résultat, et j'étais assez inquiet
de votre avenir. Je ne regrette qu'une chose, c'est
de n'avoir pu, hélas! l'assurer moi-même.

THÉRÈSE.

J'en suis convaincue... mais ne parlons plus
de cela... Ce qui est passé est passé.

GASTON, une pause.

C'est le Jossan de Paris qui a acheté Sauveterre?

THÉRÈSE.

Oui.

GASTON.

Monsieur André Jossan?

THÉRÈSE.

André Jossan. Vous ne le connaissez pas, je
crois?

GASTON.

De vue seulement.

THÉRÈSE.

Ah!

GASTON.

Je l'apercevais autrefois à Paris, un peu partout... au théâtre, aux courses...

THÉRÈSE.

Est-ce qu'il vous connaît, lui?

GASTON.

Du tout. Nous n'avons jamais été présentés. Et je ne tiens pas d'ailleurs à faire sa connaissance. C'est un homme qui m'est souverainement antipathique.

THÉRÈSE.

Pourquoi?

GASTON.

Je n'ai pas de raison positive. J'ai horreur, en général, des gens froids, insolents et heureux... comme lui... Voilà un homme qui a commis toutes les fautes, qui a joué, qui s'est ruiné, et qui aurait dû normalement, s'il y avait de la justice et de la logique sur la terre, tomber à plat, comme tant d'autres, qui n'ont pas fait plus de sottises, qui en ont fait moins, qui sont aussi bien doués que lui! Eh bien! le voilà célèbre et prodigieusement riche. Je trouve cela exaspérant.

THÉRÈSE.

J'ai entendu dire qu'il avait beaucoup travaillé depuis.

GASTON.

Un autre travaillerait autant que ça lui rapporterait deux mille quatre cents francs par an. D'ailleurs, il n'y a pas à discuter ces choses-là. On n'y peut rien. C'est révoltant, voilà tout. C'est lui qui était ici tout à l'heure?...

THÉRÈSE.

Oui.

GASTON.

Ah! Il vient de temps en temps à Sauveterre?

THÉRÈSE.

Il en est le propriétaire, maintenant. Il a certaines dispositions à prendre. C'est tout naturel.

GASTON.

Tout naturel. Il demeure chez son beau-frère?

THÉRÈSE.

Le baron de Morènes.

GASTON.

Oui... pas très loin d'ici...
(Un silence.)

THÉRÈSE, le regardant.

Pardon. Quand êtes-vous arrivé à Angers?

GASTON

Ce matin.

THÉRÈSE.

Vous avez vu votre oncle?

GASTON.

Mais oui.

THÉRÈSE.

Et votre tante aussi, probablement?

GASTON.

Et ma tante aussi.

THÉRÈSE.

Oh! Je m'explique... Ça m'étonne qu'elle ne vous ait pas accompagné!

GASTON.

Que vous expliquez-vous? Mes questions au sujet de monsieur Jossan, peut-être?

THÉRÈSE.

C'est cela même. Eh bien! j'attends...

GASTON.

Quoi?

THÉRÈSE.

Le reste. Je suppose que vous n'avez pas commencé de cette façon, que vous ne me parlez pas sur un ton pareil depuis cinq minutes pour vous arrêter tout de suite. Que vous a dit madame de La Baudière?

GASTON.

Rien qu'il ne fut très facile de deviner... Jossan vous fait la cour... Non? Tenez, je m'en rapporte à vous... Dites-moi non, là dans les yeux, et je m'en vais... Et rien ne sera changé à ce qui était convenu... Nous divorcerons, vous serez libre...

THÉRÈSE.

Et si je ne vous réponds pas, il y aura donc quelque chose de changé?

GASTON.

Peut-être.

THÉRÈSE.

Alors, vous croyez que monsieur Jossan est mon amant?

GASTON.

Mais non, mais non... Vous êtes une fort honnête femme, je n'ai pas le moindre soupçon. Monsieur Jossan n'est pas votre amant, j'en suis certain. Il se contentera de vous épouser un an après notre divorce.. Et vous garderez mon fils! Et vous l'élèverez très bien!... Je n'en doute pas.

THÉRÈSE.

Que pouvez-vous me demander de plus?

GASTON.

Vraiment! Et vous croyez que je ne souffrirai pas de voir mon fils élevé dans un luxe, dans une opulence que, moi, je n'aurai pas pu lui procurer! Et plus tard, quand j'aurai sombré dans mes affaires, car vous savez, je ne me fais pas d'illusions, je me connais, je connais Paris... Je suis un homme fichu, je suis un homme à l'eau... je ne m'en tirerai jamais... je suis destiné à tomber dans la position la plus misérable! Et alors, je verrais mon fils riche, et je n'aurais peut-être pas d'autre ressource que d'aller lui demander

l'aumône. Et vous trouvez que c'est possible, que
c'est juste! Et vous même, vous passeriez près
de moi dans l'orgueil de votre beauté, de votre
richesse, au bras de cet homme qui a tout cela, et
j'en serais réduit à vous contempler respectueuse-
ment de loin!... Sacredieu! rien que cette idée
me fait bondir. Oh! je sais, fichtre bien, que ce
ne sont pas là des sentiments d'une grande
noblesse! Mais, je ne suis pas un homme
héroïque, moi, je suis un homme quelconque, un
homme ordinaire, avec mon caractère, mes
passions et mes vices, et cela m'aigrit, cela m'en-
rage, que tant d'autres qui ne valaient pas mieux
que moi, aient réussi, quand moi je ratais ma
vie! C'est de la jalousie, c'est de l'envie, c'est
tout ce que vous voudrez, mais c'est humain,
vous entendez? c'est humain, humain!... Eh
bien! je vous dis qu'en décidant notre divorce, il
y avait entre nous certaines conventions tacites
dont la première était que mon fils serait élevé
de façon que je puisse continuer à le voir, sans
souffrir dans mon amour et dans mon amour-
propre de père... Ces conditions, vous les violez!
vous les violez! et en mon âme et conscience je
me crois le droit de ne plus tenir la promesse que
je vous ai faite, la parole que je vous ai donnée...
Enfin! dites-le... tenez, je vous défie de le dire...
que nous sommes aujourd'hui dans les mêmes
conditions qu'il y a un mois? Je vous en défie!

THÉRÈSE.

Gaston, vous dites des choses folles! Vous
parlez de l'avenir et de ce que nous deviendrons
l'un et l'autre. Est-ce que nous le savons! Est-ce
que vous le savez?... Est-ce que nous pouvons
régler notre conduite sur des prévisions aussi
vagues?... Non, non, occupons-nous de l'heure

présente. Elle est assez grave pour nous deux.
Les raisons qui nous séparent sont, hélas ! aussi
fortes, aussi profondes aujourd'hui qu'hier. Que
pouvons-nous espérer de nouveau et de meilleur,
lorsque dix ans d'existence commune n'ont pu
établir entre nous, je ne dirai pas l'amour, je ne
dirai pas même l'amitié, mais la simple camara-
derie, la simple habitude. Vous vous rappelez les
premiers jours de notre mariage, et comme tout
de suite nous nous sommes aperçus à quelle distance infranchissable nous étions l'un de l'autre.
Pendant dix ans, dix longues années, nous n'avons
peut-être pas échangé un seul regard sincère.
Nous avons eu un fils, vous êtes son père, je suis
sa mère, il n'est pas notre enfant. Séparons-nous,
Gaston. Séparons-nous sans haine, mais séparons-
nous comme deux êtres qui sont sûrs dorénavant
de ne plus pouvoir produire à eux deux que de la
souffrance.

GASTON.

Mais croyez-vous que depuis que j'ai reçu votre
lettre, depuis que je suis au courant, je n'ai pas
pensé à cela ? Je sais bien les torts que j'ai envers
vous, je sais bien que c'est moi seul qui suis la
cause de tout ce qui arrive... Et je me torture
l'esprit pour y faire entrer cette idée de vous voir,
vous et Jacques, heureux et riches, sans moi,
devant mes yeux, sous mes yeux... Eh bien ! vous
entendez, je ne peux pas, je ne peux pas !... J'ai
mon caractère, mon caractère, c'est-à-dire une
force irrésistible qu'on a en soi, qui vous contraint
à faire certaines choses, qui vous empêche d'en
faire certaines autres. Et je vous jure que je ne
peux pas.

THÉRÈSE.

Gaston, vous n'êtes pas un méchant homme
pourtant. Vous ne me détestez pas, c'est impos-

sible. Pourquoi me détesteriez-vous? Qu'est-ce que je vous ai fait? Non, vous n'allez pas manquer à votre parole, aussi durement, aussi cruellement? Vous tiendrez votre parole, Gaston, j'en suis sûre.

GASTON.

Je ne peux pas.

THÉRÈSE.

Je ne vous parle pas de mes droits... Car enfin, je dois en avoir, après tout ce que vous m'avez fait, vous!... Je ne vous parle que d'humanité... nous sommes deux êtres en présence, à qui il suffit d'un peu de raison, de bonté, d'indulgence, pour cesser peut-être de souffrir, et nous nous acharnerions l'un sur l'autre... Ce serait insensé! insensé!

GASTON, *avec une espèce de honte.*

Puisque je vous dis que je ne peux pas! que je ne peux pas! Si vous croyez que je suis heureux avec ce caractère-là?

THÉRÈSE.

Il ne manquerait plus que ça! Mais que voulez-vous? Que voulez-vous à la fin?

GASTON.

Je vais vous le dire. Je vais vous le dire et ne vous indignez pas, laissez-moi continuer, vous verrez... Je viens de traverser une très grosse crise, très douloureuse. Je suis très différent de ce que j'étais autrefois... Il y a certaines actions que je suis incapable de commettre aujourd'hui... Enfin, autant je suis sûr d'être un homme fini, aplati, si je reste seul, autant je crois qu'en donnant comme but à ma vie de reconstruire notre ménage, notre foyer, notre association, autant je crois que je peux encore refaire tout cela! Atten-

dez, attendez... Oui, il vous vient peut-être la
pensée que c'est au moment juste où vous avez
de l'argent que je vous parle ainsi...

THÉRÈSE.

Ah! je n'y songeais guère.

GASTON.

Mais l'argent que vous avez, je n'y toucherai
jamais, vous entendez, jamais, quoi qu'il arrive.
Il est à vous, il est à notre enfant... Vous me
l'offririez, je le refuserais. De même, Jossan
m'offrirait un million que je ne l'accepterais
pas. Et vous savez que ça c'est la vérité. Non, je
veux me remonter par mes propres forces... Je
ne vous demande qu'un peu d'abnégation et
l'oubli des injures. Les torts que j'ai envers vous,
je vous en fais mes excuses et je me repens. Ce
repentir doit suffire à nous rendre désormais
la vie commune supportable. Plus tard, quand
vous m'aurez vu triompher et reconstruire ce que
j'ai détruit, vous me pardonnerez plus profondément. En attendant, suspendons les hostilités.
Vous me jugerez à l'œuvre.

THÉRÈSE.

Je vous répondrai ce que vous m'avez répondu
tout à l'heure : Je ne peux pas, je vous jure que
je ne peux pas. Vous me parlez d'argent, d'association, vous ne pensez qu'à vous. Ah! certes, si
nous nous étions aimés un instant, je vous
pardonnerais et j'oublierais. Mais pour que deux
êtres suivent la même vie, s'il n'y a plus l'amour,
il faut au moins qu'il reste le sillage de l'amour.
Non, non, je ne peux pas, je ne peux pas.

GASTON.

Thérèse, si vous refusez, si vous refusez, nous
allons nous faire beaucoup de mal, je le sens.

THÉRÈSE.

Vous m'en avez tellement fait! Vous ne pouvez pas m'en faire davantage.

GASTON.

Je vous en conjure, acceptez, Thérèse, acceptez... Car moi, je ne céderai pas... Je ne parle pas, non plus, de mes droits, ni de la loi... Je m'en moque, je ne les connais pas... Je ne connais que mon caractère et mes passions !... Je n'ai peut-être pas le droit de vous garder ; vous obtiendrez peut-être le divorce un jour malgré moi... C'est possible... Mais tout ce qui est humainement possible aussi de faire pour empêcher ce divorce, je suis résolu à le faire. Je vous en préviens et je vous supplie encore de ne pas m'y contraindre.

THÉRÈSE.

Vous ferez ce que vous voudrez. J'ai pour moi ma conscience. J'ai accompli tous mes devoirs. Je me suis longtemps résignée. Vous n'avez jamais trouvé en moi une femme révoltée ou agressive. Ce n'est même pas à votre première faute, à votre premier outrage, que j'ai voulu briser notre union. Il a fallu des outrages cruels et répétés, des humiliations sans nombre, des douleurs cuisantes que je ne vous rappellerai pas, que vous ne nierez pas. Vous avez consenti au divorce tout de suite dès que le mot a été prononcé entre nous. Vous y avez consenti sans résistance, comme à une chose inévitable et juste. Et aujourd'hui vous venez me dire du haut d'un égoïsme monstrueux : « Ça ne compte plus. » Mais non, ça compte! Je suis libre, je suis libre par vous! Cette liberté, je ne me la laisserai pas reprendre. Ma vie n'est plus à vous, elle est à moi, et j'en ai disposé. Il ne fallait pas me la laisser. Et maintenant, Gaston, au nom du ciel... laissez-moi... ces discussions sont navrantes... oui... allez-vous-en. Attendons!... Faites ce qui vous plaira, mais ne nous disons plus de paroles brutales, dangereuses et blessantes comme des coups. Adieu!

GASTON.

Adieu!

(Entre madame de La Baudière.)

SCÈNE IV

Les Mêmes, MADAME DE LA BAUDIÈRE.

THÉRÈSE.

Ah! ah!

MADAME DE LA BAUDIÈRE.

Bonjour, Thérèse. Je vous trouve avec votre mari, c'est de bon augure. J'espère que cette réconciliation qui causerait à tous tant de joie, est un fait accompli... *(Elle les regarde.)* Non?

GASTON.

Non.

(Il sort.)

SCÈNE V

THÉRÈSE, MADAME DE LA BAUDIÈRE.

MADAME DE LA BAUDIÈRE.

Vous avez refusé ce que vous proposait votre mari?

THÉRÈSE.

Oui.

MADAME DE LA BAUDIÈRE.

Ah! Et avez-vous mesuré toutes les conséquences de ce refus?

THÉRÈSE.

Il ne peut pas y en avoir qui fassent ma situation plus douloureuse. C'est tant pis pour moi. Il ne fallait pas rencontrer cet homme-là autrefois. Je l'ai rencontré, c'est le destin. Si je n'en ai pas le droit, nous ne divorcerons pas, voilà tout. J'élèverai mon enfant. Cela suffira, soyez-en sûre, à occuper ma vie.

MADAME DE LA BAUDIÈRE.

Et s'il ne vous le laisse pas?

THÉRÈSE.

Qui? Jacques? Ah! je l'en défie bien, par exemple!

MADAME DE LA BAUDIÈRE.

Il est à lui aussi bien qu'à vous. Ce sont les enfants qui rendent ces situations inextricables. Que ferez-vous, si votre mari prend tranquillement son fils par la main et l'emmène chez lui?... comme c'est son droit...

THÉRÈSE *la regarde dans les yeux, puis va à gauche et appelle d'une voix basse.*

Marianne! Eh bien! Marianne, où êtes-vous?

VOIX DE MARIANNE.

Ici, madame...

THÉRÈSE.

Venez!...

VOIX DE MARIANNE.

Me voici, madame.

(Entre Marianne.)

SCÈNE VI

LES MÊMES, MARIANNE.

THÉRÈSE.

Amenez-moi Jacques tout de suite.

MARIANNE, *étonnée.*

Mais, madame, Jacques est avec monsieur.
Monsieur l'a pris pour lui faire faire une promenade en voiture.

THÉRÈSE, *d'une voix altérée.*

Ils sont partis ?

MARIANNE.

Oui, madame. Et Jacques était très content.

THÉRÈSE.

Quand sont-ils partis ?

MARIANNE.

A l'instant... Madame ne le savait pas ?

THÉRÈSE.

Si, je le savais. Ils sont trop loin pour les
appeler, n'est-ce pas, ils sont trop loin ?

MARIANNE.

Oh ! trop loin, madame... beaucoup trop loin...

THÉRÈSE.

Bien, laissez-nous.
(*Sort Marianne.*)

SCÈNE VII

THÉRÈSE, MADAME DE LA BAUDIÈRE.

THÉRÈSE.

C'est vrai ? C'est vrai ?

MADAME DE LA BAUDIÈRE.

Oui !

THÉRÈSE.

Il ne va pas me rapporter le petit tout de suite.
Il va le garder ?

MADAME DE LA BAUDIÈRE.

Probablement.

THÉRÈSE.

Oh! il ose infliger une pareille douleur à une femme qu'il a trahie, désespérée, dont il a brisé la vie en morceaux... Oh! le malheureux!...

MADAME DE LA BAUDIÈRE.

Un homme humilié et aigri est capable de bien des choses.

THÉRÈSE.

Il me menaçait tout à l'heure. Je ne comprenais pas, moi!... Je ne comprenais pas. Il n'a pas eu le courage de faire ça devant moi... pas même eu le courage de me le dire... Ah! le voilà le moyen qu'il a trouvé pour me faire rentrer chez lui!... Le voilà! Mais il est bon, son moyen, c'est le meilleur, c'est le seul. Ça vaut autant que de me traîner par les cheveux... Qu'est-ce que je peux faire? Rien, n'est-ce pas? Je ne peux pas me défendre!... Mais il ne voit donc pas l'existence que nous aurons tous les deux réunis, après ça! Il est donc fou!... Il est donc fou?...

MADAME DE LA BAUDIÈRE.

Vous verrez que lorsque le temps aura passé là-dessus...

THÉRÈSE.

Oh! ne discutons pas, madame, ce n'est pas la peine. On ne discute pas avec un individu qui vous assomme! Où est mon mari, vous le savez?

MADAME DE LA BAUDIÈRE.

Oui.

THÉRÈSE.

Vous allez m'y conduire.

MADAME DE LA BAUDIÈRE.

Je veux bien.

THÉRÈSE.

Il est à Angers?

MADAME DE LA BAUDIÈRE.

Il est à Angers.

THÉRÈSE.

Quand part-il pour Paris?

MADAME DE LA BAUDIÈRE

Ce soir ou demain.

THÉRÈSE.

Nous partirons ensemble, ça durera ce que ça durera. C'est bien tout ce qu'il exige. C'est bien tout. Il ne veut pas autre chose?

MADAME DE LA BAUDIÈRE.

Vous prenez là, ma chère amie, le parti le plus sage et le plus raisonnable. Tous vos vrais amis y applaudiront.

THÉRÈSE.

Mais comment donc!... Je vais préparer les effets du petit.

MADAME DE LA BAUDIÈRE.

Voulez-vous que je donne des ordres pour qu'on attelle la voiture?

THÉRÈSE.

Je vous en prie...

MADAME DE LA BAUDIÈRE.

J'y vais!

(Elle sort à droite.)

THÉRÈSE, à *Marianne qui vient d'entrer à gauche.*

Marianne, nous partons ce soir pour Paris... Préparez tout.

MARIANNE.

Bon, madame... Madame, monsieur Jossan vient d'arriver.

THÉRÈSE.

Ah! où est-il? *(Jossan paraît à gauche. Thérèse à la gouvernante.)* Allez, Marianne.

8

SCÈNE VIII

JOSSAN, THÉRÈSE.

JOSSAN, *qui a entendu les dernières répliques.*

Vous allez à Paris, ce soir? Qu'y a-t-il donc?

THÉRÈSE, *allant à lui.*

Ah! mon ami, voilà la douleur, voilà le désastre dont j'avais peur, sans savoir qu'ils étaient si près de moi.

JOSSAN.

Mais vous, êtes bouleversée!... Qu'avez-vous? *(Lui prenant les mains.)* Voyons, ne vous affolez pas... je suis là...

THÉRÈSE.

Mon mari est venu tout à l'heure comme vous partiez. Il a pris Jacques... il l'a emporté...

JOSSAN.

Emporté! Emporté où?...

THÉRÈSE.

Enfin, il veut le garder... il ne veut plus me le rendre... C'est son droit, il paraît... Vous comprenez, André, il faut que je m'en aille, il faut que je le suive... Est-ce que je peux le laisser partir tout seul, ce petit, sans moi? Je l'aime trop, j'ai trop mis de ma vie en lui, trop d'espoir, j'ai tout mis : je ne pourrais plus m'en séparer... Et maintenant que je vous vois là, près de moi, je sens que je ne peux pas non plus me séparer de vous... Et moi qui croyais que jusqu'à présent j'avais été malheureuse!... Mais va, André, notre séparation ne sera pas longue!... Je te reviendrai; je serai à toi bientôt...

(Elle tombe dans ses bras.)

JOSSAN.

Et puis, nous ne sommes pas encore séparés, c'est moi qui te le dis. Attends, attends! Qu'est-ce qu'il veut cet homme-là? De l'argent?

THÉRÈSE.

Oh! non, ce n'est pas un homme comme ça!...

JOSSAN.

Alors, qu'est-ce qu'il réclame? pourquoi est-il venu?

THÉRÈSE.

Par haine de vous, oui, par haine de vous, André, qu'il ne connaît pas... Par jalousie, par envie, par horreur de nous voir un jour heureux, plus heureux que lui. Il me l'a dit, il n'y a pas d'autre motif, car il ne m'aime pas, il ne m'a jamais aimée.

JOSSAN.

Quel imbécile, quel sauvage imbécile? Enlever un enfant, maintenant, comme dans un roman-feuilleton... Est-ce bête! Sans compter que si on le lui laissait, il ne saurait pas où le mettre, il serait le premier embarrassé et il viendrait tout de suite vous supplier de le reprendre. Mais qu'est-ce qu'il peut espérer, ce monsieur? Il a la prétention de garder une femme et un enfant de force, aujourd'hui, avec les moyens de locomotion qu'il y a! Alors, quoi? Il a commis cette action qui serait la plus ignoble, si elle n'était la plus stupide, pour rien, pour le plaisir de vous voir souffrir un peu plus? Pour satisfaire un caractère violent et envieux? Mon Dieu! mon Dieu!

que les hommes se fassent du mal, je le veux
bien, mais au moins que ça leur serve à quelque
chose! Et il croit que nous allons le laisser faire?
Non, pas cette fois-ci, une autre fois! Tenez! moi,
il n'y a que ces gens-là qui m'exaspèrent! Je
n'aurai pas de colère contre un malfaiteur qui
essaye de vous dévaliser ou de vous égorger par
intérêt, mais ces êtres qui courent après les gens
heureux pour aboyer et pour mordre, comme des
roquets, sans profit pour eux, uniquement parce
qu'ils ont l'instinct de mordre et d'aboyer, qui
semblent créés tout exprès pour vous gâter les
rares heures de joies qu'on peut avoir dans la vie,
ma parole, ils sont à tuer!... *(Changeant de ton.)*
Bon, voilà la première fois que je me mets en
colère depuis dix ans. J'en avais besoin, ça m'a
fait beaucoup de bien, je suis très content. A présent, nous allons avoir le plus grand sang-froid
et battre tout ça à plate couture, n'ayez aucun
doute à ce sujet. Et d'abord, il ne faut pas partir,
il faut le laisser partir, lui!... Et vous allez rester
ici, ne pas bouger et ne pas tomber tête baissée
dans un piège!

THÉRÈSE.

Oh! mon ami, mon ami, réfléchissez? Je vous
en supplie, ne me rendez pas notre séparation
plus affreuse, en me demandant une chose que
je ne peux pas faire! Lutter! mais comment!
Il est le plus fort! Nous aurons beau lutter, nous
débattre, est-ce qu'il ne faudra pas nous résigner? finir par nous résigner...!

JOSSAN.

On ne doit se résigner qu'au bonheur. Moi, je
ne me suis jamais résigné à autre chose et je ne
vais pas commencer aujourd'hui. Ecoutez, Thérèse, je ne viens pas comme un amant emporté

vous demander de tout quitter pour me suivre, de
briser, pour être à moi seul, tous les liens et tous
les devoirs. Mais je ne le voudrais pas!... Je ne
l'accepterais pas! Car cela nous ferait un amour
troublé et inquiet, un amour sans joie, et l'amour
doit être joyeux! Non, ce que je vous demande,
c'est d'avoir un instant, en moi qui vous aime, la
belle confiance, la confiance entière et totale!
Parce que je vous jure que nous serons vainqueurs, parce qu'il y a des choses si odieuses et si
inutiles qu'elles ne durent que si tout le monde
se courbe lâchement devant elles. Nous avons
affaire à des méchants et à des imbéciles; les
méchants et les imbéciles sont dangereux, mais
ils ne le sont pas longtemps. Ils foncent sur vous,
mais si on leur résiste, ils s'enfuient. Car ils n'ont
pas de volonté, ils n'ont que de la violence... Thérèse, je vous rendrai votre enfant, je vous le
rendrai... J'en suis sûr... Regardez-moi, j'en suis
sûr! Veux-tu me regarder... je te dis que j'en
suis sûr. Mais pour cela, il faut m'obéir si vous
m'aimez et surtout il ne faut pas tout abandonner
comme vous alliez le faire, notre amour et notre
bonheur, au premier geste de menace!

THÉRÈSE.

Oh! André! André!... C'est vrai que je n'ai pas
été bien brave!... J'allais presque vous trahir!
Mais c'est un coup si cruel!... Je m'y attendais
si peu... J'ai perdu la tête...

JOSSAN.

Ma chérie, vous avez été ce que vous deviez
être... Vous avez été chancelante, vous avez
tremblé devant la brutalité et la bêtise. Mais cela
n'est pas vilain et c'est ainsi que doivent être
les femmes, afin que ceux qui les aiment puissent

les défendre. Nous allons donc organiser une défense héroïque.

THÉRÈSE, *lui prenant la main.*

Mon Dieu! Qu'est-ce que je deviendrais sans vous?...

JOSSAN, *riant.*

J'en frémis... Mais aussi vous m'avez et tout est là. Alors, on n'a plus peur?...

THÉRÈSE.

Non... Non...

JOSSAN.

Quoi qu'il arrive, on ne s'affolera plus?

THÉRÈSE.

Non.

JOSSAN, *souriant.*

Et tu crois fermement que nous gagnerons la bataille?

THÉRÈSE.

Oui.

JOSSAN.

Eh bien! alors, nous la gagnerons!

THÉRÈSE.

Que vais-je dire à ma tante?

JOSSAN.

Madame de La Baudière?

THÉRÈSE.

Oui!

JOSSAN.

Elle doit venir ici?...

THÉRÈSE.

Elle est ici.

JOSSAN.

Elle avait accompagné votre mari?...

THÉRÈSE.

Oui.

JOSSAN.

Mais c'est admirable ! Elle a entendu dire que Catherine de Médicis avait enlevé des enfants, elle veut en enlever aussi. Mais où est-elle donc ?

THÉRÈSE.

Elle fait atteler la voiture. Nous devions partir ensemble... Il vaudrait peut-être mieux qu'elle ne vous vît pas ?

JOSSAN

Au contraire, il est indispensable qu'elle me voie, et surtout qu'elle répète à votre mari qu'elle m'a vu, et que c'est moi qui vous ai empêchée de partir. . Ça lui fouettera le sang à cet homme-là... Chut ! taisez-vous... vous allez encore vous effrayer. Je vous affirme que ça ne finira pas par ma mort ni par la sienne.

THÉRÈSE, à la terrasse.

Voici madame de La Baudière.

JOSSAN, regardant en bas.

Comme elle trotte ! Comme elle trotte ! Je me fais un véritable plaisir de la voir... Jamais je n'ai été d'aussi bonne humeur qu'en ce moment... Elle s'avance, elle n'est pas loin, la voici... Bonjour, madame !...

(Paraît madame de La Baudière à droite.)

SCÈNE IX

LES MÊMES, MADAME DE LA BAUDIÈRE.

MADAME DE LA BAUDIÈRE.

Monsieur Jossan !

JOSSAN.

Enchanté de vous rencontrer, chère madame... et comment se porte monsieur de La Baudière ?

MADAME DE LA BAUDIÈRE.

Fort bien, je vous remercie... Ma chère Thérèse...

JOSSAN.

Et mademoiselle Lucienne? Sa santé est bonne?

MADAME DE LA BAUDIÈRE.

Excellente, monsieur... Thérèse, la voiture est attelée. Dépêchez-vous de vous habiller.

THÉRÈSE.

Ma tante, je... j'ai réfléchi... oui, toutes réflexions faites, je ne vous accompagnerai pas.

MADAME DE LA BAUDIÈRE, *regardant André.*

Ah! ah!

JOSSAN.

Oui, c'est moi qui me suis permis de donner ce conseil à madame.

MADAME DE LA BAUDIÈRE, *à Thérèse, avec une feinte indignation.*

Vous abandonnez votre enfant?

JOSSAN, *après avoir fait signe à Thérèse.*

Non, non, elle n'abandonne pas son enfant. Elle sait bien que son père l'a conduit chez vous, qu'il y passera une excellente nuit et que vous en prendrez tous les soins possibles et imaginables. Et demain on le lui rendra.

MADAME DE LA BAUDIÈRE.

Non, monsieur.

JOSSAN.

On le lui rendra, parfaitement, parce que on n'enlève plus les enfants à leurs mères. En 1571, le duc d'Anjou a fait égorger le seigneur de ces lieux pour lui enlever sa femme. Aucun duc aujourd'hui n'est capable de faire une chose pareille. Que voulez-vous, madame? Il y a des choses qui ne se font plus. Il faut en prendre votre parti.

MADAME DE LA BAUDIÈRE.

En tout cas, monsieur, je vous félicite. Vous prenez avec un dévouement bien rare la défense d'une femme que vous connaissez à peine. C'est très beau.

JOSSAN.

Comment, que je connais à peine! Mais, je connais très bien madame. Je vais même vous dire mieux. Je l'aime et je suis décidé à l'épouser. Vous voyez qu'il est indispensable qu'elle divorce.

MADAME DE LA BAUDIÈRE.

Jamais monsieur de Rive, mon neveu, ne consentira à divorcer. C'est moi qui vous l'affirme.

JOSSAN.

Nous verrons.

MADAME DE LA BAUDIÈRE.

Ah! vous jouez ce jeu-là avec moi!... Eh bien! monsieur, je vais vous dire quelque chose. Je me suis mis dans la tête, moi, de réconcilier madame avec son mari, et je vous préviens que jusqu'à présent, j'ai toujours fait tout ce que j'ai voulu.

JOSSAN.

Comme ça se trouve! Moi aussi!

ACTE IV

Chez La Baudière.

A Angers. Salon attenant à la salle de billard. Grande baie à
droite, servant d'unique sortie.

SCÈNE PREMIÈRE

JOSSAN, LUCIENNE.

LUCIENNE, *lui tendant les mains en entrant.*

Vous attendez mon père pour votre partie de
billard? Il n'a pas fini sa sieste.

JOSSAN.

Ne le réveillez pas, mademoiselle. J'ai une
petite course à faire, je suis de retour dans un
instant.

LUCIENNE.

Je lui dirai simplement que vous êtes venu,
n'est-ce pas?

JOSSAN.

C'est ça. Et si vous voulez être l'amabilité
même...

LUCIENNE.

Je crois bien...

JOSSAN.

Vous ajouterez que je vais revenir pour ce qu'il sait.

LUCIENNE.

Pour ce qu'il sait?

JOSSAN.

Au sujet de ma lettre de ce matin. Car votre père a dû recevoir une lettre de moi, ce matin?

LUCIENNE.

J'étais là quand il l'a décachetée.

JOSSAN.

Ah!

LUCIENNE, *riant.*

Et si vous lui avez écrit cette lettre pour le mettre en colère, je crois pouvoir vous dire que vous avez joliment réussi.

JOSSAN, *riant aussi.*

Parfait. Qu'est-ce qu'il a dit?

LUCIENNE.

Dès les premières lignes il s'est écrié : « Ça, par exemple, c'est trop fort! Ils ont fait une chose pareille sans me consulter? Ils me le paieront! »

JOSSAN.

Très bien.

LUCIENNE.

Puis il m'a demandé : « Ta mère est dans sa chambre? » et sur ma réponse affirmative, il a fait quelques pas comme pour aller lui parler. Mais alors il a continué la lecture de votre lettre et il s'est calmé tout à coup en murmurant : « Il a raison... oui... il a raison. » C'est de vous qu'il parlait cette fois-ci.

JOSSAN.

C'est de moi.

LUCIENNE.

Ensuite, il a retroussé sa moustache et il m'a embrassée.

JOSSAN.

Il a bien fait.

LUCIENNE.

Sur ces entrefaites, mère est entrée et papa a mis tranquillement votre lettre dans sa poche. « Qu'est-ce que c'est que cette lettre? » a demandé mère. Et papa a répondu d'un air détaché : « C'est sans importance, » n'hésitant pas à me donner ainsi le plus dangereux exemple de dissimulation entre mari et femme. Et maintenant, monsieur, tenez-vous à savoir pourquoi je me livre en votre faveur à ce léger espionnage?

JOSSAN.

J'y tiens absolument.

LUCIENNE.

D'abord, c'est parce que, en confiant votre procès à monsieur de Méray vous lui rendez un grand service et à moi aussi, par conséquent, puisque monsieur de Méray et moi nous voulons nous marier, et que cela facilitera peut-être notre union.

JOSSAN.

Je me suis adressé à monsieur de Méray, parce que c'est un avocat de grand talent.

LUCIENNE.

Vous n'en savez rien, puisque vous ne l'avez jamais entendu plaider et qu'il n'a pas une grande réputation. Vous lui confiez votre procès, au risque de le perdre, par sympathie pour moi, je l'ai parfaitement deviné.

JOSSAN.

C'est vrai, pourtant, que j'ai beaucoup de sympathie pour vous.

LUCIENNE.

Je n'ai même pas deviné que ça.

JOSSAN.

Et qu'avez-vous deviné encore?

LUCIENNE.

Qu'on essayait de nous marier et que cette idée ne vous allait pas du tout...

JOSSAN.

Permettez, mademoiselle...

LUCIENNE.

Mais c'est tout naturel. D'ailleurs, moi-même, quoiqu'il n'y ait pas une jeune fille qui ne doive être libre de porter votre nom, je me serais vue dans l'obligation de refuser. Que voulez-vous? On n'est pas maître de ses sentiments. Vous m'excuserez, n'est-ce pas?

JOSSAN.

Vous êtes délicieuse.

LUCIENNE.

Pendant que j'y suis, je vais vous dire encore quelque chose. J'ai compris d'après des mots entendus, de-ci, de-là, que vous n'aviez pas ici que des amis. Eh bien! si vous avez besoin d'une petite alliée, ne vous gênez pas, je suis là.

JOSSAN.

Merci, mademoiselle Lucienne. J'accepte. Et je vais en profiter tout de suite en vous priant de me donner un simple renseignement.

LUCIENNE.

Voyons.

JOSSAN.

Savez-vous si votre cousin, monsieur de Rive, quitte ce soir Angers, et à quelle heure?

LUCIENNE.

Il devait partir par le train de cinq heures.

JOSSAN.

Ah!

LUCIENNE.

Mais il ne part plus.

JOSSAN.

Vous en êtes sûre?

LUCIENNE.

En tout cas, pas aujourd'hui.

JOSSAN.

Et pourquoi, si ce n'est pas trop indiscret?

LUCIENNE.

Il n'y a pas d'indiscrétion. On est allié ou on ne l'est pas. Il ne part plus à cause de vous.

JOSSAN.

De moi?

LUCIENNE.

Oui. Hier soir, après dîner, il a eu une longue conversation avec ma mère... Papa était allé se coucher. Moi, je passais dans le couloir pour monter dans ma chambre. Vous pensez que je n'ai pas écouté à la porte, quoique j'en eusse un peu envie. Mais il y a des choses qui ne se font pas. Néanmoins, comme mon cousin parlait très haut et d'une voix presque furieuse, j'ai entendu ces mots : « Je vous jure que j'aurai, coûte que coûte, une explication avec monsieur Jossan!... J'irai le trouver ce matin. »

JOSSAN.

Il a dit cela textuellement?

LUCIENNE.

Textuellement.

JOSSAN.

Ça va bien, ça va très bien.

LUCIENNE

Vous êtes content?

JOSSAN.

Enchanté.

LUCIENNE.

Mais si monsieur de Rive va vous chercher aujourd'hui chez votre sœur, il ne vous rencontrera pas.

JOSSAN.

Est-il déjà parti?

LUCIENNE.

Pas encore. Il était sorti après déjeuner pour faire faire un tour de promenade à Jacques; il vient de rentrer. Faut-il lui dire que vous êtes ici?

JOSSAN.

Il ne faut pas le lui dire... exprès... Il faut le lui apprendre...

LUCIENNE.

En en parlant négligemment devant lui. C'est compris. Cela sera fait dans cinq minutes. Ah! j'entends mon père... Il est réveillé. Ce n'est pas la peine de vous en aller... Au revoir, monsieur. A propos, si vous voyez, par hasard, ma cousine Thérèse, voulez-vous vous charger d'une commission pour elle?

JOSSAN.

Certes, oui!

LUCIENNE.

Dites-lui que je l'aime bien.

(Entre La Baudière.)

SCÈNE II

Les Mêmes, LA BAUDIÈRE.

LA BAUDIÈRE, *serrant la main de Jossan.*

Je vous ai fait attendre, mon cher ami ?...

JOSSAN, *se tournant vers Lucienne.*

Et j'en suis bien aise.

LA BAUDIÈRE.

Cette petite fille a été aimable ?

LUCIENNE.

Charmante.

(Elle fait un pas pour se retirer.)

LA BAUDIÈRE, *à Lucienne.*

Monsieur de Méray passera-t-il à la maison, cet après-midi ?

LUCIENNE.

Probablement.

LA BAUDIÈRE.

Bon. Tu lui diras de venir me voir demain.

LUCIENNE.

A quelle heure ?

LA BAUDIÈRE.

Demain matin.

LUCIENNE.

Ah ! Et s'il me demande pour quoi faire ?

LA BAUDIÈRE.

Tu lui répondras que je lui accorde ce qu'il désire... Que je le lui accorde de ma propre autorité et que c'est une affaire entendue.

LUCIENNE, *embrassant La Baudière.*

Merci, papa.

LA BAUDIÈRE.

Tu as compris?

LUCIENNE.

Vaguement. Et si mère continuait à s'opposer...

LA BAUDIÈRE, *très décidé.*

Tu épouseras monsieur de Méray dans six semaines, voilà mon dernier mot.

LUCIENNE.

Je m'incline, papa, je m'incline.

LA BAUDIÈRE.

Maintenant, mon enfant, laisse-nous.

LUCIENNE, *saluant Jossan.*

Monsieur...

JOSSAN.

Mademoiselle...

    (Sort Lucienne.)

SCÈNE III

JOSSAN, LA BAUDIÈRE.

LA BAUDIÈRE.

Ah! mais nous allons voir!... Vous savez que depuis que j'ai reçu votre lettre je ne décolère pas. Devinez ce que j'ai rêvé tout à l'heure en faisant ma sieste?... Oui, en effet, vous ne pouvez guère... Mon cher, j'ai rêvé que je flanquais des calottes à ma femme, moi, La Baudière! Ce n'était qu'un rêve, malheureusement.

JOSSAN.

Madame de La Baudière ne vous avait rien raconté hier soir?

9

LA BAUDIÈRE.

Absolument rien. Elle était arrivée de Sauveterre de fort méchante humeur; elle avait les
sourcils froncés et l'air menaçant. Mais elle prend
cet air-là pour la moindre des choses et je n'y
avais même pas fait attention.

JOSSAN.

Et votre neveu?

LA BAUDIÈRE.

En le voyant avec son fils, j'ai cru tout bonnement qu'il voulait le garder vingt-quatre heures
avec lui, du consentement de Thérèse, bien
entendu. Qui aurait imaginé une histoire pareille?
Ils me le payeront tous les deux. Je ne sais pas
comment, mais ils me le payeront! Nous empê-
cherons cette insanité. Avez-vous un plan?

JOSSAN.

Oui, mais d'abord, il faut que je vous explique
pour quelle raison je prends tant d'intérêt...

LA BAUDIÈRE.

Ah! mon cher ami, c'est bien inutile... Je le
sais.

JOSSAN.

Ah!

LA BAUDIÈRE.

Vous aimez Thérèse, et comme je vous comprends! Vous l'avez même aimée cinq minutes
environ après l'avoir vue.

JOSSAN.

Oui, à peu près.

LA BAUDIÈRE.

Je me trompe peut-être d'une minute ou deux,
mais ça m'étonnerait. Je l'ai deviné tout de suite
et j'en ai été très heureux.

JOSSAN.

Vraiment?

LA BAUDIÈRE.

Ma parole, j'ai pour vous la grosse affection. Quand vous aurez épousé Thérèse, il ne faudra pas m'oublier. Vous viendrez me voir de temps en temps?

JOSSAN.

Je vous promets, La Baudière, que je viendrai tous les étés faire une partie de billard avec vous.

LA BAUDIÈRE.

Bravo! Cette affaire-là est capable de me rajeunir de dix ans.

JOSSAN.

N'en doutez pas. Mais seulement pour cela...

LA BAUDIÈRE.

En effet. Voyons votre plan, car il faut nous dépêcher. Mon animal de neveu prend le train de cinq heures, je crois, et d'après ce que vous me dites, il emmène le petit.

JOSSAN.

Il ne part pas aujourd'hui.

LA BAUDIÈRE.

Comment ça?

JOSSAN.

Il me cherche.

LA BAUDIÈRE.

Vous?

JOSSAN.

Moi.

LA BAUDIÈRE.

Et pourquoi faire?

JOSSAN.

Mais je suppose que c'est pour me provoquer...

LA BAUDIÈRE.

Morbleu !... Si je savais cela !...

JOSSAN.

Chut ! N'empêchez rien, c'est excellent. D'abord, ça retardera son départ de deux ou trois jours...

LA BAUDIÈRE.

Si vous croyez que je vais vous laisser battre en duel avec cet idiot !

JOSSAN.

Nous n'y arriverons qu'à la dernière extrémité, rassurez-vous. Et nous n'y sommes pas encore. Je connais ces natures-là. J'en ai rencontré beaucoup et j'y ai réfléchi depuis hier. Elles ne sont pas foncièrement mauvaises.

LA BAUDIÈRE.

Qu'est-ce que ça serait, si elles l'étaient !

JOSSAN.

Elles ne sont devenues mauvaises et dangereuses que sous l'action des circonstances et de la vie. Mais le fond primitif est bon, il est quelquefois même très bon. Thérèse m'a raconté sa conversation avec son mari ; cet homme n'est pas ce que je croyais : il est surtout malheureux. J'aime mieux avoir affaire à un homme comme votre neveu qu'à un hypocrite ou à un poltron.

LA BAUDIÈRE.

Il n'est ni l'un, ni l'autre, c'est vrai. D'ailleurs, j'ai remarqué qu'il n'a pas l'air bien fier de ce qu'il a fait, ce monsieur.

JOSSAN.

Et pour nous résumer, puisqu'il me cherche, et qu'il finira nécessairement par me trouver, autant lui épargner la moitié du chemin. Maintenant, voici comment nous allons opérer. Vous êtes censé ne rien savoir, n'est-ce pas ?...

LA BAUDIÈRE.

Rien du tout.

JOSSAN.

Eh bien ! Vous nous présenterez l'un à l'autre cet après-midi, à la première occasion, aussi naturellement que vous l'auriez fait si nous nous étions rencontrés chez vous, par hasard. Il sait que je suis ici, il ne s'éloignera pas. Nous verrons bien ce qui arrivera.

LA BAUDIÈRE.

C'est peut-être, en effet, ce qu'il y a de mieux. Faisons-nous notre partie de billard en attendant ?...

JOSSAN.

Tout à l'heure. J'ai rendez-vous avec Thérèse. Elle va venir embrasser son enfant. Elle sera très calme, je lui ai fait la leçon.

LA BAUDIÈRE.

Moi, je vais profiter de cette histoire qui me donne barre sur ma femme pour marier Lucienne avec notre jeune avocat, et avec une autorité et une énergie dont la pensée m'amuse d'avance.

JOSSAN.

Vous me raconterez ça?

LA BAUDIÈRE.

Nous en rirons ensemble. *(La porte s'ouvre.)* Ah ! Voici précisément madame de La Baudière.

JOSSAN.

Bonne chance. *(A madame de La Baudière qui est entrée.)* Votre santé est bonne, chère madame?

MADAME DE LA BAUDIÈRE.

Elle n'a jamais été meilleure, monsieur, je vous remercie.

JOSSAN, *en sortant.*

Vous m'attendez La Baudière?

LA BAUDIÈRE.

Oui, mon bon ami.

(Sort Jossan.)

SCÈNE IV

LA BAUDIÈRE, MADAME DE LA BAUDIÈRE.

MADAME DE LA BAUDIÈRE.

J'ai à te parler.

LA BAUDIÈRE.

Moi aussi, car je viens de prendre une résolution définitive, tu entends? définitive, au sujet du mariage de Lucienne.

MADAME DE LA BAUDIÈRE.

Je regrette, mais moi j'en ai pris une autre et si la tienne est définitive, la mienne est irrévocable.

LA BAUDIÈRE.

Permets!... Non...

MADAME DE LA BAUDIÈRE.

J'ai eu des renseignements très intimes sur monsieur Jossan. C'est un homme dissolu dont les aventures de toutes sortes ont causé de véritables scandales. J'ai réfléchi. Ce n'est pas du tout le mari qu'il faut à Lucienne.

LA BAUDIÈRE.

Ah!

MADAME DE LA BAUDIÈRE.

Il faut marier Lucienne avec le petit Méray qui est un garçon charmant. Tu ne trouveras jamais mieux.

LA BAUDIÈRE, — *un temps.*

Tu y tiens?

MADAME DE LA BAUDIÈRE.

Absolument.

LA BAUDIÈRE.

C'est ton dernier mot?

MADAME DE LA BAUDIÈRE

Oui.

LA BAUDIÈRE.

Oh! quand tu veux quelque chose, toi! *(A part.)* Ça y est.

(Entre Lucienne.)

SCÈNE V

LES MÊMES, LUCIENNE.

LUCIENNE.

Papa, Thérèse vient d'arriver. Elle veut te voir.

LA BAUDIÈRE.

Mais qu'elle entre.
(Sort Lucienne.)

MADAME DE LA BAUDIÈRE.

A propos de ton neveu, c'est un joli monsieur encore celui-là!

LA BAUDIÈRE.

Qu'y a-t-il donc?

MADAME DE LA BAUDIÈRE.

Quand je pense que j'ai été assez bête pour

vouloir le réconcilier avec sa femme! Voilà ce
que c'est que d'être trop bonne.

LA BAUDIÈRE

Mais qu'est-ce qu'il t'a fait?

MADAME DE LA BAUDIÈRE.

Je te raconterai ça tout à l'heure.

(Entrent Thérèse et Lucienne.)

SCÈNE VI

LES MÊMES, THÉRÈSE, LUCIENNE.

LA BAUDIÈRE, à *Thérèse.*

Bonjour, ma chère enfant.

MADAME DE LA BAUDIÈRE.

Je vous laisse avec votre oncle, puisque vous
avez à causer. *(A Lucienne.)* Viens Lucienne, j'ai
une grande nouvelle à t'apprendre.

LUCIENNE.

Quoi, maman?

(Sortent madame de La Baudière et Lucienne.)

SCÈNE VII

LA BAUDIÈRE, THÉRÈSE.

THÉRÈSE.

Vous êtes au courant, n'est-ce pas, mon oncle?

LA BAUDIÈRE.

Oui. Et, morbleu! ça n'est pas fini!...

THÉRÈSE.

Je suis venue embrasser Jacques avant son départ. Il était tout seul dans le jardin, j'ai pu lui parler sans que mon mari m'aperçût. Je lui ai dit qu'il allait partir avec son père pour Paris et que je le rejoindrais bientôt. Il n'a pas compris pourquoi je ne voulais pas l'accompagner, ce petit, et il s'est mis à pleurer. C'est la première chose que font les enfants quand ils ne comprennent pas. Je lui ai recommandé d'être bien sage et de bien obéir à son père. Figurez-vous qu'il m'a fait jurer, oui, mon oncle, il m'a forcée à étendre le bras et à jurer que je ne resterais pas plus d'un jour loin de lui... D'ailleurs, je ne peux pas croire que cette situation dure longtemps. Vous ne le croyez pas non plus, n'est-ce pas?

LA BAUDIÈRE.

Non pas, certes, dussè-je y perdre mon nom !

THÉRÈSE.

Je suis dans une de mes journées d'espérance. Il est impossible qu'il ne me rende pas Jacques avant peu.

LA BAUDIÈRE.

Si vous voyez votre mari, et vous allez le voir, je vous recommande le plus grand calme. Nous agirons de notre côté, monsieur Jossan et moi.

THÉRÈSE, allant à La Baudière.

Mon oncle, vous allez me répondre franchement.

LA BAUDIÈRE.

Comme toujours.

THÉRÈSE.

Vous me le promettez?

LA BAUDIÈRE.

Je vous le promets.

THÉRÈSE.

Eh bien! mon oncle, dites-moi, vous qui êtes si sincère et si droit, dites-moi bien nettement si vous m'approuvez, si rien dans ma conduite ne vous paraît suspect, ne vous choque si peu que ce soit... J'ai tant d'estime pour vous, et j'ai tant besoin aussi de l'estime d'un homme comme vous dans les circonstances que je traverse. Elles sont très profondément douloureuses, je vous assure. Elles ont mis mon cœur, elles ont mis ma conscience à la plus dure épreuve. Moi, certes, moi, je sais bien au fond de mon cœur que je n'ai aucune arrière-pensée, que je n'ai fait aucun calcul; je sens bien que je suis dans mon droit de femme et de mère... Je suis bien sûre de ma loyauté et de mon devoir... Mais les autres, mais vous surtout... Oh! Tenez, une simple parole, un simple conseil me seraient d'un si grand secours en ce moment!

LA BAUDIÈRE, ému.

Mon enfant, je crois être un brave homme et avoir l'instinct de ce qui est juste. Eh bien! votre vie tout entière est sans reproche. Pendant dix ans, vous vous êtes prêtée à tous les sacrifices pour éviter le scandale et maintenir votre foyer. Et vous avez eu raison. Des gens de notre caractère et de notre condition n'ont le droit de briser la famille qu'à la dernière extrémité, quand tout ce qu'il est possible de faire, ils l'ont fait. C'est votre cas. Aujourd'hui, il n'y a plus, entre votre mari et vous, que les liens fragiles de la loi; humainement, vous ne lui devez plus rien, et, sur mon honneur, c'est moi qui vous l'affirme, vous avez le droit d'aimer un autre homme que lui. Cet homme vous l'avez rencontré, tant mieux! Il vous aime et vous l'aimez, c'est un grand bonheur, car vous êtes, vous et lui, des êtres dignes l'un de l'autre. C'est dommage que vous ne vous soyez pas trouvés plus tôt, mais il n'est jamais trop tard pour avoir un peu de joie. Et sachez, en outre, une chose : moi aussi, je vous aime bien tous les deux.

(Il l'embrasse.)

THÉRÈSE.

Ah! mon oncle, quel courage vous me donnez!

(La porte s'ouvre. Entre Gaston.)

LA BAUDIÈRE, *à part.*

Voici l'autre... *(A Gaston.)* Tu n'as rien de particulier à me dire?

GASTON.

Non, mon oncle.

LA BAUDIÈRE.

Alors, je te laisse avec ta femme.

(Il sort.)

SCÈNE VIII

GASTON, THÉRÈSE.

GASTON.

J'apprends votre arrivée...

THÉRÈSE.

Je tenais à embrasser Jacques avant de le quitter. Vous comprenez cela, n'est-ce pas? Je l'embrasserai même encore tout à l'heure, si vous n'y voyez pas d'inconvénient. *(Gaston hausse légèrement les épaules.)* Rassurez-vous, je ne vais pas l'enlever et le conduire à Sauveterre... Il finirait par être un peu ahuri, cet enfant.

GASTON.

N'ayez donc aucune inquiétude à ce sujet.

THÉRÈSE.

Je suppose que vous voudrez bien m'en donner des nouvelles de temps en temps.

GASTON.

Autant de fois que vous le désirerez.

THÉRÈSE.

Je vous ai apporté des effets pour lui et du linge... Hier, comme vous étiez très pressé, vous n'avez pas songé à ces détails... Il n'a même pas de pardessus... ce petit.

GASTON.

Je vous remercie.

THÉRÈSE.

A tout hasard, j'ai amené Marianne, dont il a l'habitude... Je n'ai pas de conseils à vous donner, vous vous entendez certainement mieux que moi à soigner les enfants, mais à votre place, je garderais Marianne. Vous avez des affaires, des occupations, vous ne pouvez pas toujours rester avec votre fils. Une femme dévouée vous sera très commode.

GASTON.

Je ne crois pas que Marianne soit aussi dévouée que sa mère. Enfin, n'en parlons plus.

THÉRÈSE.

N'en parlons plus, comme vous dites.

GASTON.

Je ne vous ferai pas réintégrer le domicile conjugal par la force armée.

THÉRÈSE.

Ce serait, en effet, la seule force qui pourrait me le faire réintégrer aujourd'hui.

GASTON.

Je laisse à votre charge les conséquences de tout cela.

THÉRÈSE.

Je les supporterai, quelles qu'elles soient, résolue et tranquille dans ma conscience. J'aurai avec moi tous les gens qui ont la raison saine et un bon cœur. Hier, j'ai failli être à votre merci sous le coup d'une émotion, d'une douleur foudroyante. Je vous ai échappé, c'est fini.

GASTON.

Vous allez partir!... Vous allez me suivre, comme vous le deviez!... C'est cet homme qui vous en a empêchée, je le sais!

THÉRÈSE.

Je ne vous répondrai jamais, quand vous me parlerez de lui.

GASTON.

Eh bien! il me répondra lui, je vous en donne ma parole!

THÉRÈSE.

Qu'est-ce que vous allez faire encore? Qu'est-ce que vous allez faire?

GASTON.

Vous le verrez.

THÉRÈSE.

Est-ce que vous allez vous battre? Il ne vous manquerait plus que ça, par exemple!

GASTON.

Je veux faire sa connaissance à ce monsieur, car enfin, je ne le connais pas.

THÉRÈSE.

Oh !

GASTON.

Mais n'ayez donc pas peur pour lui !... Il est
très fort à toutes les armes, il est très coura-
geux, il s'est battu dix fois... il est beaucoup plus
fort que moi !... C'est lui qui me tuera, soyez
tranquille ! Tenez, voilà une chose qui arrangerait tout. Votre enfant serait bien à vous, à vous
seule, vous en feriez ce que vous voudriez ! Et
c'est aussi sûr que nous sommes ici tous les deux,
j'aurai beau me défendre, je serai battu, je le
sais. Je serai vaincu comme je l'ai toujours été
dans la vie, comme je le serai toujours... Il vaut
donc mieux en finir tout de suite. Puisque j'ai
fait des fautes, puisque j'ai causé tant de malheurs, il est juste que je sois puni, n'est-ce pas ?
Je le serai. Tant mieux !

THÉRÈSE.

Gaston, je vous en supplie, ayez une seconde
de raison.... Vous vous rendez malheureux, vous
vous torturez !... Mais je ne vous déteste pas !...
Jamais il n'est entré dans mon cœur de la haine
contre vous !... Je ne veux pas que vous vous
battiez ! Je ne veux pas que vous soyez tué !

GASTON.

Voulez-vous partir avec moi ? Voulez-vous me
suivre ?

THÉRÈSE.

Non !

GASTON.

Alors, laissez-moi.

(Il fait un pas. Entrent La Baudière, puis Jossan.)

SCÈNE IX

Les Mêmes, JOSSAN, LA BAUDIÈRE.

LA BAUDIÈRE, à Jossan.

Allons! cinquante points. (Se tournant à gauche vers Gaston.) Tiens! je ne vous voyais pas... Mon cher Jossan, permettez-moi de vous présenter mon neveu, monsieur Gaston de Rive. (Présentant Jossan.) Monsieur André Jossan.

JOSSAN.

Très heureux, monsieur...

(Il lui tend la main.)

GASTON, avec les sourcils froncés et après une hésitation.

Monsieur...

(Il lui touche la main et la retire aussitôt.)

LA BAUDIÈRE, à Thérèse.

Madame de Morènes à un mot à vous dire... Voulez-vous la voir?...

THÉRÈSE, à La Baudière.

Mon oncle... mon oncle... je vous en prie.

LA BAUDIÈRE, avec une volonté affectueuse.

Venez, mon enfant... (La prenant par le bras.) Venez... (Bas.) Ne craignez rien...

(Thérèse sort, emmenée par La Baudière. Thérèse se retourne sur le seuil de la porte et regarde son mari.)

SCÈNE X

JOSSAN, GASTON.

GASTON, *dès que la porte est refermée.*

Monsieur, je pense que vous n'avez pas pris au sérieux la poignée de main que j'ai été obligé de vous donner devant mon oncle?

JOSSAN.

Mais, monsieur, je l'ai prise comme une poignée de main de salon. Ça ne signifie rien, ça n'engage à rien. On en donne comme ça toute la journée.

GASTON, — un temps.

Monsieur, j'avais l'intention de me présenter cet après-midi chez vous ou plutôt chez le baron de Morènes, votre beau-frère, où vous habitez...

JOSSAN.

Et à quoi devais-je l'avantage de cette visite?

GASTON.

Vous ne devinez pas?

JOSSAN.

Non.

GASTON.

Pourtant, je suppose que nous n'avons guère besoin d'explications après ce qui s'est passé entre nous?

JOSSAN.

Entre nous, mais que s'est-il donc passé? Car, sauf de vous acheter une propriété, ou plutôt de l'acheter à madame de Rive, je ne vois pas quels rapports nous avons eus ensemble jusqu'à présent.

GASTON.

Épargnons-nous des paroles inutiles, voulez-vous? Vous vous êtes depuis quelque temps mêlé à ma vie d'une façon directe et malfaisante. En tout cas, je la considère comme malfaisante, c'est l'essentiel... Je vous en demande raison... Je suis dans un état d'esprit tel que si vous refusiez de vous battre, je vous y contraindrais... Quand un homme comme moi tient absolument à se battre avec un homme comme vous, il y arrive toujours, c'est facile.

JOSSAN.

Monsieur, j'ai eu un assez grand nombre de duels, et la plupart pour des motifs insignifiants. Depuis, il s'est fait dans mon esprit certains changements dont je ne dois compte à personne. La vie humaine, qui me semblait de peu d'importance, aussi bien celle de mon adversaire que la mienne, m'est apparue comme une chose beaucoup plus sérieuse, depuis que j'ai découvert qu'on pouvait en faire un assez bon usage. Et je me suis promis de ne plus la risquer que pour un but qui en vaudra la peine, ou si j'ai offensé quelqu'un si gravement qu'il me soit impossible de lui accorder une autre réparation que de risquer nos deux existences l'une contre l'autre. Veuillez donc me dire quelle offense je vous ai faite? Quand je saurai ce que je vous dois, je vous paierai, pas avant.

GASTON.

Oui... oui... vous avez le calme et l'insolence d'un homme heureux!... Moi, je n'ai pas mon sang-froid, j'ai la fièvre, vous en profitez!... Mais, à part vous, vous savez bien dans quelle situation nous sommes tous les deux... Vous savez bien pourquoi je veux me battre! pourquoi je me battrai, vous entendez? La mort de l'un de nous arrangera tout, mais il n'y a que ça, il n'y a que ça!...

JOSSAN.

Oh! c'est un bien gros mot, la mort!... On ne tue pas les gens avec cette simplicité. Moi, j'ai été blessé une fois là, et une fois là! *(Il désigne son bras et son avant-bras.)* J'ai traversé une cuisse et j'ai piqué deux fois le bout des doigts à mes adversaires, ce qui leur a fait très mal. Mais je n'ai jamais tué personne et je n'ai pour ainsi dire jamais été tué... Le seul duelliste vraiment dangereux, c'est le hasard... Celui-là extermine les gens au moment où ils s'y attendent le moins, mais dès qu'on veut faire ça soi-même, ça devient très difficile... Tiens! je le crois fichtre bien, que la mort de l'un de nous arrangerait tout, principalement pour celui qui mourrait; mais la légère piqûre à la main, qu'est-ce qu'elle arrangerait, la piqûre à la main?

GASTON.

On aura mieux, soyez tranquille.

JOSSAN.

Outre que vous vous battriez très mal dans l'état où vous êtes... Vous vous imaginez que vous avez la rage au cœur; que vous m'en voulez mortellement... Mais non, ce n'est pas vrai. Ce n'est pas à moi que vous en voulez, c'est à vous, à vous seul!

GASTON.

Taisez-vous! Je vous défends de continuer. De quoi vous mêlez-vous?

JOSSAN.

Comment! De quoi je me mêle? Vous êtes prodigieux!... Vous venez vous jeter sur moi et vous ne voulez pas que je résiste un peu... Allons, voyons, voyons... *(S'avançant vers lui.)* Je vous dis que vous êtes furieux contre vous parce que vous vous êtes mis dans une position qui vous déplaît!... parce que vous êtes tout de même un honnête homme et que vous savez que vous avez commis un acte indigne de vous...

GASTON, *furieux.*

Monsieur... je...

JOSSAN.

Et vous essayez de vous en tirer avec des gestes violents... Mais non, on ne s'en tire pas avec des gestes violents, ce serait trop commode!... Mais je le connais votre caractère : je l'ai eu... oui, j'ai été comme vous un instant, autrefois. Quand j'ai vu que je me ruinais bêtement, quand j'ai eu conscience de la vie grotesque que je menais, ce n'est pas à moi que je m'en suis pris d'abord, c'est aux autres! J'ai eu là quelques heures où je me suis révolté, non contre mes sottises, mais contre l'humanité tout entière, contre ceux qui gagnaient quand je perdais, qui étaient heureux quand j'avais des remords, qui étaient sages quand j'étais fou! Mais comme je ne suis pas une brute, ni vous non plus d'ailleurs, je n'ai pas laissé longtemps la rancune et la haine fermenter en moi. J'ai sauvé ce qui me restait d'intelligence avec ce qui me restait de volonté et j'ai fini par reconquérir à peu près l'une et l'autre. Voilà comment vous vous en tirerez, vous ne vous en tirerez pas autrement. *(Il continue pendant que Gaston s'agite de plus en plus.)* Vous aurez beau vous traiter par l'illusion, vous figurer par les raisonnements les plus ingénieux que vous êtes dans votre droit, vous n'y êtes pas... pas plus en ce qui concerne votre enfant qu'en ce qui concerne votre femme!...

Votre enfant! mais si vous l'élevez tout seul, si
vous continuez à torturer et à blesser sa mère,
savez-vous ce qui arrivera? Un jour, il viendra
lui demander des explications; je serai là, près
d'elle... les explications, je les lui donnerai, et ce
n'est pas elle qu'il condamnera, c'est vous... Ah
çà! est-ce que vous croyez, au contraire, que si,
moi, je l'élevais, votre fils, avec tout l'amour que
j'ai pour sa mère, et l'amitié que j'ai déjà pour
lui, est-ce que vous croyez, par hasard, que je
lui apprendrais à vous mépriser? Qui supposez-
vous que je suis? Votre fils a un père, vous; il
aurait un ami, moi! Quel mal y a-t-il? Et quand il
sera un homme, comme j'en aurai fait, je suppose, un être intelligent, il comprendra ce qui
s'est passé... il sera indulgent pour les difficultés,
les complications et les luttes de la vie... et
rassurez-vous donc, il aura peut-être de vous une
meilleure opinion que si vous l'aviez élevé vous-
même.

GASTON, — *un temps.*

Tenez... j'aurais dû vous souffleter tout à
l'heure...

JOSSAN.

Oui?... Eh bien? ça aurait été joli...

GASTON.

Maintenant, il est trop tard... J'avais la surexci-
tation nerveuse nécessaire, je ne l'ai plus!...
Soit! Nous ne nous battrons pas. Nous lutterons
sur un autre terrain. Vous ne me tenez pas encore
et vous ne tenez pas encore madame de Rive,
c'est moi qui vous le dis! Car si je veux, je la
garderai, vous entendez! Je n'ai qu'à m'en aller
avec mon fils, et elle me suivra... Elle ne me
suivra pas aujourd'hui, ni demain... mais elle
finira par rentrer chez moi, elle y rentrera malgré

vous ! Elle ne m'aime pas, je ne l'aime pas, nous ne pouvons plus nous souffrir, mais elle rentrera chez moi. Et une fois au moins dans votre vie, vous n'aurez pas été l'éternel triomphateur ! Chacun son tour.

JOSSAN, *perdant peu à peu son sang-froid.*

Eh bien ! moi, à mon tour, je vous dis en face que vous commettrez une lâcheté !... une lâcheté sans excuse ! dont vous souffrirez autant que votre femme et autant que moi ! Vous blessez, vous torturez une créature exquise, à qui vous n'avez pas seulement à reprocher l'ombre d'une pensée mauvaise ! qui n'a pas un tort envers vous, pas un seul ! Vous faites le mal par haine et par envie; c'est l'action la plus dégradante. Et c'est moi maintenant qui veut me battre et qui me battrai.

GASTON.

Ah ! ah ! vous avez donc des nerfs, vous aussi ? Vous n'êtes plus l'homme maître de soi qui me donnait des leçons tout à l'heure? qui me dominait du haut de son calme et de sa raison ! Vous les connaissez enfin la colère et la souffrance !

JOSSAN.

Oui ! Et je vais essayer de vous supprimer.

GASTON.

Vraiment? Eh bien ! moi, à présent, je ne veux plus me battre. De vous voir furieux devant moi et perdant la tête, cela me calme. Cela me fait rentrer en moi-même. *(Allant à la sonnette.)* Il n'y aura pas de duel entre nous. Vous m'avez donné de trop bonnes raisons. *(Au domestique qui entre.)* Veuillez prier madame de Rive de venir ici. *(Sort le domestique. A André.)* Vous pouvez rester, monsieur, je n'ai qu'un mot en particulier à dire à madame de Rive.

(Entre Thérèse.)

SCÈNE XI

Les Mêmes, THÉRÈSE.

THÉRÈSE.

Que désirez-vous ?

GASTON, *à Thérèse, à part.*

Thérèse, je ne viens pas vous dire que je suis un autre homme que j'étais hier. Je ne crois pas, hélas ! que l'on change aussi facilement. Mais je suis apaisé... oui... oui, apaisé... Pour la première fois de ma vie, je vois un peu clair en moi. Je vous ai fait beaucoup de mal, Thérèse. Je pourrais vous en faire encore. Je ne veux plus. Vous êtes libre... Nous divorcerons quand il vous plaira. Non, ne me tendez pas la main. Je ne voudrais pas sortir devant cet homme en ayant l'air d'être vaincu. Adieu ! Pardonnez-moi !

THÉRÈSE, *bas.*

Je vous pardonne.

GASTON.

Adieu !

THÉRÈSE.

Adieu !...

GASTON, *haut, avec un petit geste de la main et se tournant vers Joussan.*

Monsieur...

(Il sort.)

SCÈNE XII

JOSSAN, THÉRÈSE.

THÉRÈSE, *allant vivement à Jossan.*

Ah! mon ami... Ah! André, je peux enfin être à vous! Je suis à vous...

JOSSAN, *étonné.*

Quoi?...

THÉRÈSE.

Il est parti.

JOSSAN.

Ah! je comprends... Il a voulu se faire une belle sortie. Il l'a, ne la lui gâtons pas. *(A La Baudière qui entre pendant que madame de La Baudière et Lucienne qui le suivent, vont causer avec Thérèse.)* Il n'y a pas à dire, c'est un homme assez curieux.

SCÈNE XIII

Les Mêmes, LA BAUDIÈRE, MADAME DE LA BAUDIÈRE, LUCIENNE.

LA BAUDIÈRE.

Ah! vous le trouvez curieux... Eh bien! savez-vous ce qu'il a fait, hier, après avoir commis cet acte sans nom?... Je viens de l'apprendre il y a cinq minutes. Il a essayé d'emprunter cent mille francs à ma femme, à ma pauvre femme, pour une affaire!... Vous pensez si elle a refusé, n'est-ce pas?

JOSSAN, à *La Baudière*, à part.

La Baudière?

LA BAUDIÈRE, *même jeu.*

Mon ami?

JOSSAN, *même jeu.*

Envoyez-les lui.

LA BAUDIÈRE, *même jeu.*

Les cent mille francs?

JOSSAN, *même jeu.*

Oui!

LA BAUDIÈRE, *le regardant.*

Ah! ah! C'est entendu... Et maintenant, faisons-nous notre partie de billard?

JOSSAN.

Oui!... La Baudière, je suis tellement content que je vous rends dix points!...

L'ADVERSAIRE

COMÉDIE EN QUATRE ACTES

EN COLLABORATION AVEC EMMANUEL ARÈNE

Représentée pour la première fois sur le théâtre de la
Renaissance, le 23 octobre 1903.

A MARTHE BRANDÈS
ET
A LUCIEN GUITRY

A. C. et E. A.

PERSONNAGES

———

MAURICE DARLAY	MM. Lucien Guitry.
CHANTRAINE	Guy.
HENRY LANGLADE	Pierre Magnier.
LIMERAY	Arquillière.
BRÉAUTIN	Noizeux.
NORBERT	Larmandie.
HÉNON	P. Candol.
LAMIRÈNE	P. Laforest.
UN MONSIEUR	Melry.
JEAN, domestique	Thoulouze.
MARIANNE DARLAY	Mᵐᵉˢ Marthe Brandès.
MADAME GRÉCOURT	Marie Samary.
MADAME BRÉAUTIN	J. Darcourt.
MADAME CHANTRAINE	J. Heller.
MADAME HÉNON	L. Joisset.
MADEMOISELLE ZAVEDRO . . .	H. Maïa.
ROSALIE, femme de chambre . . .	J. Béryl.
MADAME PLÉNIÈRES	C. Lysès.
MADAME LINEUIL	M. Carlier.
MADEMOISELLE HERSOY	G. Spindler.

Quelques Invités.

———

De nos jours.

———

L'ADVERSAIRE

ACTE PREMIER

Chez Maurice Darlay.

Petit salon très élégant. — Grandes portes au fond et à gauche. — Petite porte à droite, donnant sur la bibliothèque.

SCÈNE PREMIÈRE

MADAME GRÉCOURT, *puis* MARIANNE.

(Au lever du rideau, madame Grécourt s'assied sur une bergère et prend un journal. Elle commence à lire. Entre Marianne.)

MARIANNE, *elle embrasse sa mère.*

Tu t'es reposée?

MADAME GRÉCOURT.

Oui, ma fille, je me suis reposée, je me suis habillée; maintenant, nous ferons ce que tu voudras. Est-ce que nous sortons?

MARIANNE.

Non, pas tout de suite. Madame Bréautin a fait demander à quelle heure tu étais arrivée de Lyon.

MADAME GRÉCOURT.

Je lui avais écrit, en effet, que j'arrivais aujourd'hui.

MARIANNE.

Elle sera ici dans un instant.

MADAME GRÉCOURT.

Bon! Attendons-la... Eh bien! et ton mari?...

MARIANNE.

Mon mari? Ah! ah! mon mari! Sais-tu ce qu'il fait en ce moment?

MADAME GRÉCOURT.

Non. Tu le sais, toi?

MARIANNE.

Oui, je le sais.

MADAME GRÉCOURT.

C'est l'essentiel. Et que fait-il?...

MARIANNE, *allant à un meuble et prenant un objet.*

Regarde ce petit bronze...

MADAME GRÉCOURT.

Il est ravissant.

MARIANNE.

C'est tout ce qui reste d'une cheminée qui se trouvait, dit-on, dans l'hôtel de la marquise de Pompadour... Depuis six mois, Maurice cherche le pareil pour mettre de l'autre côté de ce meuble.

MADAME GRÉCOURT.

Il a raison. Ça ferait très bien.

MARIANNE.

Aujourd'hui, il a rendez-vous avec la mère Canot, qui est une marchande d'antiquités... Demain, ce sera avec le père Borman, et après-demain avec les sœurs Verlier.

MADAME GRÉCOURT.

Mais c'est fort naturel, tout ça. Tu as l'air de
me dire des choses extraordinaires. Il ne fait pas
que courir dans les magasins d'antiquités, ton
mari, n'est-ce pas? Il reste chez lui quelquefois?

MARIANNE.

Mais oui, souvent... Il travaille... *(Haussant les*
épaules.) Tu ne devinerais pas à quoi il travaille?
Il apprend l'anglais... l'année dernière il a appris
l'allemand .. et il a l'intention d'apprendre le
russe. Il achète des livres très rares et très chers,
des vieux papiers jaunis et indéchiffrables. Il
s'est abonné à des revues scientifiques et historiques... En voilà une... tu peux la garder, je te
la donne... Et quand je lui demande pourquoi
tout ça, il me répond avec ce sourire... spécial...
qui finit par être un peu agaçant à la longue :
« Mon éducation a été très négligée. » Il refait
son éducation, à son âge! Comme c'est flatteur
pour moi!... Et pendant ce temps-là, on l'oublie! Qui se rappelle, aujourd'hui, qu'il est avocat, et qu'il a eu un succès énorme dans l'affaire
Chantraine? Voilà plus de trois ans que les journaux n'ont pas cité son nom. Et qu'est-ce que
c'est, à Paris, qu'un homme dont le nom n'a pas
été imprimé depuis trois ans?

MADAME GRÉCOURT.

Je connais une foule de gens dont le nom n'a
jamais été imprimé et qui n'en vivent pas moins
très agréablement. En tout cas, ce que tu me dis
là serait assez grave si vous n'aviez pas de fortune, mais vous en avez une fort belle. Alors,
quoi? Que reproches-tu à ton mari?... Il n'a pas
de maîtresse?...

MARIANNE.

Voyons...

MADAME GRÉCOURT.

Il t'aime toujours?

MARIANNE.

Il ne fait que ça.

MADAME GRÉCOURT.

Eh bien! dans ces conditions-là, moi qui suis une personne de bon sens, je te dis que tu dois être heureuse... Ah çà! tu n'es pas heureuse?

MARIANNE.

Je suis heureuse, si on veut.

MADAME GRÉCOURT.

Ma chère enfant, être riche, se bien porter, avoir un mari qui ne vous trompe pas, — au contraire, — à Lyon, c'est ce que nous appelons le bonheur.

MARIANNE.

A Paris, c'est un peu plus compliqué!... Et puis, oui, c'est entendu... je suis heureuse, ne te chagrine pas, je suis heureuse... Mais ce que je regrette, c'est de ne pas l'être d'une façon plus brillante, et, comment dirais-je? plus artiste. Il y a une certaine influence, il y a des émotions que la fortune ne donne pas et que la célébrité, par exemple, vous apporte tout de suite... Mais oui, la célébrité... pourquoi pas? Comprends donc que si j'avais fait un mariage quelconque, si j'avais épousé le monsieur gentil et moyen qu'on offre habituellement aux jeunes filles, je ne me poserais même pas ces questions-là... Mais j'ai épousé un être très intelligent, admirablement doué, qui aurait réussi dans n'importe quelle profession... Oh! il n'y a pas de doute... Une femme qui a de la finesse ne se trompe pas sur la valeur véritable et profonde de celui qu'elle aime. Et si nous aimons un imbécile, nous nous en apercevons bientôt. D'ailleurs, ça ne nous empêche pas de l'aimer.

MADAME GRÉCOURT.

Heureusement.

MARIANNE.

Aussi, quand une femme a eu, comme moi, la chance d'épouser un individu exceptionnel, c'est exaspérant de ne pas pouvoir en profiter.

MADAME GRÉCOURT.

Tu voudrais être la femme d'un homme célèbre! Vanité des vanités!

MARIANNE.

Je voudrais que Maurice suivît sa carrière et n'arrivât pas en oisif et en amateur aux environs de quarante ans... Tous ses camarades de jeunesse ou d'école, tous ceux au moins qui n'étaient pas des sots, sont en plein travail et quelques-uns en pleine renommée... hommes politiques, comme Norbert, écrivains... décorés... On en parle, ils existent. Tiens! Limeray... au sujet de qui on a fait, hier, cette interpellation à la Chambre... Limeray a fait son droit en même temps que Maurice...

MADAME GRÉCOURT.

Limeray... le banquier... le financier... celui qui a eu cette histoire de Bourse?...

MARIANNE.

Oui...

MADAME GRÉCOURT.

Il en a ruiné des gens, à Lyon, celui-là!... Il a une bien mauvaise réputation...

MARIANNE.

Il a une mauvaise réputation, mais il en a une... et Maurice est en train de perdre celle qu'il a eue autrefois, après son premier succès...

par sa faute.. Je ne lui demande pas des efforts extraordinaires, je lui demande seulement de faire ce que tout le monde fait... Un détail qui te donnera une idée de son état d'esprit : madame Bréautin, qui va venir te voir cet après-midi, une femme véritablement supérieure, dont le mari est député, dont le salon... *(Madame Bréautin est entrée, par le fond, sur ces derniers mots. Marianne l'apercevant :)* Ah ! chère madame, nous parlions de vous...

SCÈNE II

LES MÊMES, MADAME BRÉAUTIN.

MADAME BRÉAUTIN, riant.

Mais j'ai entendu !... Ma chère amie, c'est la première fois que j'entre dans un salon pendant qu'on dit du bien de moi... Je vous dois une sensation nouvelle, je ne l'oublierai pas... *(A madame Grécourt, lui prenant les deux mains :)* Que je suis contente de vous voir, chère madame !... Votre santé est bonne ?

MADAME GRÉCOURT.

Mon Dieu ! oui, à quelques bagatelles près... Et notre député ? Aurai-je le plaisir de le voir ?

MADAME BRÉAUTIN.

Mais dans un instant, je pense... Je lui ai donné rendez-vous ici, après la séance, et je vais l'attendre, si vous le permettez.

MARIANNE.

Je crois bien.

MADAME GRÉCOURT.

J'ai lu dernièrement son discours sur...

MADAME BRÉAUTIN.

Oh ! ce n'était pas un discours... J'aime mieux, d'ailleurs, qu'il ne prononce pas de discours... il a dit quelques mots, voilà tout... *(A Marianne:)* Au fait, vous aviez commencé tout à l'heure, ma chère, une phrase que j'ai interrompue bien malgré moi. Serait-il indiscret?...

MARIANNE.

Oh! non, certes!... J'allais dire à ma mère quelle reconnaissance et quelle amitié j'avais pour vous. Vous nous avez offert, vous avez offert à mon mari, votre crédit, vos relations, votre influence que tant de gens recherchent. Mon mari n'a pas su ou n'a pas voulu en user, c'est un de mes grands chagrins.

MADAME BRÉAUTIN.

C'est vrai, il a refusé trois ou quatre affaires très intéressantes que je lui apportais. Il ne vient que très rarement chez moi, strictement ce qu'il faut pour que nous ne soyons pas brouillés. C'est dommage, car j'avais tout un plan qui le concernait...

MARIANNE.

Ah !

MADAME BRÉAUTIN.

Oui... Mon mari, — il n'y a aucune vanité à le dire — mon mari sera ministre bientôt. Il fait partie de toutes les combinaisons qui doivent remplacer le cabinet actuel. Eh bien! j'avais rêvé de lui donner Darlay comme collaborateur, sous une forme ou sous une autre...

MARIANNE.

Oh! mais voilà une idée... *(A sa mère:)* N'est-ce pas? *(A madame Bréautin:)* En avez-vous déjà parlé à Maurice?

MADAME BRÉAUTIN.

Avec discrétion. Il m'a répondu par des plaisanteries sur la politique, je n'ai pas insisté.

MARIANNE.

Je lui en parlerai, moi; j'aurai une conversation sérieuse avec lui. Il ne peut pas refuser, c'est impossible! Je vous réponds qu'il acceptera.

MADAME BRÉAUTIN.

Cela dépend de vous. Une femme de votre caractère, de votre finesse et de votre âge, doit conduire son mari où elle a décidé qu'il irait. Il n'est donc pas ambitieux, Darlay?...

MARIANNE.

Je commence à croire que non.

MADAME BRÉAUTIN, *se levant.*

C'est peut-être qu'il ne sent pas à ses côtés une volonté toujours présente et toujours agissante. Voyez-vous, ma chère, l'avenir de nos maris est dans nos mains et non dans les leurs. Les hommes n'ont jamais, réunies ensemble, les deux grandes conditions du succès : la volonté et la patience. Il faut que nous leur apportions l'une ou l'autre, sinon les deux!... Allez, il y a toujours une femme à l'origine d'une carrière d'homme; et quand l'homme part, c'est que la femme a donné le signal. Voulez-vous mon opinion bien sincère sur votre mari? Ce n'est pas un paresseux, ce n'est pas un incapable, loin de là! C'est simplement un homme trop heureux.

MARIANNE.

Je ne peux pourtant pas le rendre malheureux exprès!

MADAME BRÉAUTIN.

Non! Mais c'est une question de dosage. Il ne

faut pas que les hommes soient trop heureux. Le bonheur qui nous rend, nous, si reconnaissantes, les rend vaniteux et égoïstes. Ils ne s'aperçoivent bientôt plus qu'ils nous le doivent : ils en font hommage à leur caractère, à leur esprit ou à leur chance. Il est nécessaire de les rappeler de temps en temps à la réalité. Nous avons nos petits moyens pour cela. Ainsi, votre mari n'a pas d'ambition, et il n'admet pas que vous en ayez; il croit que vous êtes heureuse par le seul fait qu'il est heureux, lui! et que vous êtes satisfaite de tout parce qu'il ne désire rien. Ma chère enfant, rapportez-vous-en à mon expérience. Nous sommes perdues si nous ne réagissons pas. La vie à deux, et même à trois, n'est plus assez gaie. Il nous faut autre chose. Eh bien! cette autre chose, l'ambition, l'éclat, le luxe nous la donnent. Par son mari, par son fils, par son amant, par l'homme enfin, la femme, aujourd'hui, doit jouer un rôle, et le grand rôle! C'est la seule façon d'oublier nos misères dans cette vallée de larmes.

MARIANNE.

Allez leur dire ça!

MADAME BRÉAUTIN.

On n'a pas besoin de leur dire. Ah! si j'avais eu un mari comme le vôtre...

MARIANNE.

Monsieur Bréautin est pourtant un esprit remarquable.

MADAME BRÉAUTIN.

Oui... oui... C'est un esprit remarquable... il n'est pas bête... il a certaines qualités... Mais j'aurais voulu le voir épousant n'importe qui... Tenez, en voilà un qu'il a fallu secouer et pousser par les épaules. Je vous prie de croire que je n'ai pas perdu mon temps: Je ne vous donne pas de détails, mais j'ai fait pour lui des choses que je ne pourrais même pas lui dire.. Enfin! le voilà député, demain ministre, je ne l'aurai pas volé...

UN DOMESTIQUE, annonçant.

Monsieur Bréautin!...

SCÈNE III

LES MÊMES, BRÉAUTIN.

MADAME BRÉAUTIN.

La séance est déjà levée?

BRÉAUTIN.

Non, mais il n'y avait rien d'intéressant, on discutait le budget; alors je suis venu présenter mes hommages à notre excellente amie... *(Serrant la main de madame Grécourt.)* Vous avez fait un bon voyage? Quoi de neuf là-bas?

MADAME GRÉCOURT.

J'ai mille compliments à vous faire d'un peu tout le monde.

MARIANNE.

Eh bien! mon cher député... Racontez-nous quelque chose...

BRÉAUTIN.

Vous savez ce qui arrive à Limeray?

MARIANNE.

Non... *(A sa mère:)* Limeray? Tu te rappelles?... Ah! on en parle de celui-là!...

BRÉAUTIN.

On va en parler encore plus... Il a été arrêté ce matin.

MARIANNE.

Allons donc!

MADAME BRÉAUTIN.

Tu es sûr?

BRÉAUTIN.

La nouvelle vient de nous arriver tout à l'heure, dans les couloirs de la Chambre... *(A sa femme:)* Tu n'as jamais voulu l'inviter à dîner, tu en avais le pressentiment.

MADAME BRÉAUTIN.

Quand tu me verras faire de tes gaffes-là!

MARIANNE.

Et à la suite de quoi, cette arrestation?

BRÉAUTIN.

A la suite de la séance d'hier, à la Chambre... C'est Lardier qui interpellait, ce qui était déjà mauvais pour Limeray. Lardier est un homme très vertueux qui est toujours au courant de tous les scandales. Il a fait un véritable réquisitoire contre Limeray, l'accusant de tripotages. D'autres orateurs ont pris sa défense, il est vrai: ils ont fait valoir qu'il avait rendu de grands services à l'industrie française. La Chambre était très partagée, le Gouvernement assez hésitant. On l'a mis en demeure de se prononcer, il s'est prononcé pour l'arrestation. Dans ces cas-là, c'est le parti le plus sage, parce qu'il donne tout le temps de la réflexion. L'affaire, d'ailleurs, ira très vite : Limeray passera en Cour d'assises le mois prochain.

MARIANNE.

Il a déjà choisi son avocat?

BRÉAUTIN.

On parle de Plantin.

MARIANNE.

Naturellement, quand il y a une affaire retentissante!...

BRÉAUTIN, *prenant congé.*

Ah! maintenant, j'ai un rendez-vous *(A madame
Grécourt:)* Aurai-je le plaisir de vous revoir pendant votre séjour à Paris?

MADAME GRÉCOURT.

On pourrait dîner ensemble un de ces jours?...

MADAME BRÉAUTIN.

Cette semaine, voulez-vous?...

MADAME GRÉCOURT.

Avec plaisir!...

(Entre Rosalie, qui remet une carte à Marianne.)

ROSALIE.

Pour Monsieur...

MARIANNE, *lisant.*

Limeray!... C'est impossible!... Limeray!...
(A Rosalie:) C'est quelqu'un qui vient de la part de
ce monsieur, n'est-ce pas?

ROSALIE.

Non, c'est ce monsieur, lui-même.

MARIANNE.

Et où est-il?...

ROSALIE.

Je l'ai fait entrer dans la bibliothèque.

MARIANNE, *à Bréautin.*

Vous disiez que ce matin?...

BRÉAUTIN.

Il a dû être remis en liberté provisoire... Ça
arrive très souvent dans ce genre d'affaires...

MARIANNE.

Et Maurice qui n'est pas là... Je suis très embarrassée, moi !... Que faire ?

MADAME BRÉAUTIN.

Mais, ma chère, il n'y a qu'à le recevoir vous-même, en attendant votre mari... Soyez sûre qu'il vient pour quelque chose de très important... Qui sait ?... peut-être pour demander à Darlay de se charger de sa défense.

MARIANNE.

Ce serait trop beau...

MADAME BRÉAUTIN.

Limeray connaît-il déjà votre mari ?

MARIANNE.

Mais très bien !... depuis l'Ecole de Droit...

MADAME BRÉAUTIN.

C'est cela, n'en doutez pas... Tous mes compliments. C'est une grosse affaire pour Darlay.

BRÉAUTIN.

Au revoir, chère madame... Nous vous laissons...

MARIANNE.

Si je le faisais entrer ?...

BRÉAUTIN.

Vous n'y songez pas !... J'ai voté dans le sens de l'arrestation... Ce serait très gênant pour lui.

MADAME BRÉAUTIN.

Et pour toi aussi.

BRÉAUTIN, *avec dignité.*

Pour tous les deux...

MADAME BRÉAUTIN, à Marianne.

Dités donc... je suis très curieuse de savoir le résultat... Je repasserai dans l'après-midi.

MARIANNE.

Je vous en prie, chère madame... à tantôt...
(A madame Grécourt:) Tu ne t'éloignes pas, maman?...

MADAME GRÉCOURT.

Non... non...
(Sortent Bréautin et madame Bréautin, reconduite par madame Grécourt.)

MARIANNE, à Rosalie, *qui s'est tenue près de la porte de la bibliothèque.*

Faites entrer!...

SCÈNE IV

MARIANNE, LIMERAY.

LIMERAY.

Veuillez, madame, excuser mon insistance.

MARIANNE.

C'est moi, au contraire, qui suis désolée...

LIMERAY.

Je désirerais bien vivement voir monsieur Darlay aujourd'hui même...

MARIANNE.

Il ne peut tarder... *(Avec empressement, lui désignant un siège.)* Donnez-vous la peine...

LIMERAY.

Je viens du Palais, où je l'ai cherché... il n'y était pas.

MARIANNE.

Naturellement... *(Se reprenant.)* puisque je l'attends d'un moment à l'autre... Il devrait même déjà être ici, mais il est si occupé, si affairé... Dans sa profession, on ne s'appartient pas...

LIMERAY.

Évidemment... évidemment...

MARIANNE.

Ma mère, qui est arrivée ce matin de Lyon, n'a pas encore pu le voir... Il était obligé de déjeuner en ville.

LIMERAY.

Ah! madame votre mère habite Lyon... j'y compte beaucoup d'amis...

MARIANNE.

C'est ce qu'elle me disait tout à l'heure...

(Un silence.)

LIMERAY.

Je vous en supplie, madame; si je vous dérange, ne vous gênez pas pour moi... j'attendrai bien tout seul.

MARIANNE.

Mais vous ne me dérangez pas, croyez-le bien...

LIMERAY, — un temps.

Etiez-vous à l'Opéra, hier soir?

MARIANNE.

Non... Et... Et vous?...

LIMERAY.

Je n'ai pas pu y aller, je l'ai beaucoup regretté... On dit que ça a été très bien...

MARIANNE, écoutant.

Ah! il me semble que j'entends mon mari... Oui; c'est lui...

(Limeray se lève. Entre Maurice.)

SCÈNE V

LES MÊMES, MAURICE.

LIMERAY.

Ah! mon cher Maître...

MAURICE, *lui tendant la main.*

Ça va bien?... On vient de me dire que vous étiez là...

LIMERAY.

Et j'attendais dans la plus exquise compagnie...

MARIANNE.

Trop aimable... *(Prenant congé.)* Monsieur...

LIMERAY.

Madame, je vous présente mes hommages...

MARIANNE, *bas à Maurice.*

Je suis très contente.

MAURICE, *même jeu.*

Vraiment!

SCÈNE VI

LIMERAY, MAURICE.

MAURICE.

Quel bon vent vous amène? Y a-t-il longtemps qu'on ne s'était pas vus!

LIMERAY.

Presque pas depuis l'École de Droit... une ou deux fois à peine... Que voulez-vous? Hum!... Enfin!... Vous êtes au courant de mon histoire!

MAURICE.

Comment donc !... Paris n'est plein que de votre nom !...

LIMERAY.

Je vais aller droit au but, comme c'est mon habitude... Voulez-vous vous charger de mes intérêts ?...

MAURICE.

De votre défense?

LIMERAY.

De ma défense.

MAURICE.

Je vous répondrai avec la même netteté : ça m'est tout à fait impossible.

LIMERAY.

Vous refusez?

MAURICE.

Oui... Mais ne voyez là dedans rien qui vous soit personnel. D'abord, j'ai un gros travail en train et je ne compte pas reparaître au barreau d'ici à longtemps peut-être... Ensuite, et c'est ma meilleure raison, je ne suis pas assez ferré sur les questions financières...

LIMERAY.

Mais tant mieux !... Mon procès n'est pas un procès financier, c'est un procès politique. Je ne connais pas vos opinions politiques...

MAURICE.

Moi, non plus.

LIMERAY.

Parfait, nom d'un chien !... Nous avons les mêmes ! Vous êtes mon homme... Dans mon affaire, savez-vous ce qu'il faut? De la bonne humeur et, par-ci par-là, de l'émotion, pas autre chose !... Or, vous avez ces deux qualités au dernier point. Je vous ai entendu plaider — pour ce monsieur qui avait tiré des coups de revolver sur sa femme, Chantraine — et j'ai toujours pensé : « Si jamais c'est mon tour, je m'adresserai à lui... » Parce que, sous aucun prétexte, je ne veux de ce qu'on appelle un avocat d'affaires qui assommera les jurés avec des chiffres, ou d'un avocat politique, comme Plantin, qui ne s'occupera pas de moi, mais du ministère.

MAURICE.

Dame ! vous n'avez guère le choix... Votre affaire est assez sérieuse...

LIMERAY.

Mais non, sacrebleu !... et voilà justement... Elle n'est pas sérieuse, mon affaire, elle est bouffonne, comprenez-vous ? bouffonne ! Comment, depuis quinze ans, je suis le plus grand financier de Paris ! j'ai la confiance universelle ! tout le monde m'apporte des capitaux ! J'ai une situation unique ! Et tout d'un coup, parce qu'il plaît à un monsieur d'interpeller, je deviens un malfaiteur du jour au lendemain ! Ce qui était confiance devient abus de confiance ! On force mes actionnaires à déposer des plaintes ! Des gens qui n'y ont jamais pensé ! Et tout cela sans que j'aie changé un iota à ma ligne de conduite ! Sans que j'aie fait d'autres opérations que celles que j'avais faites jusqu'à présent ! Alors, je ne comprends plus ?...

MAURICE.

Ni moi !

LIMERAY.

Et, décidément, vous refusez toujours de vous charger ?...

MAURICE.

Toujours.

LIMERAY.

Sapristi ! À qui vais-je m'adresser ? Là-dessus, vous pouvez bien me donner un conseil ? .

MAURICE.

À votre place, moi, dans ces conditions-là, je prendrais un débutant... un débutant intelligent, à qui vous communiqueriez vos idées, votre système...

LIMERAY.

Vous avez cent fois raison. En connaissez-vous un ?...

MAURICE.

Oui.

LIMERAY.

Un de vos amis ?

MAURICE.

Pas positivement... Nous le voyons quelquefois.

LIMERAY.

Vous en répondez ?

MAURICE.

Il est très intelligent...

LIMERAY.

Je le prends, nom d'un chien !.. Comment s'appelle-t-il ?

MAURICE.

Henry Langlade...

LIMERAY.

Où demeure-t-il ?

MAURICE.

21, rue des Saints-Pères.

LIMERAY.

Je vais chez lui à l'instant. Je peux me présenter de votre part?...

MAURICE.

Parfaitement... mais vous n'avez pas besoin de recommandation...

(Ils se sont levés tous les deux. Marianne, impatiente, est entrée doucement sur ces derniers mots.)

LIMERAY.

Merci, dans tous les cas... mais votre refus me navre .. *(Mouvement de Marianne.)* Madame. .

MARIANNE.

Monsieur...

(Sort Limeray.)

SCÈNE VII

MAURICE, MARIANNE.

MARIANNE.

Comment, tu as refusé ?

MAURICE.

Je crois bien.

MARIANNE.

Tu as refusé de plaider pour Limeray! pour Limeray! Et pourquoi ?

MAURICE.

Je ne suis pas assez sûr de le faire condamner.

MARIANNE.

Sois sérieux !... Je comprends, à la rigueur, que tu ne veuilles pas plaider de petites affaires de rien du tout. Nous n'en avons pas besoin... c'est parfait. Mais renoncer à une affaire retentissante !... passionnante !... dont les journaux sont remplis ! que tous les avocats se disputent et qui t'arrive, à toi, par miracle! Ça, alors, je ne comprends plus!... Es-tu avocat?... Oui ou non ?...

MAURICE.

Non... Je veux dire qu'on n'est pas avocat parce qu'on a fait son droit et qu'on a plaidé, en dix ans, trois ou quatre causes insignifiantes...

MARIANNE.

Insignifiantes!... Tu appelles l'affaire Chantraine une cause insignifiante! Tais-toi donc! Ta plaidoirie était délicieuse et elle a fait le tour de Paris, tout bonnement!...

MAURICE.

On fait toujours une bonne plaidoirie sur l'adultère... ça ne prouve rien. Réfléchis donc. Tu voudrais qu'à mon âge je me misse à aller au Palais tous les matins, à étudier des procès qui ne m'intéressent pas, à faire un métier très dur pour lequel je n'ai aucun goût ni aucune disposition?... mais certainement, aucune disposition... Pour être un avocat qui compte, il faut une pratique, une persévérance, et même un talent que je n'ai pas!...

MARIANNE.

Tu n'as pas de talent comme avocat?

MAURICE.

Pas l'ombre!...

MARIANNE.

Voyons! voyons! ne sois pas bête.

MAURICE.

On n'est pas bête parce qu'on est un mauvais avocat... Ça peut arriver à tout le monde. Il y a des gens très intelligents qui seraient incapables de faire acquitter un malfaiteur.

12

MARIANNE.

Il n'y a pas que des malfaiteurs à défendre.

MAURICE.

Oui... oui... les veuves et les orphelins. En dix ans, je n'ai plaidé qu'une fois pour un orphelin, et encore ne l'était-il que parce qu'il avait tué son père et sa mère !...

MARIANNE.

Alors, ce que tu m'as dit déjà plusieurs fois, ce n'est pas une plaisanterie ?... Tu renonces au barreau ?...

MAURICE.

J'y renonce, et puisse mon exemple entraîner beaucoup de mes concitoyens !

MARIANNE.

Et qu'est-ce que tu vas faire ? A quoi vas-tu t'occuper ? Oui... je sais... tu écris, soi-disant, un livre d'histoire, tu apprends l'anglais et l'allemand, et tu achètes des bibelots... Tout ça, c'est très gentil, mais il n'y a pas de quoi remplir une existence. Il n'est pas possible qu'un garçon de ta valeur n'ait pas une ambition plus haute.

MAURICE.

J'aime mieux n'être rien qu'un ambitieux encombrant et médiocre. On n'est pas obligé d'être un grand homme : c'est déjà très joli d'être un homme.

MARIANNE.

Tiens ! tu devrais faire de la politique.

MAURICE, sursautant.

Ah bien ! il ne me manquerait plus que ça !

MARIANNE.

Attends avant de crier... Madame Bréautin

était ici tout à l'heure... Tu sais qu'elle est très liée avec maman...

MAURICE.

Au fait, je voudrais bien l'embrasser, ta mère... Elle n'est pas sortie ?

MARIANNE.

Non. Je te disais donc...

MAURICE.

Oui... voyons l'idée de madame Bréautin... car il s'agit évidemment d'une idée de madame Bréautin...

MARIANNE.

Veux-tu m'écouter ?

MAURICE.

Va !

MARIANNE.

Monsieur Bréautin, ce n'est un secret pour personne, fera partie du prochain cabinet.

MAURICE.

Il fait toujours partie du prochain cabinet !

MARIANNE.

Cette fois, c'est sûr.

MAURICE.

Bon !

MARIANNE.

Comme ministre, il aura besoin, naturellement, de collaborateurs intelligents et dévoués...

MAURICE.

Et il m'offre d'être un de ces collaborateurs ?

MARIANNE.

Et le principal... Tu vois que ça valait au moins la peine d'être écouté.

MAURICE.

Ma pauvre enfant! ma pauvre enfant! tu es
d'une naïveté!

MARIANNE.

Comment?

MAURICE.

Remarque bien... je ne dis pas que Bréautin ne
sera pas ministre quelque jour... ce serait un
blasphème! Un homme qui est député peut toujours être ministre, et un homme qui n'est rien
peut toujours être député. Mais ce que j'admire,
c'est la simplicité avec laquelle toi et un tas de
braves petites femmes, vous vous êtes laissé
prendre au génie de madame Bréautin... à l'influence de madame Bréautin... au salon de madame Bréautin... C'est comique! Mais apprends
une chose, malheureuse, dont tu n'as pas l'air de
te douter : madame Bréautin n'a pas de génie...
elle n'a pas d'influence... elle n'a même pas de
salon. D'abord, il n'y a plus de salons, il n'y a
plus que des salles à manger, où l'on consent à
rester une heure après le repas à condition que
les cigares soient bons, et que les femmes soient
jolies. Tu t'imagines qu'il reste encore à Paris
des endroits où l'on fait et où l'on défait les répu-
tations, les situations et les fortunes? Perds cette
illusion, je t'en supplie : tu finirais par te couvrir
de ridicule. Le seul talent de madame Bréautin
consiste à vous persuader que son mari sera ministre la semaine prochaine, et qu'alors il distri-
buera des places et des décorations à tous les gens
qui auront dîné chez lui et qui auront répété
partout, en sortant, que sa femme est une femme
supérieure.

MARIANNE.

Tu es le seul à contester que madame Bréautin
soit une femme supérieure.

MAURICE.

Elle est supérieure à son mari, ça c'est vrai.

MARIANNE.

Elle l'a fait arriver où il est, par son intelligence, par sa finesse, par les relations qu'elle a su se créer, voilà la vérité. Tu vas nier peut-être aussi que Bréautin est ce qu'on appelle un homme arrivé?

MAURICE.

Oui, il est arrivé, mais dans quel état!

MARIANNE.

Tu es injuste pour madame Bréautin, tu le reconnaîtras toi-même bientôt.

MAURICE.

N'y compte pas. Et si je te laisse aller chez elle, si je t'y accompagne quelquefois, c'est simplement pour ne pas te faire de la peine. Mais le jour où tu seras brouillée avec elle, sera un des plus joyeux de ma vie, parfaitement... Pourquoi? Parce que, avec ses idées saugrenues, madame Bréautin a déjà détruit, de sa propre main, une douzaine de ménages que je connais. Il y a des salons où l'on fait des mariages, dans celui de madame Bréautin on fait des divorces. Or, je suis très heureux. Je ne le mérite peut-être pas, mais ça m'est égal; nous menons une existence pleine de bonne humeur, nous faisons de notre fortune l'usage le plus ingénieux et le plus noble que nous pouvons, et je ne me résignerai à perdre tout cela qu'à la dernière extrémité et après une résistance énergique, je t'en donne ma parole d'honneur...

(Entre la femme de chambre, Rosalie).

SCÈNE VIII

LES MÊMES, ROSALIE.

ROSALIE.

Monsieur?

MAURICE.

Qu'y a-t-il?

ROSALIE.

On téléphone de la part de monsieur Henry Langlade pour savoir si monsieur est visible.

MAURICE.

Ah! bien!...

ROSALIE,

Et à quelle heure monsieur Langlade pourra voir monsieur...

MAURICE.

Aujourd'hui?

ROSALIE.

Aujourd'hui.

MAURICE.

Répondez que je ne sortirai pas de l'après-midi.

ROSALIE.

Bien, Monsieur.

(Elle sort.)

SCÈNE IX

MAURICE, MARIANNE.

MARIANNE.

Tiens! à propos de quoi?...

MAURICE.

Langlade veut me remercier, probablement.

MARIANNE.

Te remercier?

MAURICE.

Oui, je l'ai recommandé à Limeray qui est allé le voir en me quittant.

MARIANNE.

Ecoute : ça, c'est trop fort!... Non seulement tu refuses une affaire pareille, mais tu la donnes à un de tes confrères, toi-même!

MAURICE.

Il fallait toujours un avocat à Limeray, n'est-ce pas?... Alors, autant le jeune Langlade que nous connaissons... De quoi ris-tu?...

MARIANNE.

Tu ne te fâcheras pas?

MAURICE.

Non.

MARIANNE.

Eh bien! ce n'est pas pour me vanter, car il ne m'est pas très sympathique, et je le trouve assez fat, mais je le crois un peu amoureux de moi, ton jeune Langlade.

MAURICE.

Il te l'a dit?

MARIANNE.

Oh! non... jamais, par exemple. Je ne l'ai vu d'ailleurs que chez madame...

MAURICE.

Je devine, ne prononce pas le nom... *(Un temps.)* Il ne manque pas de talent.

MARIANNE.

Tu trouves que tout le monde a du talent, toi! Pense-le, si tu veux, mais au moins ne le dis pas.

MAURICE.

Bon... bon!... Ah! maintenant, pour passer à des sujets plus intéressants, nous allons revoir Chantraine...

MARIANNE.

Oh! tant mieux!

MAURICE.

Il te plaît, celui-là, au moins?

MARIANNE.

C'est un homme charmant, je ne dis pas le contraire; mais ce n'est pas une raison pour ne fréquenter que lui.

MAURICE.

J'adore cet être-là!... Je ne peux pas m'en passer... Il me manquait beaucoup!... C'est un sage.

MARIANNE.

Un sage qui a blessé un homme et une femme à coups de revolver, merci!

MAURICE.

Je ne comprends pas encore comment il a fait ça... Je l'ai expliqué dans une plaidoirie excellente, mais je ne l'ai jamais bien compris.

MARIANNE.

Où était-il donc qu'on ne l'avait pas vu depuis trois mois?

MAURICE.

En province. Il m'a écrit ce matin une lettre assez singulière pour me dire qu'il était rentré à Paris, et qu'il viendrait me voir tantôt... Tu l'inviteras à dîner pour ce soir.

MARIANNE.

Oh! avec plaisir!

(Entre madame Grécourt.)

SCÈNE X

Les Mêmes, MADAME GRÉCOURT.

MADAME GRÉCOURT.

Enfin, on vous trouve, mon ami...
(Elle embrasse Maurice.)

MAURICE, *l'embrassant encore.*

Vous savez que je suis enchanté de vous voir, enchanté !

MADAME GRÉCOURT.

Et moi donc !

MAURICE.

Et je vous aime plus qu'on ne devrait aimer une belle-mère... Vous êtes une femme d'un bon sens délicieux.

MARIANNE.

Ça, c'est pour moi.

MADAME GRÉCOURT.

J'espère que nous dînons ensemble ?

MAURICE.

Je crois bien. Et vous dînerez même avec un homme dont vous désirez faire la connaissance depuis longtemps...

MADAME GRÉCOURT.

Qui donc ?

MAURICE.

Mon meilleur client, Chantraine.

MADAME GRÉCOURT.

Oh ! quelle horreur !

MAURICE.

Vous serez folle de lui avant la fin du jour.

MADAME GRÉCOURT.

Ça me fera un drôle d'effet de me trouver en face d'un homme qui...

UN DOMESTIQUE, annonçant.

Monsieur Chantraine.

MAURICE.

Qu'il entre! qu'il entre!

(Il va à la porte chercher Chantraine et l'introduit.)

SCÈNE XI

Les Mêmes, CHANTRAINE.

CHANTRAINE, s'avançant vivement.

Ah! mon bon ami... Chère madame...

MAURICE.

Et comment ça va?

CHANTRAINE.

Très bien. *(Apercevant madame Grécourt et saluant.)* Madame.

MARIANNE.

Ma mère... Mère, je te présente monsieur Chantraine.

MADAME GRÉCOURT, lui tendant la main avec une certaine hésitation.

Monsieur... très heureuse de faire votre connaissance...

MARIANNE, à sa mère.

N'aie donc pas peur... Tu vois, c'est un homme comme tous les autres.

MADAME GRÉCOURT.

Je t'en prie...

MARIANNE.

Figurez-vous, cher monsieur Chantraine, que ma mère s'imaginait que vous étiez un monstre.

CHANTRAINE.

Ah! oui... à cause de...

MADAME GRÉCOURT.

Ne croyez pas ma fille... elle exagère... Il n'y a qu'à vous voir pour... et je regrette de vous avoir rappelé des souvenirs qui... enfin, une histoire dont... vous... Excusez-moi...

CHANTRAINE.

Mais de rien, madame. Et je n'éprouve aucune honte à parler de cette histoire devant des personnes raisonnables.

MADAME GRÉCOURT.

Mais, monsieur, elle est toute à votre honneur... certainement...

CHANTRAINE, *parlant sur un ton sincère et naïf.*

Non, madame, non, elle n'est pas à mon honneur... Pendant quelques secondes, j'ai été un barbare, un simple barbare... Comment, avec mon caractère et l'horreur que j'avais toujours eu de la violence, ai-je pu tirer des coups de revolver sur une femme et même sur un homme? J'en suis encore à chercher une explication... *(A Maurice:)* Et vous aussi, n'est-ce pas?

MAURICE.

Moi aussi.

CHANTRAINE.

Et vous n'en avez pas trouvé?

MAURICE.

Aucune.

—

CHANTRAINE.

Il est possible que nous ayons, enfermés en nous, d'autres êtres que nous-mêmes, dont nous ne soupçonnons pas l'existence. De temps en temps, sous des influences mystérieuses, un de ces êtres sort tout à coup, fait des gestes étranges auxquels nous ne comprenons rien, puis disparaît. Et alors, il nous semble que nous avons fait un rêve... Je vous donne cette explication pour ce qu'elle vaut.

MAURICE.

Elle en vaut bien une autre.

CHANTRAINE.

Tenez! à la seconde même où je pressais nerveusement avec le doigt la détente du revolver — je me rappelle ce détail comme si j'y étais — la raison m'est brusquement revenue et j'ai songé: « Mon Dieu! mon Dieu! pourvu qu'il n'y ait pas de balles!... »

MADAME GRÉCOURT.

Il y en avait?

CHANTRAINE.

Cinq... Enfin! ils n'ont été que blessés tous les deux, et encore pas très grièvement, c'est l'essentiel!

MADAME GRÉCOURT, avec curiosité.

Ils étaient vraiment coupables?

CHANTRAINE.

Si on appelle ça coupable, ils l'étaient effectivement, oui... Je les avais surpris dans une de ces situations dont on aime à dire qu'elles ne laissent aucun doute.

MADAME GRÉCOURT.

Est-il indiscret de vous demander ce qu'est devenue votre femme?

CHANTRAINE, *tranquillement.*

Elle est veuve.

MADAME GRÉCOURT, *étonnée.*

Hein !

CHANTRAINE.

Cela étonne au premier abord. Nous avions divorcé et elle s'était remariée.

MADAME GRÉCOURT.

Avec son complice ?

CHANTRAINE.

Non. Avec un autre monsieur.

MADAME GRÉCOURT.

Et l'avez-vous revue ?

CHANTRAINE.

Dernièrement... *(Se retournant vers Maurice.)* Oui, je l'ai revue dernièrement... Elle était tout en noir, avec un long crêpe. C'est même une sensation assez curieuse de voir une femme qu'on a épousée porter le deuil de son mari.

MADAME GRÉCOURT.

Vous êtes devenu un grand philosophe, monsieur Chantraine.

MAURICE, *lui frappant sur l'épaule.*

C'est un homme d'une sagesse définitive, et qui, de sa vie, ne commettra plus aucune erreur.

CHANTRAINE.

Vous êtes trop bon, mon ami, vous êtes trop bon... Je suis confus...

MAURICE.

J'espère que vous n'allez plus nous quitter, maintenant ?

CHANTRAINE, *avec un petit sentiment de gêne.*

Oh! non... me voilà fixé à Paris...

MARIANNE.

Vous dînez ce soir avec nous?

CHANTRAINE, *même jeu.*

Avec joie... madame... avec... joie...

MAURICE.

Et que diable étiez-vous allé faire en province?

CHANTRAINE.

Voir des amis... des parents... éloignés... charmants, du reste... charmants...

MAURICE.

Ah!

CHANTRAINE.

Oui... Oui... j'ai été plusieurs fois sur le point de vous écrire... mais je n'ai pas osé...

MAURICE.

Allons donc!

CHANTRAINE.

Oui... Je craignais de vous importuner.

MAURICE.

Bah!

CHANTRAINE.

Je voulais vous demander... Figurez-vous?... vous allez rire...

MAURICE.

Mais non...

CHANTRAINE.

Figurez-vous que ces parents... ces parents éloignés... voulaient absolument...

MAURICE.

Eh! quoi?

CHANTRAINE.

C'est drôle... Voulaient me marier ..

MAURICE.

Vous!

CHANTRAINE.

N'est-ce pas? C'est comique!

MADAME GRÉCOURT.

Ça, le fait est...

CHANTRAINE.

Je voulais vous l'écrire... mais je savais d'avance
ce que vous me répondriez.

MAURICE.

Dame! je vous avoue franchement que j'en
aurais ri avec vous.

CHANTRAINE.

J'en étais sûr...

MAURICE.

Quand on a la situation admirable que vous
avez!...

CHANTRAINE.

Parbleu!

MAURICE.

Quand on a touché le fond du mariage et de la
faiblesse humaine!...

CHANTRAINE.

On ne s'expose pas une seconde fois...

MAURICE.

Oh! non...

CHANTRAINE.

Ce serait une folie!

MAURICE.

Une folie insigne.

CHANTRAINE.

Comme vous avez raison!

MAURICE.

Tiens!

CHANTRAINE.

Oui... oui... Seulement... hélas!

MAURICE.

Quoi?

CHANTRAINE.

Il est trop tard. Je me suis remarié! C'est fini, il n'y a plus à y revenir...

MARIANNE.

Oh!

MAURICE.

Que le diable vous emporte! Il ne fallait pas me laisser parler, au moins.

CHANTRAINE.

Non... non... je tenais à avoir votre avis, votre avis sincère... et je suis enchanté de ce que vous m'avez dit, car c'est aussi ce que je pense... A peine avais-je donné ma parole que l'énormité de ma faute se présentait à mon esprit. Voilà pourquoi je ne vous ai pas prévenu. Vous ne m'en voulez pas?

MAURICE.

Mais voyons... d'autant plus que vous allez être très heureux, j'en suis convaincu.

MADAME GRÉCOURT.

Et moi aussi.

CHANTRAINE.

La personne que j'ai épousée est charmante.

MARIANNE.

Tant mieux! tant mieux!

CHANTRAINE.

Je l'aime, d'ailleurs...

MAURICE.

Mon bon Chantraine, vous êtes exquis...

CHANTRAINE.

C'est une jeune fille... d'une famille parfaite... Ce n'est pas une toute jeune fille... elle a vingt-cinq ans.

MAURICE, *pour dire quelque chose.*

C'est un âge merveilleux.

CHANTRAINE.

Et je crois bien qu'elle... mais oui... qu'elle m'aime aussi...

MAURICE.

Mais parbleu!

CHANTRAINE.

Elle connaît mon existence... je ne lui ai rien caché... et ça ne l'a pas détournée de moi, au contraire.

MAURICE.

Et où est-elle, madame Chantraine? Elle est encore en province?

CHANTRAINE.

Non... non... je l'ai amenée à Paris où nous allons nous installer. Provisoirement, nous sommes dans mon ancien appartement... elle m'y attend. Je ne voulais pas vous l'amener avant...

MAURICE.

Avant de m'avoir fait faire une gaffe!

CHANTRAINE, *lui serrant la main.*

Avant que vous ne m'ayez donné une nouvelle preuve d'amitié.

MARIANNE, *à Chantraine.*

Mais alors, madame Chantraine va dîner avec nous ce soir?

CHANTRAINE.

Elle en sera bien heureuse, car elle ne me parle que de vous. Elle a une envie folle de vous connaître.

MARIANNE.

Téléphonez-lui de venir tout de suite. Et tout à fait sans cérémonie, en famille...

CHANTRAINE.

Elle n'en sera que plus touchée...

UN DOMESTIQUE, *annonçant.*

Monsieur Henry Langlade.

MARIANNE.

Maman, veux-tu conduire monsieur Chantraine?

(Chantraine sort avec madame Grécourt.)

SCÈNE XII

MAURICE, MARIANNE, puis LANGLADE.

MAURICE.

Crois-tu, hein? Quelle aventure !

MARIANNE.

Je suis curieuse de la connaître, cette petite femme-là.

MAURICE.

Je fais entrer Langlade. Ça ne te gêne pas?

MARIANNE.

Du tout, du tout.

(Maurice va entr'ouvrir la porte de gauche. Entre Langlade.)

LANGLADE.

Madame... *(Il serre la main que lui tend Marianne. —*
A Maurice:) Limeray sort de chez moi... Je vous
remercie, cher ami, je suis très touché de ce que
vous avez fait.

MAURICE.

Bah!

LANGLADE, à *Marianne.*

Il faut que vous sachiez, madame, qu'un confrère qui en recommande un autre, c'est un phénomène exceptionnel dans toutes les professions,
mais que, dans la nôtre, cela prend un caractère
plus particulièrement miraculeux.

MARIANNE.

Mon mari s'est donc conduit en bon confrère,
voilà tout!

LANGLADE, à *Maurice.*

Vous connaissiez Limeray, d'après ce qu'il m'a
dit; qu'est-ce que vous en pensez?

MARIANNE, *faisant le geste de sortir.*

Je vous laisse.

MAURICE.

Mais non... mais non... tu peux rester si ça
t'intéresse... et je parie que ça t'intéresse?

MARIANNE.

Beaucoup.

MAURICE.

Alors, assieds-toi... *(A Langlade:)* Ce que je
pense de Limeray?

LANGLADE.

Oui.

MAURICE.

Eh bien! j'ai pour lui le genre d'estime qu'on
doit avoir pour un homme qui aurait pu être
arrêté depuis si longtemps et qui ne l'a été
qu'hier.

LANGLADE, *riant.*

Parfait! Quoique ce ne soit pas un argument pour le jury...

MARIANNE.

Il m'a paru fort bien élevé, en tout cas, très correct.

MAURICE.

Il est d'une excellente famille. Son père était magistrat en province. Rassurez-vous, il est mort.

LANGLADE.

Au point de vue financier... *(A Marianne:)* Vraiment, madame, nous ne vous ennuyons pas?

MARIANNE.

Au contraire, au contraire.

LANGLADE, *à Maurice.*

Au point de vue financier, savez-vous que l'affaire de Limeray ne me paraît pas si mauvaise au premier abord?

MAURICE.

Mais non, elle n'a que le tort d'être un peu en opposition avec les lois du pays. C'est une bonne affaire qui a rencontré une mauvaise loi.

LANGLADE.

Très bien, très bien!... M'autorisez-vous, si j'en trouve l'occasion, à répéter?...

MAURICE.

Mais je serai très flatté...

LANGLADE.

Je crois que c'est le ton dans lequel on doit plaider. Je ne dis pas qu'il faille en rire...

MAURICE.

Mais il faut tâcher d'en faire rire... Limeray

aimera mieux ce système-là, d'ailleurs... Pour le
fond de l'affaire, je vous donnerai les dates de
deux procès analogues et vous plaiderez ça très
bien, n'est-ce pas, Marianne?

MARIANNE.

Mais, certainement. Et nous irons vous entendre.

LANGLADE.

Je n'osais l'espérer.

MARIANNE, *regardant Maurice.*

Je suis sûre que vous aurez beaucoup de
succès.

LANGLADE.

Je ferai de mon mieux.

MARIANNE.

Vous devez aimer votre métier, vous?

LANGLADE.

Oh! passionnément!

MARIANNE.

Je vous en fais mes compliments bien sincères.
C'est assez rare aujourd'hui et parmi les gens les
mieux doués...

MAURICE, *souriant, à Langlade.*

Ça, c'est pour moi.

MARIANNE.

Vouloir arriver, c'est avoir déjà fait la moitié
du chemin.

LANGLADE.

Voilà, madame, des encouragements bien précieux.

MAURICE.

Il n'en faut pas plus pour faire acquitter
Limeray.

LANGLADE.

J'en serais enchanté pour lui.

MAURICE, à *Langlade*.

Et moi, pour vous.

LANGLADE.

Allons donc nous mettre au travail. *(A Marianne:)*
Je ne veux pas vous importuner plus longtemps,
et toutes mes excuses, encore une fois, madame,
d'avoir parlé devant vous de choses aussi peu
attrayantes.

MARIANNE.

J'y ai pris, au contraire, monsieur, le plus vif
intérêt.

LANGLADE.

Mille grâces, madame.

UN DOMESTIQUE, *annonçant.*

Madame Bréautin.

(Entre madame Bréautin.)

SCÈNE XIII

LES MÊMES, MADAME BRÉAUTIN.

MADAME BRÉAUTIN, à *Marianne.*

Eh bien! chère amie... Tiens, Langlade! Bonjour! *(A Maurice:)* Bonjour, vous. *(Revenant à Marianne
et bas:)* C'était ça? Limeray?

MARIANNE, *bas.*

Oui... mais vous me voyez navrée... Maurice
n'a pas accepté.

MADAME BRÉAUTIN.

Pas possible!

MARIANNE.

Et c'est monsieur Langlade...

MADAME BRÉAUTIN, *vivement.*

Que Limeray a choisi ?

MARIANNE.

Oui.

MADAME BRÉAUTIN, *s'avançant vers Langlade à qui elle serre la main.*

Mes compliments bien sincères, mon cher ami·
C'est une grosse chance pour vous. Je suis enchantée.

LANGLADE.

Trop aimable.

MADAME BRÉAUTIN, *à Maurice.*

Mais, à propos de procès... votre ancien client,
Chantraine...

MAURICE.

Quoi ?

MADAME BRÉAUTIN.

Un homme dont je ne veux pas médire d'ailleurs... car il est charmant. Seulement, savez-
vous ce qu'il vient de faire ? Il vient de se remarier.

MAURICE, *tranquillement.*

Ah bah !

MADAME BRÉAUTIN.

J'ai appris cette nouvelle tout à l'heure par une
lettre de province.

MAURICE.

Vous avez donc aussi des correspondants en
province ?

MADAME BRÉAUTIN.

Il a épousé une jeune fille sur laquelle on me
donne les renseignements les plus inquiétants.

MAURICE.

Pour qui ?

MADAME BRÉAUTIN.

Pour lui... Vingt-cinq ans... orpheline élevée
par des cousins... sans aucune surveillance...
femme de sport... excentrique... elle a une automobile... Quand les jeunes filles de province s'en
mêlent, maintenant, elles sont plus Américaines
que les Parisiennes.

MAURICE, *voyant la porte premier plan s'ouvrir.*

N'en dites pas trop de mal, la voici.

MADAME BRÉAUTIN, *se retournant.*

Hein !

SCÈNE XIV

Les Mêmes, CHANTRAINE,
MADAME CHANTRAINE.

MADAME CHANTRAINE, *très élégante, très jolie, un peu sur la limite
de l'excentricité, s'avançant vivement vers Marianne.*

Oh ! madame, que vous êtes aimable ! Quelle
joie pour moi de faire votre connaissance !

*(Très vite toutes les répliques suivantes et dans un
grand mouvement.)*

MARIANNE, *lui serrant la main.*

Monsieur Chantraine est un de nos grands amis.
(Désignant Maurice qui s'est approché en souriant.) Mon
mari.

MADAME CHANTRAINE.

Oh ! monsieur.

(Elle lui tend la main vigoureusement.)

MAURICE.

Chère madame.

MADAME BRÉAUTIN, à *Chantraine.*

Bonjour, Chantraine.

CHANTRAINE.

Permettez-moi de vous présenter ma femme.

MADAME BRÉAUTIN, *prenant la main de madame Chantraine.*

Vous me voyez ravie, chère madame.

CHANTRAINE, à *sa femme.*

Madame Bréautin.

MADAME CHANTRAINE.

Madame Bréautin! Mais nous avons des relations communes... Les Loisignan, n'est-ce pas?

MADAME BRÉAUTIN.

Oui... oui... Madame de Loisignan vient de m'écrire de vous des choses charmantes.

MADAME CHANTRAINE.

Elle est si bonne... si indulgente!

MADAME BRÉAUTIN.

Oui... oui... Vous êtes fixés à Paris?

MADAME CHANTRAINE.

Oh! nous n'en bougerons plus.

MADAME BRÉAUTIN.

On va se voir, alors.

MADAME CHANTRAINE.

Je crois bien.

MADAME BRÉAUTIN.

Je reçois le samedi... Venez samedi prochain, nous organiserons quelque chose tout de suite.

MADAME CHANTRAINE.

Quel bonheur!

MAURICE, *bas à Marianne.*

Elle a déjà mis la main dessus. Pauvre Chantraine!

MADAME BRÉAUTIN.

Langlade, je vous emmène. Au revoir... je me sauve... chère amie... cher ami. *(Poignées de main. — Bas à Maurice qui la reconduit:)* Eh bien! qu'est-ce que vous dites de ça?

MAURICE, *bas.*

Rien. Et vous?

MADAME BRÉAUTIN, *même jeu.*

Moi? *(Riant.)* Vous plaiderez encore une fois pour Chantraine, voilà ce que je dis.

(Elle sort pendant que le rideau baisse.)

ACTE II

Chez madame Bréautin.

Au premier plan, une portion d'un petit salon. — L'amorce d'un second petit salon, à droite. — Salons en enfilade au fond. — A gauche, une serre. — Tenue de soirée. — Musique dans la coulisse.

SCÈNE PREMIÈRE

A gauche, premier plan, LANGLADE, *entouré de dames;* MADAME PLÉNIÈRE, MADEMOISELLE ZAVEDRO, MADAME LINEUIL, MADEMOISELLE HERSOY; *çà et là* MADAME CHANTRAINE *et des jeunes gens,* CHANTRAINE, SAINT-BRILLAT; *Arrivée de messieurs et de dames au lever du rideau, parmi lesquels* LAMIRÈNE, *puis* MARIANNE *et* MADAME BRÉAUTIN, *puis* MONSIEUR *et* MADAME HÉNON, *puis* LIMERAY.

LANGLADE, *s'inclinant.*

Vous me flattez, madame, j'en suis confus.

MADAME PLÉNIÈRE.

Vous avez été étourdissant.

MADEMOISELLE ZAVEDRO.

Oh! étourdissant. C'est le mot. A la fin de

votre plaidoirie, l'acquittement de Limeray ne faisait plus de doute pour personne.

LANGLADE.

Vous y étiez, mademoiselle?

MADEMOISELLE ZAVEDRO.

Je crois bien! Je n'aurais jamais manqué un procès pareil.

MADEMOISELLE HERSOY.

C'est si amusant la Cour d'assises! Moi, j'aime autant ça que le théâtre.

MADAME PLÉNIÈRE.

Et votre mot sur les décorations! Une merveille... Il est dans tous les journaux.

MADAME LINEUIL.

Moi, ce que j'ai préféré peut-être, c'est ce que vous avez dit sur la physionomie parisienne de Limeray, sur ses relations, ses habitudes... Limeray dans les coulisses de l'Opéra. Vous avez eu là trois ou quatre phrases qui en disaient long sur notre époque.

LANGLADE.

Je vous en prie... je vous en prie...

MADEMOISELLE ZAVEDRO.

Je suis de l'avis de madame Lineuil... Ce qu'il y avait d'original dans votre plaidoirie, c'était la gaieté dans la profondeur, la légèreté... *(Retenant Langlade qui fait semblant de s'en aller.)* Non... non... ne vous en allez pas.

MADAME PLÉNIÈRE.

D'ailleurs, il n'a pas envie de s'en aller.

LANGLADE.

C'est vrai.

MADEMOISELLE HERSOY.

Ne faites pas le modeste.

MADEMOISELLE ZAVEDRO.

Si vous vouliez faire de la modestie, il ne fallait pas venir ici, ce soir.

MADEMOISELLE HERSOY.

Papa nous a dit en rentrant : « L'homme qui a pu faire acquitter Limeray est un homme rudement fort. »

LANGLADE.

Ah! monsieur votre père connaît Limeray?

MADEMOISELLE HERSOY.

Mais oui. C'est un de ses bons amis.

LE MONSIEUR, *serrant la main à Langlade, venant du fond.*

Langlade, merci de vos places.

LANGLADE.

Vous les avez reçues à temps?

LE MONSIEUR

Je crois bien... quel succès! Et vous leur avez dit une chose bien vraie, qu'on répétait à la Bourse cet après-midi, sur les affaires et les lois... Quoi déjà?... Je ne me rappelle plus très bien.

LANGLADE.

Ça ne fait rien.

(Le monsieur s'éloigne après avoir salué Marianne qui vient d'entrer avec madame Bréautin.)

MADAME BRÉAUTIN, à *Marianne.*

Eh bien! vous voyez une fois de plus, ma chère, la faute que votre mari a commise. N'insistons pas. Voici Langlade tout à fait lancé.

MARIANNE.

Il a d'ailleurs plaidé remarquablement. Oh! je

lui rends justice... Il a eu une verve et même de temps en temps une émotion dont je ne le croyais pas capable... Quelle est donc cette jeune fille ou cette jeune femme avec qui il cause depuis un instant?

MADAME BRÉAUTIN.

C'est une jeune fille, mademoiselle Zavedro, la fille du banquier.

MARIANNE.

Eh! eh! un beau mariage.

MADAME BRÉAUTIN.

Je lui en ai parlé... Je me suis heurtée à un refus formel.

MARIANNE.

Ah!

MADAME BRÉAUTIN, *regardant Marianne.*

J'ai la conviction que Langlade ne veut pas se marier.

MARIANNE.

Et pourquoi? Une liaison?

MADAME BRÉAUTIN.

Non, un amour.

MARIANNE.

Ah!

MADAME BRÉAUTIN.

Et un amour qui ne doit pas être très heureux... D'ailleurs, je ne sais pas pour qui, quoique je m'en doute.

MARIANNE, *changeant de ton.*

Voyons... Vous me demandiez tout à l'heure, si je connaissais?...

MADAME BRÉAUTIN.

Ah! oui. Norbert! Vous n'ignorez pas que c'est lui probablement le Président du Conseil de demain.

MARIANNE.

Nous le connaissons très intimement. C'est le camarade de collège de Maurice.

MADAME BRÉAUTIN.

J'aurai peut-être besoin de vous.

MARIANNE.

Vous savez que je vous suis toute dévouée.

MADAME BRÉAUTIN.

J'attends Norbert ce soir. *(Avec mystère.)* Nous causerons...

MARIANNE.

Oui.

MADAME BRÉAUTIN.

A propos ? nous verrons aussi Darlay, j'espère ?

MARIANNE.

Un peu tard, comme je vous l'ai expliqué, mais il viendra certainement me chercher.

MADAME BRÉAUTIN.

Vous lui parlerez de nos projets... Car j'ai décidé qu'on se verrait beaucoup cet été.

MARIANNE.

Je l'ai décidé aussi.

MADAME BRÉAUTIN.

Tout va bien. Vous permettez que je dise un mot à mon mari ?

MARIANNE.

Faites, je vous en prie.

(Madame Bréautin lui serre la main et va à Bréautin qui s'avance vers elle tandis que Marianne s'éloigne vers le fond.)

MADAME BRÉAUTIN.

Tu surveilleras l'entrée de Norbert, n'est-ce pas ?

BRÉAUTIN.

Es-tu sûre que Norbert viendra ?

MADAME BRÉAUTIN.

Oui, surtout maintenant. Le petit Langlade a été très bien... il faut pousser ce garçon-là.

BRÉAUTIN.

Nous le pousserons. D'ailleurs, il se poussera bien tout seul. De l'éloquence... de l'esprit... Il a raconté, à table, une histoire charmante... un peu raide. Regarde-le...

(Il désigne Langlade qui parle, entouré des quelques dames de tout à l'heure et de madame Chantraine qui s'est approchée pendant les dernières répliques. Elles se mettent à rire.)

MADAME CHANTRAINE.

Oh! monsieur Langlade!

BRÉAUTIN, *à madame Bréautin.*

J'ai envie de...

MADAME BRÉAUTIN.

Laisse-les s'amuser.

MADEMOISELLE HERSOY, *à gauche.*

C'est qu'il vous ferait rougir.

MADEMOISELLE ZAVEDRO.

Nous devinons la fin.

MADAME LINEUIL.

D'ailleurs, je la connais votre histoire. Elle est arrivée à madame de...

(Elle dit un mot à l'oreille de madame Chantraine qui éclate de rire.)

BRÉAUTIN, *à madame Bréautin, à droite.*

Mais rit-elle de bon cœur, cette madame Chantraine... *(Mystérieusement.)* Crois-tu, comme je l'ai entendu dire, qu'elle?... Hum!

MADAME BRÉAUTIN.

Qu'elle?...

BRÉAUTIN.

Enfin, tu me comprends.

MADAME BRÉAUTIN.

Que t'avais-je prédit quand on nous a annoncé ce mariage-là? Tu te le rappelles?

BRÉAUTIN.

Oui.

MADAME BRÉAUTIN.

Eh bien! ce que je t'avais prédit est arrivé, et au delà.

BRÉAUTIN.

Bigre!

MADAME BRÉAUTIN.

Pourquoi bigre?

BRÉAUTIN.

Elle risque gros. Si Chantraine se doute!...

MADAME BRÉAUTIN.

Un homme qui a fait ce qu'a fait Chantraine avec sa première femme, ne peut plus avoir de soupçons sur la seconde. Il a confiance pour la vie. (*Désignant Chantraine qui cause avec un invité.*) Regarde-le, d'ailleurs, la figure épanouie, un bon sourire aux lèvres, les yeux grands ouverts... Quand on a les yeux ouverts comme ça, c'est qu'on est aveugle!

BRÉAUTIN.

Et qui est l'heureux?... (*Baissant la voix.*) Lan- glade?

MADAME BRÉAUTIN, *indignée.*

Langlade? Tu es fou!... surtout ne répands pas ce bruit.

BRÉAUTIN.

Qui, alors?

MADAME BRÉAUTIN, *à voix basse, désignant le sens opposé.*

Saint-Brillat.

14

BRÉAUTIN, *se retournant.*

Saint-Brillat! Allons donc! ils ne se sont pas adressé la parole de toute la soirée.

MADAME BRÉAUTIN.

C'est qu'ils s'étaient tout dit avant de venir.

(Entrent par le fond un jeune homme et une jeune femme, monsieur et madame Hénon.)

BRÉAUTIN, *les apercevant.*

Tiens! le petit professeur. Depuis quand est-il ici?

MADAME BRÉAUTIN.

C'est moi qui lui ai écrit d'arriver.

BRÉAUTIN.

Voilà deux ans que je lui promets de le faire nommer à Paris.

MADAME BRÉAUTIN.

Il sait que tu vas avoir l'Instruction publique et il accourt.

BRÉAUTIN.

Comment sait-il que je vais avoir l'Instruction publique, quand moi je ne m'en doute pas?

MADAME HÉNON, *s'avançant, à madame Bréautin.*

Ah! chère madame...

HÉNON.

Madame... Monsieur Bréautin.

MADAME HÉNON.

Quelle bonne lettre vous nous avez envoyée... Nous l'avons reçue hier à midi et nous sommes partis par l'express du soir... Mon mari ne tenait plus en place. Il n'a même pas demandé de congé... Comme c'est aimable à vous...

MADAME BRÉAUTIN.

C'est tout naturel... Je n'oublie jamais mes

amis. (*D'un air entendu.*) Et le moment est favorable.

MADAME HÉNON.

Oui... oui... nous savons... Vous pensez bien que nous nous tenons au courant... Nous lisons les journaux... Mon mari va au cercle pour savoir ce qu'on dit. Tout le monde parle de la chute du ministère.

BRÉAUTIN.

Ah! vous avez un cercle à Aurillac?

HÉNON.

Oui. Le Cercle des Fonctionnaires.

MADAME BRÉAUTIN.

Très bien. On est renseigné en province. Mais tout de même, vous en avez assez d'Aurillac?

MADAME HÉNON.

Principalement, madame, parce que nous n'avons pas le plaisir de vous y voir.

MADAME BRÉAUTIN.

Vous êtes charmante, mon enfant. Ce que mon mari vous a promis est promis.

BRÉAUTIN, *serrant énergiquement la main de Hénon.*

Est absolument promis.

HÉNON, *ravi.*

Ah! monsieur... que de remerciements.

MADAME BRÉAUTIN, *désignant un monsieur âgé.*

Vous connaissez notre vieil ami Lamirène, je crois?

HÉNON.

Oh! oui...

(*Il s'avance vers Lamirène avec sa femme.*)

LAMIRÈNE, *aux Hénon, leur serrant la main.*

Chère madame, bonjour. Eh bien! jeune

homme! Nous sommes venus intriguer auprès des puissants du jour?

MADAME HÉNON, *riant.*

Que voulez-vous! Il faut faire comme tout le monde.

LAMIRÈNE.

Ce diable de Bréautin!... Je crois qu'il le tient, son portefeuille! Et il le mérite... Un laborieux!... Un intelligent!... J'ai été au lycée avec lui. Il promettait beaucoup.

HÉNON, *avec une certaine amertume.*

Il promet encore!

(Ils continuent à causer tous les trois, Lamirène. Hénon et madame Hénon, en s'éloignant et se confondant dans les groupes.)

MADAME BRÉAUTIN, *regardant à gauche dans la serre, puis à son mari.*

Ah! Voici Limeray.

(Elle se retourne pour parler à un groupe d'invités qui s'était rapproché d'elle, pendant que Bréautin, s'avançant, tend la main à Limeray qui s'est dégagé des invités qui l'embarrassaient.)

BRÉAUTIN, *à Limeray.*

Cher ami... nous vous attendions avec impatience.

LIMERAY, *à madame Bréautin, s'avançant.*

Madame, je vous présente mes devoirs...

(Il salue les personnes voisines qui le laissent seul avec monsieur et madame Bréautin.)

MADAME BRÉAUTIN, *à Limeray, avec intention.*

Eh bien!... mais voilà un acquittement qui est un triomphe!

LIMERAY.

Je suis très content pour Langlade. On m'en a parlé en haut lieu.

MADAME BRÉAUTIN.

Vous avez vu du monde?

LIMERAY.

J'ai rencontré ce matin, par hasard, un très haut personnage officiel qui m'a adressé discrètement ses compliments, en ajoutant avec un sourire : « Nous y comptions tous. »

MADAME BRÉAUTIN, à *Bréautin*.

C'est clair.

BRÉAUTIN, *sans comprendre*.

Très clair.

BRÉAUTIN, à *Limeray*.

Et maintenant, qu'allez-vous faire?

LIMERAY.

Peuh! Je vais lancer mon émission. Je ne retrouverai jamais une publicité pareille... Rien qu'avec les gens qui m'ont traîné dans la boue, il y a de quoi la couvrir vingt fois.

BRÉAUTIN.

C'est juste.

MADAME BRÉAUTIN.

Seulement, il faut aller vite, très vite, profiter du bruit, l'accroître encore.

LIMERAY, à *madame Bréautin*.

Que diriez-vous d'une grande fête pour l'inauguration de mon nouvel hôtel?...

MADAME BRÉAUTIN.

Oui... oui... excellente idée.

LIMERAY.

Où j'inviterais à peu près tout le monde...

MADAME BRÉAUTIN.

Parfait.

LIMERAY, *froment.*

Mes anciens amis et les nouveaux...

MADAME BRÉAUTIN.

Surtout les nouveaux.

LIMERAY.

Oui. Je compte sur une certaine curiosité.

MADAME BRÉAUTIN.

Invitez donc les Darlay.

LIMERAY.

Avec plaisir... Je viens d'apercevoir madame Darlay... où est donc son mari?

MADAME BRÉAUTIN.

Il n'a pas pu venir au dîner... Je l'attends dans le courant de la soirée... Invitez toujours sa femme.

BRÉAUTIN.

Au fait, pourquoi n'est-il pas venu dîner, notre ami Darlay?

MADAME BRÉAUTIN.

Il dînait, soi-disant, avec le directeur de la revue où il va publier je ne sais quel travail historique, sans intérêt probablement.

BRÉAUTIN.

Je le lirai. J'aime beaucoup Darlay.

LIMERAY.

Moi aussi!...

MADAME BRÉAUTIN.

Oui? Eh bien! tu l'aimeras un peu moins quand tu sauras ce qu'il dit partout de toi, de moi, de mon salon, de nos relations.

BRÉAUTIN.

Des potins.

MADAME BRÉAUTIN.

C'est ce qu'il y a de plus dangereux. Mépriser

la calomnie, mais prendre garde aux potins, pardonner une insulte, mais jamais une impolitesse, c'est la seule façon de se faire respecter.

BRÉAUTIN.

Je serais curieux de savoir...

MADAME BRÉAUTIN.

Il est l'ami intime, le camarade de collège de Norbert... connais-tu ce détail ?

BRÉAUTIN.

Oui.

MADAME BRÉAUTIN.

L'autre jour, Norbert était chez lui. On a parlé de toi.

BRÉAUTIN.

Bon !

MADAME BRÉAUTIN.

Et Darlay a dit : « Bréautin est un imbécile. »

BRÉAUTIN.

Oh ! Et qu'a répondu Norbert ?

MADAME BRÉAUTIN.

Il a ri. Eh bien ! un mot comme celui-là peut te coûter l'Instruction publique et te reléguer à l'Agriculture, sinon aux Postes...

BRÉAUTIN.

Ce Darlay ! Presque un compatriote... car sa femme est de Lyon.

MADAME BRÉAUTIN.

Elle, elle est charmante.

LIMERAY, *apercevant Marianne au fond, à droite.*

Ah ! *(A madame Bréautin:)* Vous permettez?... *(Il s'éloigne.)*

MADAME BRÉAUTIN, *à son mari.*

Mais lui me le payera.

BRÉAUTIN.

Il me semble que tu devrais les inviter moins souvent.

MADAME BRÉAUTIN.

Au contraire... D'ailleurs, je tiens beaucoup à avoir madame Darlay dans mon salon. Elle représente un élément, une certaine catégorie de femmes du monde qui me manquait.

BRÉAUTIN.

Et quelle catégorie ?

MADAME BRÉAUTIN.

Celle des femmes sur qui il n'y a encore rien à dire.

BRÉAUTIN.

Pourquoi encore ?

MADAME BRÉAUTIN, *sans répondre*.

Va me chercher Langlade, il faut que je lui parle !... Promène-toi dans les salons ; si on t'interroge, ne réponds que des choses vagues... et hoche la tête, tu hoches très bien la tête.

(Bréautin s'éloigne vers la gauche.)

UNE DAME, *arrivant de droite, à madame Bréautin*.

Bonjour, chère madame, il paraît que vous avez Langlade ?

MADAME BRÉAUTIN.

Oui, mais veuillez m'excuser, je suis occupée, je vous le présenterai tout à l'heure. *(La dame s'éloigne par le fond. Madame Bréautin fait un pas vers Langlade qui arrive vers la gauche.)* Eh bien ! mon cher enfant, nous jouissons de ce beau succès.

LANGLADE.

Dont je vous dois une grande partie, madame... Je n'oublierai jamais les quelques conversations que nous avons eues ensemble. La fin de ma plaidoirie est presque entièrement de vous...

MADAME BRÉAUTIN

N'exagérez pas...

LANGLADE.

Je n'exagère ni je n'oublie. Vous m'avez donné des conseils admirables.

MADAME BRÉAUTIN.

Tout ce que je revendique, c'est d'avoir été une des premières à deviner votre talent... J'en suis fière...

LANGLADE.

Vous me comblez, madame.

MADAME BRÉAUTIN.

D'ailleurs, nous n'en sommes qu'à nos débuts... Vous m'êtes très sympathique.

LANGLADE.

Ah! madame...

MADAME BRÉAUTIN.

Et je vous le montrerai peut-être bientôt.

LANGLADE, *avec curiosité.*

Ah!

MADAME BRÉAUTIN.

J'ai tout un plan qui vous concerne.

LANGLADE.

Moi?

MADAME BRÉAUTIN.

Je vous présenterai ce soir à diverses personnes qui vous intéresseront.

LANGLADE.

Ecoutez, madame, je ne sais comment vous remercier...

MADAME BRÉAUTIN.

Laissez-moi manœuvrer, je ne manœuvre pas mal... Non! non! ne me demandez pas de détails... Vous saurez tout en temps et lieu... En attendant, amusez-vous aussi, c'est de votre âge...

Faites la cour à nos belles amies *(Avec intention.)* et particulièrement à la plus belle.

LANGLADE, *souriant.*

Qui est la plus belle?

MADAME BRÉAUTIN.

Vous êtes meilleur juge que moi.

LANGLADE.

Je suis bien embarrassé.

MADAME BRÉAUTIN, *avec sérérité.*

Mon cher enfant, rappelez-vous ceci : on s'est repenti quelquefois de m'avoir caché un secret, jamais de me l'avoir confié.

LANGLADE.

Je n'ai pas de secret, malheureusement, surtout avec la personne que nous nous efforçons de ne pas nommer.

MADAME BRÉAUTIN.

Euh!

LANGLADE, *plus gravement.*

Je vous donne ma parole d'honneur, madame, que je n'ai jamais dit un mot à madame Darlay qu'elle n'aurait pu répéter immédiatement à son mari. Et, d'ailleurs, je lui suis très antipathique, cela saute aux yeux.

MADAME BRÉAUTIN.

Vous lui « étiez » assez antipathique, ça c'est vrai.

LANGLADE.

Je lui « étais »?... Et maintenant?...

MADAME BRÉAUTIN.

Maintenant... vous lui êtes peut-être moins antipathique que jadis... Oh! un peu moins, voilà tout.

LANGLADE.

Je crois madame Darlay éprise et irrévocablement éprise de son mari.

MADAME BRÉAUTIN.

Tout porte, en effet, à le croire. C'est une femme que j'estime infiniment, intelligente, ardente, capable de jouer les plus grands rôles. C'eut été une femme merveilleuse pour un ambitieux. Par malheur son mari ne la comprend pas, se moque d'elle... D'où certains froissements inévitables qui se produiront un jour ou l'autre et qui se sont même déjà produits.

LANGLADE.

Ah!

MADAME BRÉAUTIN, *apercevant Marianne qui s'avance vers eux.*

J'espère que vous n'allez pas abuser de ces confidences?...

LANGLADE.

J'aurai d'autant moins de peine que madame Darlay ne m'a pas adressé la parole de toute la soirée.

SCÈNE II

LES MÊMES, MARIANNE.

MARIANNE, *apercevant Langlade.*

J'étais en train de remarquer, monsieur, que je suis ici la seule personne qui ne vous ai pas encore fait ses compliments. Vous étiez si félicité, si entouré et si recherché, que j'ai attendu patiemment mon tour. Mais si mes compliments sont les derniers, ils ne seront pas les moins sincères, vous pouvez le demander à madame Bréautin.

MADAME BRÉAUTIN, à *Langlade.*

Là! plaignez-vous donc!... Allons bon! j'aperçois mon mari qui me fait de grands signes. Il doit avoir besoin de secours... Oui... oui... j'y vais... *(A Marianne et à Langlade:)* Je vous laisse un instant, vous permettez?

SCÈNE III

LANGLADE, MARIANNE.

MARIANNE, *avec bonne humeur.*

Il paraît que vous vous êtes plaint? De moi?...

LANGLADE.

Je vous en prie, madame... me voilà tout confus. Je ne peux m'en tirer que par la franchise... Mon Dieu! oui, j'étais tout bonnement désolé! Je m'imaginais vous avoir froissée ou déplu en quelque circonstance qu'il m'était impossible de me rappeler... Je savais bien que vous aviez une très mauvaise opinion de moi...

MARIANNE.

Mais qui a pu vous dire cette énormité? Madame Bréautin? C'est impossible!

LANGLADE.

On ne me l'a pas dit. Je l'ai découvert, je l'ai senti très vite.

MARIANNE.

Je me demande à quoi, par exemple!

LANGLADE.

Les femmes, surtout les femmes comme vous, expriment leur sympathie ou leur antipathie comme à leur insu, par de petits signes mystérieux qui leur échappent à elles-mêmes, mais qui n'échappent pas à des hommes attentifs.

MARIANNE.

Mais alors, voilà des temps infinis que vous m'en voulez horriblement et je ne m'en doutais pas.

LANGLADE.

Moi, madame, je vous en ai voulu! Mais cette découverte que j'ai faite, m'a rendu, au contraire, un service inoubliable. Elle a presque modifié mon caractère, et ce jour-là, je me suis juré d'être tôt ou tard de ceux qui ont votre estime...

MARIANNE.

Eh bien! puisque vous le prenez ainsi, je ne ferai pas l'hypocrite. Que voulez-vous? nous jugeons un peu légèrement, il n'y a pas à dire. Une attitude qui nous déplaît, un mot qui nous paraît manquer de modestie ou de tact et voilà ur homme bon à pendre... *(Lui tendant la main.)* Plus de rancune.

LANGLADE.

Vous me comblez de joie, madame! J'aurais donné pour cette poignée de main tout mon pauvre succès d'hier et toutes les banalités qu'on m'a dites.

MARIANNE.

Diable! Voilà une poignée de main d'un joli prix.

LANGLADE, *se rapprochant.*

Enfin! Cette minute de causerie un peu intime avec vous, que je guette depuis si longtemps et que je n'espérais plus, je l'ai ce soir... je l'ai! ..

MARIANNE.

Voyons... voyons!.ne dépassez pas les bornes de la petite causerie... D'abord, je vais vous prévenir d'un détail qui pourra vous être très utile dans la suite de nos relations... J'ai une véritable horreur de cet ensemble de manœuvres plus ou moins fausses, de cette stratégie de salon et de ces compliments fatigués que l'on désigne sous l'expression générale : « Faire la cour à une femme. » Tâchez de ne pas me faire la cour, ce sera charmant.

LANGLADE.

Comme vous avez raison !... Comme on n'a pas le droit de vous dire, à vous, une galanterie vulgaire?... L'homme qui vous aimerait, s'il osait jamais vous l'avouer, devrait le faire sans détour subtil ou adroit, avec toute la simplicité de la passion. Vous le repousseriez certes, au moins vous ne le mépriseriez pas.

MARIANNE.

Il ne faut pas mépriser son prochain. Mais je ne le reverrais jamais et le résultat serait le même.

LANGLADE, — *une pause.*

Et s'il ne vous demandait rien que de l'écouter un instant?

MARIANNE.

S'il ne me demandait que cela, je lui répondrais : « Mon cher monsieur Langlade, nous étions déjà de bons amis, je commençais à avoir beaucoup de plaisir à causer avec vous. Si vous dites un mot de plus, vous allez tout gâter, et je vous assure que ce sera dommage. »

LANGLADE, *à voix plus basse.*

Eh bien! je ne vous verrai plus, je ne vous parlerai plus... Tant pis pour moi! Ce sera le désastre qu'il faut que tout homme ait une fois dans sa vie. Mais au moins, je vous aurai dit que je vous aime, que je vous aime ardemment, et je vous l'aurai dit avec assez de sincérité et de douleur pour que vous ne l'oubliiez pas tout de suite!

MARIANNE.

Ce qui m'enlève tout remords, c'est que vous l'oublierez en même temps que moi... Vous êtes trop ambitieux pour avoir des passions désordonnées et douloureuses; le même cœur ne peut pas contenir l'ambition et l'amour.

LANGLADE.

Mais toute ambition, au contraire, qui n'est pas née d'un grand amour est méprisable. C'est depuis que je vous aime, depuis que je le sais, que l'ambition et le courage me sont venus!... Mon premier succès, je vous le dois! je le dois à mon amour. Oui... oui... je suis ambitieux! et je voudrais d'autres succès!... Je rêve de vrais triomphes et la gloire! Mais, gloire, succès, triomphes, tout cela n'est rien si, dès qu'on les a, on ne peut pas les jeter aux pieds d'une femme! Si on ne peut pas lui dire : « Pendant qu'on m'applaudissait, je ne voyais que toi dans la foule! Je parlais avec éloquence, mais c'est toi qui étais la pensée et la flamme! Je gouverne les hommes, mais je suis un pauvre jouet entre tes doigts! »

MARIANNE.

Taisez-vous!...

LANGLADE.

Je vous aime!... Je vous aime!... Vous l'avez deviné depuis longtemps... Oh! oui... Et tout disparaît pour moi devant l'espoir que vous m'aimerez un jour... Marianne!... Marianne!... Je ne vous dis plus que ceci...

MARIANNE, *troublée.*

Taisez-vous... Taisez-vous. Je vous en supplie!

LANGLADE.

Ma vie est tout entière à vous ; elle est comme un objet qui vous appartient : Prenez-le, dédaignez-le, ou cassez-le !...

(Il s'incline, voyant quelqu'un entrer par la droite. Entrée de Norbert.)

SCÈNE IV

Les Mêmes, NORBERT, *puis* MADAME BRÉAUTIN, *puis* MAURICE.

NORBERT, *à Marianne.*

Ah ! chère madame...

MARIANNE, *cherchant à se contenir.*

Mon cher ami...

NORBERT.

Je ne vois pas Maurice ?

MARIANNE.

Je l'attends d'un instant à l'autre... *(Apercevant Langlade et Norbert qui se regardent et se saluent.)* Ah ! vous ne vous connaissez pas ?... *(Les présentant.)* Monsieur Langlade... Monsieur Norbert.

NORBERT.

Très honoré de faire votre connaissance, cher monsieur.

LANGLADE.

Très honoré moi-même, monsieur.

(Ils se serrent la main. Revient madame Bréautin.)

MADAME BRÉAUTIN, *à Langlade.*

Je vous cherchais justement pour vous présenter. Je vois que cela est fait, et mieux que par moi. *(Souriant à Marianne.)* Oh ! je ne suis pas jalouse...

MAURICE, *entrant par la droite sur cette dernière réplique.*
Il s'avance vers madame Bréautin.

Chère madame, désolé de n'avoir pu venir plus tôt.

MADAME BRÉAUTIN.

Et moi, bien heureuse que vous soyez venu tout de même.

MAURICE, *à Norbert.*

Bonjour, toi...

NORBERT.

Je demandais de tes nouvelles.

MAURICE, *serrant la main à Langlade.*

Vous avez reçu mon petit mot?

LANGLADE.

Et je vous en remercie.

MAURICE.

Je n'ai pas pu aller vous entendre, mais il paraît que ça été très bien.

MADAME BRÉAUTIN.

Et maintenant, j'emmène le triomphateur. (*A Norbert:*) Et vous aussi... Je vous emmène tous les deux.

NORBERT.

A vos ordres, madame !

(*Langlade s'incline sans mot dire.*)

LANGLADE, *tendant la main à Maurice.*

Si je n'ai pas le plaisir de vous revoir...

MAURICE.

Mais nous ne partons pas tout de suite... (*A Marianne:*) N'est-ce pas?

MARIANNE.

Quand tu voudras.

(*Langlade la salue et s'éloigne avec madame Bréautin.*)

15

NORBERT, *revenant en riant, bas à Maurice.*

Dis donc?... As-tu toujours la même opinion sur Bréautin?

MAURICE.

Quand j'arrive chez quelqu'un, je change immédiatement d'opinion sur son compte : Bréautin est un homme de génie.

NORBERT.

Ah! ah!

(Il s'éloigne en riant.)

SCÈNE V

MAURICE, MARIANNE.

MAURICE.

Brillante soirée?

MARIANNE.

Très brillante.

MAURICE.

Tiens! c'est toi qui as présenté Langlade et Norbert?

MARIANNE.

Ça s'est trouvé comme ça.

MAURICE.

Oh! mais il n'y a pas de mal!... On a renversé le ministère?

MARIANNE.

Pas à table.

MAURICE.

Oui... *(Jeu de scène dans le salon du fond.)* On doit le renverser en ce moment-ci... Se démène-t-elle, cette brave dame!... Regarde-la donc!... Un mot à l'oreille de Norbert!... Un geste discret à Langlade... un coup d'œil à Limeray... ce qui ne

l'empêche pas de réunir dans un groupe sympathique, madame Flécheur et Hamelin, adultère
et politique mêlés... Ah! ah! entrée sensation-
nelle de madame Milmont, entre son fils et sa
fille, fort respectable dame qui vient chercher un
mari pour sa fille et une femme mariée pour son
fils... Et tu te plais là dedans! Que ta volonté
soit faite!

MARIANNE.

Mais toi qui es si bien au courant de toutes les
petites histoires d'ici, tu oublies la dernière!... Il
est vrai qu'elle est arrivée, dit-on, à ton ami
intime...

MAURICE.

A Chantraine! Qu'est-ce qu'on dit? Ah! oui...
Tiens, tous ces potins sont écœurants! Marianne,
je t'en prie, je t'en supplie, s'il en est temps
encore, et il en est temps encore, tout juste! ne
prends pas les mœurs et les habitudes d'ici, et
songe surtout que Chantraine est un être d'une
bonté délicieuse, à qui ce serait un crime de faire
la moindre peine.

MARIANNE.

Oui... oui... il est charmant... tu as raison...
Je regrette ce que je viens de dire... D'ailleurs,
je ne l'ai pas dit qu'à toi, ça n'a pas d'importance... sans compter que c'est probablement un
simple potin.

MAURICE.

Sois-en sûre.

MARIANNE, se tournant vers Chantraine qui entre avec sa femme,
au fond.

En tout cas, il n'a pas le moindre soupçon, et
tout est là...

SCÈNE VI

Les Mêmes,
CHANTRAINE, MADAME CHANTRAINE.

MADAME CHANTRAINE, à *Maurice*.

Ce n'est pas gentil de ne pas être venu plus tôt... D'abord, je ne suis pas fâchée de vous le dire devant mon mari, vous n'êtes pas galant avec moi. Je vous ai rencontré cet après-midi... J'étais en voiture... vous ne m'avez pas saluée...

MAURICE.

Ah! c'était vous. Je ne vous ai pas reconnue.

CHANTRAINE, à *sa femme*.

Et où allais-tu, chère amie?

MADAME CHANTRAINE, *riant*.

Ça ne te regarde pas.

CHANTRAINE.

Bon! bon!

MADAME CHANTRAINE, à *Marianne*.

Je viens vous chercher. C'est madame Bréautin qui m'envoie...

MAURICE.

Ne la faisons pas attendre... Est-ce que vous venez me chercher, moi aussi ?

MADAME CHANTRAINE.

Pas vous... votre femme seulement... (*A Marianne*.) Allons, venez !

SCÈNE VII

MAURICE, CHANTRAINE,
et un instant MADAME CHANTRAINE.

CHANTRAINE.

Si je ne vous avais pas vu ce soir, je me propo-
sais de vous écrire pour vous demander un
rendez-vous... Mais puisque vous êtes là...

MAURICE.

Vous aviez à me parler?

CHANTRAINE.

Oui.

MAURICE.

De choses graves?

CHANTRAINE.

Cela dépend du point de vue où l'on se place.

MAURICE.

Vous ne pouvez pas me dire en deux mots de
quoi il s'agit?

CHANTRAINE.

Mais oui... D'abord, je voulais vous parler de
moi...

MAURICE, *avec intérêt.*

De vous?... Je vous écoute, allez...

CHANTRAINE.

Je vais vous paraître ridicule.

MAURICE.

Mais non.

CHANTRAINE.

Mais j'ai pour vous une telle affection que ça

m'est égal... Et puis, j'ai besoin de me confier à vous... de vous raconter... Enfin ! vous allez comprendre. Voici : ma femme me trompe.

MAURICE.

Qu'est-ce que vous me racontez là ?

CHANTRAINE.

N'insistez pas, mon ami, j'en suis sûr. Elle me trompe avec le petit Saint-Brillat... Tenez, ce jeune homme qui est là-bas...

MAURICE.

Je le connais... mais cela ne prouve pas que...

CHANTRAINE.

Quand vous avez rencontré ma femme, cet après-midi, elle allait chez lui.

MAURICE.

Oh !

CHANTRAINE.

Ou bien elle sortait de chez lui... Où l'avez-vous rencontrée ?

MAURICE, hésitant.

Ma foi... je... je serais bien embarrassé.

CHANTRAINE.

Vous pouvez bien me le dire, puisque ma femme elle-même, tout à l'heure...

MAURICE.

Oh ! d'ailleurs, c'est bien simple... Madame Chantraine était dans un fiacre, avenue des Champs-Elysées... Vous voyez que...

CHANTRAINE.

Elle montait l'avenue ou elle la descendait ?

MAURICE.

Elle la descendait, je crois.

CHANTRAINE.

Alors, elle sortait de chez lui.

MAURICE, *affectant de rire.*

Si vous n'avez pas d'autres preuves que celle-là !

CHANTRAINE.

J'en ai d'autres. Donc, je sais.

MAURICE.

Mon bon Chantraine... je suis abasourdi...

CHANTRAINE.

Quand j'ai appris cette histoire, je l'ai été encore plus que vous. Puis, tout d'un coup, j'ai souffert, horriblement souffert, je vous en donne ma parole. Que voulez-vous ? c'était écrit... Il y a peut-être dans toute femme que nous aimons un adversaire caché. Il faut le vaincre ou être vaincu par lui. Tantôt, c'est la femme qui triomphe et tantôt c'est l'homme, mais il y a toujours une victime.

MAURICE.

Mon pauvre ami... Et qu'est-ce que vous allez faire ?

CHANTRAINE.

Mais je ne peux rien faire ! c'est ce qu'il y a de sinistre dans mon cas. Je ne peux pas tirer encore des coups de revolver, n'est-ce pas ?... J'aurais l'air d'un fou. On m'enfermerait : on aurait raison... Divorcer ?... Mais rien que l'idée de faire parler encore de moi, me remplit de honte !... « Comment, Chantraine divorce ?... » « Le Chantraine de ?... » « Oui, oui... ce Chantraine-là... » « Il s'était donc remarié ?... » « Il n'y en a que pour lui, alors !... » Et les ricanements !... Ah ! mon ami, mon ami, c'est maintenant que je me rappelle ce que vous m'avez dit... L'homme à qui il est arrivé ce qui m'est arrivé, à moi, et qui aime de nouveau, est un insensé ! Il se jette les yeux fermés dans le gouffre ! Tenez, ce n'est plus de la colère que je ressens, c'est une sorte d'anéantissement, d'impossibilité d'agir !... Non... non, il n'y a rien à faire. On a droit dans sa vie à un scandale, pas à deux.

(Revient vivement madame Chantraine.)

MADAME CHANTRAINE.

Dis-moi, mon ami ?...

CHANTRAINE.

Quoi... Hein ?... Ah ! oui, c'est toi ?

MADAME CHANTRAINE, *riant.*

Oui, c'est moi... Qu'est-ce que tu as ?...

CHANTRAINE.

Rien... rien...

MADAME CHANTRAINE.

Madame Bréautin vient d'organiser une petite sauterie dans le salon du fond. Tu permets que je danse une valse ou deux ?

CHANTRAINE.

Avec plaisir... avec plaisir...

MADAME CHANTRAINE, *s'approchant de lui et lui prenant le bras.*

Merci... tu es bien gentil...

(Elle s'éloigne.)

CHANTRAINE, *à Maurice.*

Vous voyez... il n'y a rien à faire... Mais ne parlons plus de moi... Moi, je suis un homme flambé... Quand ma femme aura assez de Saint-Brillat, elle en prendra un autre... et puis un troisième et ainsi de suite. Elle en trouvera ici tant qu'elle voudra : ce n'est pas ça qui manque. Tant pis pour moi, il fallait le prévoir... Maintenant, mon ami, écoutez-moi... et ne prenez pas de mauvaise part ce que je vais vous dire...

MAURICE, *intrigué.*

Qu'y a-t-il donc?

CHANTRAINE, *hésitant.*

C'est délicat, je le sais bien. Mais je considère l'amitié non seulement comme un plaisir, mais comme une charge, qui a ses devoirs et ses responsabilités.

MAURICE.

Voyons, parlez.

CHANTRAINE.

Eh bien! mon ami... A la première occasion que vous trouverez, brouillez-vous avec madame Bréautin et même avec toutes les personnes qui sont ici, sauf moi, bien entendu...

MAURICE.

Ah! ah!

CHANTRAINE, *avec force.*

Il n'y a pas une réputation de femme, vous entendez, pas une, capable de résister à cette vie-là, à ce milieu, à ces conversations... Votre femme qui est la plus irréprochable que je connaisse, et qui restera toujours irréprochable, sera, sans même s'en apercevoir, compromise comme les autres.

MAURICE.

Allez! allez! je ne vous arrête pas!...

CHANTRAINE.

Tout à l'heure, elle échangeait quelques mots avec M. Langlade, ici, à cette place, comme on fait dans un salon avec n'importe qui; deux de ces dames la regardaient du coin de l'œil et se sont exprimées sur son compte en termes d'une telle légèreté, que je les aurais giflées! Elles

trouvaient ça tout naturel ! Elles traitaient madame
Darlay comme une de leurs pareilles... Voilà à
quoi vous êtes exposés, mon ami, votre femme
et vous. Je vous parle sans ménagement, mais du
fond du cœur, avec l'amitié profonde que vous
m'inspirez et aussi avec toute la lucidité que me
donnent sur ces questions mes aventures personnelles.

MAURICE.

Sacrebleu ! Je vous en remercie, au contraire !...
Mais je le sais, tout ce que vous me dites ! Voilà
dix fois que je me jure de ne plus mettre les
pieds dans cette maison ! Et puis, je finis toujours
par me laisser entraîner... Par exemple, cette
fois-ci, en voilà assez !

*(Entrent Limeray et Marianne, pendant que s'éloigne
Chantraine.)*

SCÈNE VIII

MAURICE, LIMERAY, MARIANNE.

LIMERAY.

Ah ! cher ami !... enchanté... Vous êtes des
nôtres, jeudi prochain, n'est-ce pas ? C'est convenu
avec madame Darlay.

MAURICE, *très froid.*

Jeudi prochain ?... Qu'est-ce qu'il y a donc,
jeudi prochain ?

LIMERAY.

Un dîner, chez moi, dans le nouvel hôtel...

MAURICE.

Une merveille, il paraît...

LIMERAY.

C'est gentil. Et après dîner, quelques petits

divertissements. J'espère qu'on ne s'ennuiera pas.

MAURICE.

On ne peut pas s'ennuyer.

LIMERAY.

Alors, c'est convenu ?

MAURICE.

Ce serait avec un grand plaisir, mais ma femme ne vous a donc pas dit ?

Non. Quoi ?

LIMERAY.

MARIANNE, *étonnée.*

Mais, je ne sais pas.

MAURICE.

Nous quittons Paris demain ou après-demain au plus tard...

MARIANNE.

Ah !

MAURICE.

Nous allons nous installer dans notre propriété, près de Mantes... comme tous les étés...

LIMERAY.

Mais, nous ne sommes pas encore en été.

MAURICE.

J'ai avancé notre départ... alors, je suis au regret...

LIMERAY.

Vous pouvez bien attendre huit jours.

MAURICE.

Tout à fait impossible...

LIMERAY.

C'est désolant.

MAURICE.

Croyez bien que je suis plus désolé que vous. Merci tout de même.

LIMERAY.

Ce sera pour cet hiver.

MAURICE.

Ce sera pour cet hiver. Au revoir.

LIMERAY.

Au revoir.

(Il s'éloigne.)

SCÈNE IX

MAURICE, MARIANNE.

MARIANNE, *sèchement.*

Quand as-tu décidé ça?

MAURICE

Je viens de le décider à l'instant.

MARIANNE.

Pour quelles raisons?

MAURICE.

Pour plusieurs... Entre autres, tiens! la première partie de mon livre va paraître bientôt. Il
faut que je la revoie, que je corrige les épreuves...
J'ai besoin de tranquillité.

MARIANNE.

Et tu ne peux pas corriger tes épreuves à Paris?

MAURICE.

Non.

MARIANNE.

Voilà ta seule raison pour nous retirer à la
campagne au commencement de mai, deux mois
avant l'époque où nous y allons d'habitude, et
quand tout le monde est encore à Paris?... Tu
n'en as pas d'autres?...

MAURICE.

Oh! si.

MARIANNE.

Ah! tu as d'autres raisons?

MAURICE.

Oui.

MARIANNE.

On peut les savoir?

MAURICE.

Je te les dirai quand nous rentrerons.

MARIANNE.

Pourquoi pas tout de suite?

MAURICE.

Si tu y tiens!

MARIANNE.

Beaucoup.

MAURICE.

D'abord, je ne veux aller chez Limeray sous aucun prétexte, et je ne veux pas non plus que tu y ailles sans moi, naturellement.

MARIANNE.

Pourquoi?

MAURICE.

Parce que des gens d'un certain caractère, d'une certaine situation et d'une certaine honorabilité, comme moi, par exemple, ne fréquentent pas Limeray, et surtout ne conduisent pas leur femme chez lui. Chez Limeray on conduit sa maîtresse, et encore quand on ne l'a que depuis la veille.

MARIANNE.

Il a été acquitté dans des conditions assez retentissantes : il me semble que ça suffit.

MAURICE.

Il a été acquitté par des jurés; il ne l'a pas été

par moi. Moi, je l'ai condamné à l'unanimité.
Que les jurés aillent chez lui, je ne les en empêche pas. D'ailleurs, il y en aura peut-être.

MARIANNE.

Madame Bréautin y sera aussi.

MAURICE.

Ça regarde son mari, ou plutôt, ça ne le regarde pas.

MARIANNE.

Pourquoi, alors, viens-tu chez madame Bréautin? Ce n'est pas logique.

MAURICE.

En effet, mais je n'irai plus.

MARIANNE.

Tu ne viendras plus chez elle? Ici?

MAURICE.

Plus jamais, c'est fini.

MARIANNE.

Et moi?

MAURICE.

Toi non plus.

MARIANNE.

Vraiment?

MAURICE.

C'est comme ça. Nous allons rester encore
quelques instants, puis nous souhaiterons le bonsoir au maître et à la maîtresse de maison, très
poliment et même avec une grande cordialité, et,
à partir de cette minute, ils ne nous reverront
plus ni l'un ni l'autre. Madame Bréautin me dé-
binera affreusement, ce qui me sera bien égal;
et nous serons brouillés avec elle, ce qui est le
rêve que je caresse depuis longtemps. Je ne re-
gretterai que son mari qui est assez comique et à
qui j'enverrai certainement ma carte toutes les

fois qu'il deviendra ministre. Quant à nous, nous reprendrons notre existence habituelle, qui était des plus sortables. Tu en seras quitte pour ne plus venir tous les huit jours assister à des intrigues de la dernière puérilité et perdre peu à peu ton bon sens et même quelque chose de plus. Voilà.

MARIANNE, — *un temps.*

Et à quel propos me dis-tu tout cela ce soir, plutôt qu'hier ou avant-hier?

MAURICE.

Je te le dis et je te le répète sous des formes variées depuis trois mois, depuis que tes relations avec madame Bréautin, qui se bornaient à deux ou trois visites par an, sont devenues de l'intimité. Tu ne veux pas comprendre : alors, je me décide à employer la violence.

MARIANNE.

Oh! c'est grave d'employer la violence avec sa femme! Tiens! toi... ça, c'est drôle!... tu es jaloux,... mais oui, tu es jaloux, dis-le donc tout de suite... jaloux! Voilà le fin mot! Et qu'est-ce qui te donne le droit d'être jaloux? Cite un fait, un mot, n'importe quoi dans toute ma vie!

MAURICE.

Non, je ne suis pas jaloux, pas plus de Langlade que d'un autre... La jalousie, c'est la peur. Or, j'ai confiance en toi et je suis sûr que tu m'aimes... ne souris donc pas... Tu ne m'aimes peut-être pas en ce moment-ci, mais nous avons toute la soirée devant nous.

MARIANNE.

Et si je n'accepte pas de faire une grossièreté à des gens qui ont été charmants pour moi, pour nous, qui sont de notre monde, au milieu desquels je me plais! Si je ne trouve pas suffisantes les raisons que tu me donnes, qu'est-ce qui arrivera?...

MAURICE.

Il arrivera que nous ferons tout de même ce que j'ai résolu. Je ne suis pas ton amant, moi; je suis ton mari, c'est-à-dire l'amant plus le chef — et le juge en dernier ressort de la vie que nous devons mener. Et je te jure que tu ne deviendras pas une femme supérieure à la façon de madame Bréautin, ou j'y perdrai mon nom!...

MARIANNE.

Et moi, je te jure qu'en ce moment-ci, tu fais une bêtise — et une vraie!

MAURICE.

C'est ce que nous verrons.

SCÈNE X

LES MÊMES, MADAME BRÉAUTIN, BRÉAUTIN, LIMERAY, *puis* LANGLADE.

MADAME BRÉAUTIN, *venant du salon du fond, suivie de Bréautin et Limeray.*

Mais, quelle nouvelle, chère amie!... Le départ, la campagne!... Nous ne pouvons pas admettre ça... Et nos projets pour cet été?...

MARIANNE, *après avoir regardé Maurice.*

Mais, chère madame, il n'y a absolument rien de changé. D'abord, nous allons très près de Paris... Je viendrai à Paris deux ou trois fois par semaine au moins... et vous viendrez nous voir aussi, je l'espère bien... (*Voyant Maurice qui fronce les sourcils.)* Je vous ferai signe un de ces dimanches : nous passerons la journée ensemble.

MADAME BRÉAUTIN.

Mais ce sera une vraie fête !

MARIANNE, *à Maurice.*

N'est-ce pas, mon ami ?...

MAURICE, *se mordant la moustache.*

Mais... oui...

MARIANNE.

Monsieur Bréautin adore la pêche à la ligne, mon mari en est fou...

BRÉAUTIN.

Quelle bonne idée !...

MARIANNE, *à Limeray.*

Cher monsieur Limeray, il va sans dire que vous serez des nôtres. Je n'admets pas de refus...

LIMERAY.

Mille fois aimable, chère madame.

MARIANNE, *à Maurice.*

Voilà qui est bien convenu ?

MAURICE, *se contenant.*

Tout à fait convenu... ma chère !... *(Apercevant Langlade qui vient du fond.)* Mais il faut inviter aussi Langlade... Vous n'allez pas oublier Langlade, je pense ?

MARIANNE, *gênée.*

Mais... pardon...

MAURICE.

Mon cher Langlade... ma femme vous prie de venir un prochain dimanche chez nous, à la campagne... Aimez-vous la pêche à la ligne ?...

LANGLADE.

Beaucoup.

16

MAURICE.

Vous pêcherez avec Bréautin.

LANGLADE.

Merci, mon cher ami.

MAURICE.

Il n'y a pas de quoi... Alors, à bientôt!

LANGLADE.

A bientôt... Au revoir chère madame.

MADAME BRÉAUTIN, *à Maurice, qui fait mine de se retirer.*

Vous partez déjà?

MAURICE.

A notre bien grand regret.

MADAME BRÉAUTIN.

Alors, à un de ces dimanches...

MAURICE, *à Langlade.*

Vous n'oublierez pas, Langlade? *(A Marianne en aparté et affectant la bonne humeur.)* Tu vois, je suis beau joueur!

MARIANNE, *demi-colère.*

Oui... mais les beaux joueurs, tu sais?... Ils perdent comme les autres, les beaux joueurs.

MAURICE, *souriant.*

Evidemment... Mais au moins, ça ne se voit pas à leur figure!

ACTE III

Près de Mantes. — La villa des Darlay.

La scène représente un vaste salon d'été avec une série de grandes baies donnant sur la campagne.

SCÈNE PREMIÈRE

MARIANNE, MADAME GRÉCOURT.

MADAME GRÉCOURT.

Tout ton monde est arrivé?

MARIANNE.

Oui. Tu ne viens pas dire bonjour à madame Bréautin?

MADAME GRÉCOURT.

Je la verrai dans le courant de l'après-midi, ou ce soir à dîner. Il faut absolument que je m'occupe de mon départ...

MARIANNE.

Tu pars vraiment demain matin?

MADAME GRÉCOURT.

Je ne peux pas retarder davantage ma saison à la Bourboule... Vous êtes bien gentils de m'avoir

invitée à passer quelques jours à la campagne
avec vous, mais il y a ma maudite santé.

MARIANNE.

Elle est superbe, ta santé!...

MADAME GRÉCOURT.

A condition que je me soigne. — Eh bien! et
toi?

MARIANNE.

Moi?

MADAME GRÉCOURT.

Oui... Je te trouve un peu pâlote...

MARIANNE.

Mais non.

MADAME GRÉCOURT.

Tu n'as rien?

MARIANNE.

Rien du tout.

MADAME GRÉCOURT.

Je peux partir tranquille?

MARIANNE.

Très tranquille.

MADAME GRÉCOURT.

C'est curieux, depuis que je suis ici, je ne sais
pas pourquoi, je me figure que vous me cachez
quelque chose, ton mari et toi!

MARIANNE.

Mais quelle idée!

MADAME GRÉCOURT.

Vous n'avez pas eu de discussions?

MARIANNE.

Pas la moindre... mais à propos de quoi?

MADAME GRÉCOURT.

Des nuances. Il me semblait que tu étais un
peu nerveuse.

MARIANNE.

Je le suis toujours, plus ou moins.

MADAME GRÉCOURT.

Mais non, nous ne sommes pas des nerveuses, nous. Nous sommes des actives, des agitées même, mais au fond des raisonnables. Voilà pourquoi il n'y a pas eu de bêtise sérieuse dans la famille depuis cinq ou six générations. Moi j'ai failli en faire une, il y a vingt ans, avec un monsieur qui ne s'en est jamais douté. Je ne me rappelle plus son nom. Nous sommes des épouses parfaites.

MARIANNE.

Parfaites.

MADAME GRÉCOURT.

Je m'en vais... *(Passant près du guéridon et prenant un livre.)* Ah! le livre de Maurice!... Il a paru et tu ne me le disais pas?

MARIANNE.

J'allais te le dire, il vient de paraître.

MADAME GRÉCOURT, *lisant le titre et entr'ouvrant le volume.*

Tu l'as lu?

MARIANNE.

Naturellement.

MADAME GRÉCOURT.

Les idées modernes au seizième siècle. Ça me fait l'effet d'être très bien.

MARIANNE.

C'est mieux que très bien.

MADAME GRÉCOURT.

Tu m'en donneras un exemplaire pour lire dans le train?

MARIANNE.

Oui, oui.

MADAME GRÉCOURT.

Quatre cents pages, et de cette dimension-là !...
Qu'est-ce que tu me chantais que Maurice ne
voulait rien faire? C'est un travailleur, ton mari.
Tu ne le connais pas. C'est effrayant à penser, on
ne connaît jamais son mari...

*(Elle sort par une petite porte à droite, pendant qu'au
fond, à gauche, entrent Maurice, Bréautin, Limeray,
Langlade et Chantraine.)*

SCÈNE II

MARIANNE, MAURICE, BRÉAUTIN, LIMERAY,
LANGLADE, CHANTRAINE, *entrant pendant la
première réplique.*

MARIANNE.

Ah ! Êtes-vous un peu ?...

BRÉAUTIN.

Nettoyés, vous pouvez dire le mot... Ce Limeray
nous a menés d'un train d'enfer... et une pous-
sière !

LIMERAY.

Nous sommes allés au pas...

BRÉAUTIN.

Je ne suis pas encore fait à vos diables de machines... *(A Langlade:)* Vous êtes arrivé par le train,
vous? Vous avez eu joliment raison.

MAURICE.

Et maintenant, pas de programme, n'est-ce pas?
Que chacun fasse à sa guise jusqu'au dîner...
Promenade en canot, pêche à la ligne... billard...
repos... Je ne vous parle pas d'automobile...

BRÉAUTIN.

Nous en sortons... Alors, moi, pêche à la ligne...
bien entendu.

MAURICE.

Je vais vous conduire. J'ai fait amorcer depuis
ce matin.

LIMERAY.

Je vous accompagne, moi, Bréautin... *(A Maurice:)*
C'est bête à dire, la pêche à la ligne est une de
mes passions.

BRÉAUTIN.

Mais non, ce n'est pas bête.

LIMERAY.

Je n'aime pas la chasse, c'est trop violent...
Tandis que cette attente tranquille du poisson, ce
coup sec et léger de la main qui accroche sans
bruit la victime à l'hameçon, cela me repose de
mes travaux ordinaires.

MAURICE.

Tout en les rappelant.

LIMERAY, *riant.*

Mon Dieu! oui, un peu...

MAURICE.

Allons, venez... Et vous, Chantraine?

CHANTRAINE.

Je vais avec vous...

*(Ils se dirigent vers la droite, au fond. — Entrent par
la gauche madame Bréautin et madame Chantraine.)*

SCÈNE III

LES MÊMES, MADAME BRÉAUTIN
MADAME CHANTRAINE

MADAME CHANTRAINE.

Nous voici présentables...

MADAME BRÉAUTIN.

Tiens! bonjour Langlade!...

MADAME CHANTRAINE.

Bonjour, monsieur Langlade. Il y a des temps infinis qu'on ne vous a pas vu!...

(Elle va du côté de son mari.)

MADAME BRÉAUTIN, à Langlade, à gauche, pendant que Marianne et les autres sont dans le fond.

C'est vrai, ça!... Qu'est-ce que vous devenez?

LANGLADE.

Je me disposais à aller vous présenter mes hommages hier, qui était votre jour. J'en ai été empêché par l'affaire la plus sotte.

MADAME BRÉAUTIN, le regardant avec intention.

Mon cher Langlade, mon cher Langlade, vous m'avez beaucoup négligée depuis un mois.

LANGLADE.

Je n'ai cessé de me le reprocher. J'ai eu mille travaux.

MADAME BRÉAUTIN.

Je crois autre chose, moi!

LANGLADE.

Et quoi donc, madame? Je ne comprends pas.

MADAME BRÉAUTIN, *fronçant les sourcils.*

Vous ne comprenez vraiment pas?

LANGLADE.

Je vous assure.

MADAME BRÉAUTIN, *sèchement.*

Dans ce cas, je n'insiste pas, mon ami, je n'insiste pas... J'accepte les confidences qu'on veut bien me faire. Je ne les sollicite jamais. Et, d'ailleurs, mon cher, je sais toujours ce que je veux ou ce que j'ai intérêt à savoir! C'est bien, mon ami, c'est bien! (*En s'éloignant et se dirigeant vers Marianne qui descend en scène, venant du fond, à part:*) Il me le payera, ce petit-là!... Une liaison qui s'est faite chez moi!

(*Langlade s'éloigne. — Les autres invités sont sortis pendant ces répliques. — Restent seules en scène Marianne et madame Bréautin.*)

SCÈNE IV

MARIANNE, MADAME BRÉAUTIN.

MADAME BRÉAUTIN.

Enfin, chère amie, nous pouvons un peu causer. Savez-vous que le livre de Darlay est une œuvre des plus remarquables?... Je l'ai lu hier d'une traite! Cela est très fort... C'est un de ces livres qui conduisent à l'Académie... dans un temps plus ou moins long. Vous devez être bien heureuse.

MARIANNE.

Très heureuse.

MADAME BRÉAUTIN.

Et, je l'avoue à ma honte, j'ai été stupéfaite en le lisant.

MARIANNE.

Oui, on croit généralement Maurice assez paresseux.

MADAME BRÉAUTIN.

C'est qu'il en a l'air!... Et ce que j'admire en lui,
justement, c'est cette puissance de travail unie à
cette désinvolture... Car il y a là dedans un travail énorme... Hein! vous rappelez-vous nos cau-
series d'autrefois? quand nous étions navrées
toutes les deux, de voir, avec tout son talent,
votre mari manquer d'ambition? Mais il en avait
le mâtin!... Et la vôtre doit être satisfaite! Vous
avez un mari de cette valeur-là, gardez-le bien!

MARIANNE, souriant.

Je ne songe qu'à ça.

MADAME BRÉAUTIN.

Comme on se trompe, pourtant... *(Avec intention.)*
On m'aurait demandé hier encore: « De Darlay
ou de Langlade, qui est le mieux doué? Quel est
celui des deux dont l'avenir sera le plus bril-
lant? » J'aurais carrément répondu : « C'est Langlade! » Ah! ah! quelle erreur! Langlade, ma
chère, a eu de la chance, voilà tout. Je me suis
trop emballée sur ce garçon-là.

MARIANNE.

Vous m'en avez dit souvent beaucoup de bien...

MADAME BRÉAUTIN.

Je ne le nie pas... Mais j'en suis revenue...
C'est un homme tout à fait superficiel...

MARIANNE, négligemment.

Ah!

MADAME BRÉAUTIN.

Un peu naïf même et légèrement fat... pour
ne pas dire compromettant... n'est-ce pas?

MARIANNE.

Je ne sais pas du tout.

MADAME BRÉAUTIN.

Ses assiduités à votre égard étaient des plus maladroites...

MARIANNE.

A mon égard ?... Je n'avais pas remarqué.

MADAME BRÉAUTIN.

D'autres l'avaient remarqué pour vous. Vous êtes une femme trop en vue pour qu'on ne s'intéresse pas à ce que vous faites.

MARIANNE.

On est bien bon.

MADAME BRÉAUTIN.

Cette observation n'est pas une critique, ma chère... C'est à peine un conseil. Ne le prenez que comme une preuve de la très sincère affection que je vous porte.

(Rentrent par le fond Maurice. Chantraine et madame Chantraine.)

SCÈNE V

Les Mêmes, MAURICE, CHANTRAINE, MADAME CHANTRAINE.

MAURICE.

Eh bien ! mesdames, on vous attend...

MADAME BRÉAUTIN, *tendant la main à Maurice.*

Je sais qu'il ne faut pas vous faire de compliments et que cela blesse votre modestie.

MAURICE.

Oh !

MADAME BRÉAUTIN.

Vous aurez un gros succès, mon ami... Les beaux travaux historiques sont rares et nous sommes lasses des petits romans... Je savais que vous prépariez une histoire du seizième siècle et j'avais peur pour vous. Le sujet est si épuisé... Vous en avez renouvelé l'intérêt, et avec quel éclat! Oui... oui... vous avez raison, tout se recommence... Le seizième siècle, c'est le nôtre.

MAURICE.

Permettez, je ne suis pas allé jusqu'à dire...

MADAME BRÉAUTIN.

C'est la conclusion, vous n'y échapperez pas... Le socialisme actuel, c'est la Réforme!

MAURICE.

Oh! je n'ai pas voulu...

MADAME BRÉAUTIN.

Vous ne l'avez pas dit, mais nous l'avons compris... J'ai déjà reçu dix lettres très curieuses que je vous montrerai.

MAURICE.

Je n'en ai pas reçu autant.

MADAME BRÉAUTIN, *lui tendant la main.*

Il nous est né un historien!... *(A Marianne:* Dites donc, ma chère, votre mère est encore ici?

MARIANNE.

Jusqu'à demain...

MADAME BRÉAUTIN.

Est-ce qu'on peut aller l'embrasser?

MADAME CHANTRAINE.

Oui... oui...?

MARIANNE.

Je crois bien. Je vous conduis chez elle...

(Sortent madame Bréaulin et madame Chantraine, conduites par Marianne.)

SCÈNE VI

MAURICE, CHANTRAINE.

CHANTRAINE

Vous avez une admirable demeure, calme et souriante... Vous y êtes heureux, ce m'est une grande joie. Votre bonheur, mon cher, est la meilleure consolation de ma vie. J'y pense chaque fois qu'il m'arrive un déboire — souvent — et cela me soulage un peu.

MAURICE.

Vous êtes un héros par le cœur, mon bon Chantraine, et, en outre, un vrai philosophe de la vie. Je vais en profiter pour vous poser une question.

CHANTRAINE.

Philosophique?

MAURICE.

Purement philosophique.

CHANTRAINE.

Ah! ah!... parlez...

MAURICE.

Eh bien! dites-moi...?

(Il s'arrête en souriant.)

CHANTRAINE.

Quoi, mon ami?

MAURICE.

Dites-moi?... Croyez-vous qu'il se formera un

jour, plus tard, beaucoup plus tard, une race d'hommes extrêmement civilisés et raffinés, pour qui la trahison de la femme ne sera qu'un petit accident sans intérêt, dont ils ne souffriront pas, qui comptera à peine dans leur vie et n'exercera aucune influence sur les relations sociales ?...

CHANTRAINE.

Je crois en tout cas, et très fermement, que l'on y attachera de moins en moins d'importance. Je suis peut-être un des derniers qui aient pris cela au tragique. Encore, n'ai-je pu le faire qu'une fois. Aujourd'hui, j'en suis presque à l'indifférence. Si par un concours de circonstances que je ne prévois pas, j'étais trompé par une troisième femme, qui sait si je n'y trouverais pas du plaisir ? Il est possible que l'humanité suive la même marche.

MAURICE, — *un temps.*

Oh ! que je voudrais en être à cette période-là !

CHANTRAINE.

Vous ?

MAURICE.

Oui... moi !

CHANTRAINE.

Allons donc ! Vous n'avez, Dieu merci, rien à craindre de la femme... Quand un homme comme moi est trompé, c'est tant pis pour lui. Si c'est un homme comme vous, c'est tant pis pour elle !

MAURICE.

Ça n'empêche pas.

CHANTRAINE.

Tenez, tenez... mon ami, je serais désolé, désespéré, si la conversation que nous avons eue, il y a quelque temps chez madame Bréautin, vous avait troublé le moins du monde, inspiré le moindre doute sur... oh !

MAURICE.

Eh! ce n'est pas ce que vous m'avez dit. C'est le reste! C'est la suite! C'est tout!

CHANTRAINE.

Comment! Vous en êtes là?...

MAURICE.

Hé oui! mon ami, j'en suis là! Moi qui ai toujours eu horreur du soupçon, qui n'ai jamais pu le conserver en moi, qui n'ai jamais même soupçonné une maîtresse — je m'en rapportais à la destinée avec insouciance — cette fois, j'ai le soupçon, là, et bien enfoncé! J'ai commencé par en rire, suivant une méthode qui m'avait réussi jusqu'à présent. Et maintenant, je n'attends peut-être qu'une occasion pour en pleurer... Étiez-vous soupçonneux, vous?...

CHANTRAINE.

Je n'ai jamais eu le temps. Je me suis toujours aperçu très vite...

MAURICE.

Est-ce de la jalousie ordinaire de mari que j'éprouve? la jalousie qui fait suivre une femme, écouter aux portes, épier des correspondances! J'en suis incapable. Non, ce n'est pas cela, c'est une espèce de curiosité douloureuse... oui, très douloureuse... où il y a de la colère, de la honte et de la peur! Et j'en suis arrivé à me dire : il est impossible que Marianne m'ait trompé avec aucun de ceux qui lui ont fait la cour autrefois, mais il n'est pas impossible qu'elle me trompe avec Langlade!

CHANTRAINE.

Avec Langlade! Mais c'est absurde! c'est absurde.

MAURICE.

Il est bien, ce garçon-là... Il est séduisant...
distingué... Comme amant, il n'y a pas mieux !...
Oh ! évidemment, rien ne le prouve, rien, rien !...
Ils se regardent, ils se parlent le plus naturellement du monde... Je les observais tout à l'heure...
Mais ça. n'est-ce pas ? nous savons ce que ça
vaut !... Hein, Chantraine ! vous voyez dans quel
état je suis ? C'est charmant !

CHANTRAINE.

Que le diable !...

MAURICE.

Quand aurait-elle fait ça ?... Quand ?... Oh ! si
elle l'a fait, c'est après cette soirée... A ce moment-
là, oui, elle était exactement dans cet état de
révolte, d'égarement, d'aberration où les femmes
font un coup de tête !...

CHANTRAINE.

Les femmes comme la mienne... Il ne faut pas
comparer...

MAURICE.

Eh ! mon cher, il y a une minute où toutes les
femmes se ressemblent : c'est quand elles
tombent... Mais sacrebleu ! je saurai... et aujour-
d'hui !... Ma parole, je me deviens odieux à moi-
même ! il est temps que ça finisse. Ils sont ici
tous les deux : je leur arracherai bien la vérité à
l'un ou à l'autre !

CHANTRAINE.

Et s'il n'y a rien, comme c'est certain ?

MAURICE.

Eh bien ! je saurai qu'il n'y a rien ! Mon cher,
je crois aux maris aveugles, je crois aux maris
complaisants, je crois aux maris à qui c'est égal,
je crois à ceux qui en meurent, je crois à ceux qui

en vivent, je crois à tous les maris, mais je ne crois pas au mari qui veut savoir et qui ne sait pas !

(Entre par le fond, à gauche, Langlade.)

SCÈNE VII

Les Mêmes, LANGLADE.

LANGLADE, à *Maurice*.

Cher ami, voulez-vous me prêter votre livre?... Je me reproche de ne pas l'avoir encore lu...

MAURICE.

Vous tenez vraiment à parcourir ce gros bouquin... à la campagne?... Ma femme va vous le donner... *(A Marianne qui revient par la droite:)* Marianne... veux-tu prêter?...

MARIANNE.

Oui... oui...

(Entrent, en même temps que Marianne, madame Bréautin et madame Chantraine. — Maurice les salue et sort avec Chantraine par le fond à droite.)

SCÈNE VIII

LANGLADE, MARIANNE, MADAME BRÉAUTIN, MADAME CHANTRAINE.

MADAME CHANTRAINE, bas à madame Bréautin, pendant que Marianne donne le livre à Langlade, et en riant.

Dites donc, chère madame... *(Elle désigne discrètement Marianne et Langlade.)* cela ne vous fait pas l'effet de gens qui aimeraient bien être seuls?

17

MADAME BRÉAUTIN, *riant.*

Oui... oui... et nous allons les laisser discrètement.

MADAME CHANTRAINE, *même jeu.*

Et ils ne remarqueront même pas notre discrétion... *(Haut.)* Allons retrouver ces messieurs...

MADAME BRÉAUTIN.

C'est ça, allons... *(A Marianne:)* Ne vous dérangez pas... Votre mère peut avoir besoin de vous...

LANGLADE.

Moi, je vais m'asseoir sur un petit banc que je connais et me plonger dans cette lecture.

MADAME BRÉAUTIN, *ironiquement, à part.*

Oui... oui... *(Elle sort avec madame Chantraine.)*

SCÈNE IX

LANGLADE, MARIANNE.

MARIANNE, *après un temps.*

Pourquoi êtes-vous venu aujourd'hui? Vous avez eu tort. Il était convenu que vous ne viendriez pas.

LANGLADE.

Vous deviez m'écrire ou venir vous-même à Paris. Je n'avais pas de vos nouvelles; j'étais horriblement inquiet. J'ai voulu vous voir, serrer votre main, parler avec vous, ne serait-ce qu'une seconde, de l'ardent et délicieux secret que nous avons ensemble... Oh! quand me rendrez-vous les heures merveilleuses des derniers jours? Dites? Quand? Vous viendrez demain à Paris, vous me le promettez?

MARIANNE.

Ma mère part demain ; je ne peux pas.

LANGLADE.

Je vous attendrai tous les jours de cette semaine : vous trouverez bien un prétexte.

MARIANNE.

Mais je ne sais pas. *(Sur un mouvement de Langlade.)* Je l'espère... je n'en suis pas sûre... Mais non, mon ami... il ne faut pas nous dissimuler qu'il va être difficile, très difficile de nous rencontrer cet été...

LANGLADE.

Cet été !... Rester tout l'été sans nous revoir !... Ah ! Marianne, vous n'y songez pas !... Ne me demandez pas cela, c'est impossible ?... Réflé-chissez !... Je ne vous aime pas d'une façon légère comme un de ces hommes qui, de salon en salon, cherchent des aventures et s'amusent de l'amour. Oh ! non... non... Notre liaison est plus grave et plus forte, n'est-ce pas ? Je vous aime depuis longtemps ; pendant longtemps je n'ai pas osé vous le dire... Quand mon amour a été tellement grand et tellement fort qu'il n'a plus tenu en moi, alors je vous l'ai dit... et la possession de vous l'a rendu inguérissable... Mais vous aussi, Ma-rianne, vous m'avez dit que vous m'aimiez !... Vous m'aimez toujours ?...

MARIANNE.

Oui... oui... mon ami... oui... aussi je vous supplie... je vous supplie d'être un peu raison-nable. Il faut absolument faire, l'un et l'autre, ce gros sacrifice d'être quelque temps séparés... je vous assure que c'est indispensable, sous peine des plus grands périls... Mais oui !... des plus grands périls... Nous sommes entourés de gens qui nous surveillent... Est-ce que vous vous faites par hasard la moindre illusion sur les pensées intimes de madame Bréautin, quand elle nous a laissés seuls tout à l'heure?...

LANGLADE, *avec impatience.*

Qu'est-ce que c'est, madame Bréautin?

MARIANNE.

C'est le monde, c'est la calomnie, c'est le danger!... Mais ma mère elle-même s'est aperçue de quelque chose... et quant à mon mari... qui sait s'il n'a pas déjà des soupçons?

LANGLADE.

Ah! tenez, j'en suis parfois à le désirer, qu'il apprenne tout!

MARIANNE.

Oh! vous êtes fou, par exemple!

LANGLADE.

Est-ce que vous croyez que je ne saurais pas vous défendre? Mais vous n'avez donc pas deviné à quel point je vous aime et quel rêve, quel rêve lointain j'ai fait? le rêve de confondre un jour nos deux existences... de vous prendre, de vous emporter, de vous avoir à moi, à moi! Oui, la voilà aujourd'hui mon ambition, mon unique ambition!... Tout le reste, travail, succès, n'est plus rien pour moi, si je n'y associe pas votre pensée!... Dites-moi que ce n'est pas impossible! Une femme de votre rang est maîtresse d'elle-même et si vous m'aimiez, Marianne!...

MARIANNE.

Ah! mon ami, mon ami... Mais c'est insensé!... Comment pouvez-vous concevoir une chose pareille? Mais je ne vous ai fait aucun serment, aucune promesse de ce genre... Vous m'offrez toute votre existence, mais est-ce que je peux vous donner la mienne?... Elle est ici... Tout mon passé, tout mon avenir sont ici!... à un autre!... Mais oui... à un autre!...

LANGLADE, *avec emportement.*

Ah! cet autre! comme je l'appelle le hasard qui nous mettrait en présence tous les deux!

MARIANNE.

Oh! taisez-vous... Voilà que vous songez maintenant à provoquer!... Vous osez me dire cela ici... Taisez-vous! laissez-moi!

LANGLADE.

Je vous demande pardon, Marianne... Je suis fou, c'est vrai... Mais dites-moi que je vous reverrai bientôt.

MARIANNE, *regardant par la baie.*

Voici mon mari qui revient... Calmez-vous, au nom du ciel!... *(Sur un mouvement de Langlade.)* Non... non... ne vous en allez pas... il a dû vous apercevoir... Restez... Restez... Quel mal y a-t-il?

(Entre Maurice.)

SCÈNE X

LES MÊMES, MAURICE.

LANGLADE.

Alors, madame, avec votre permission, je vais m'installer...

MAURICE.

Pour lire? Ces dames ne le permettront pas, et

elles auront bien raison... Elles vous réclament d'ailleurs...

LANGLADE.

Oh ! dans ce cas...

MAURICE.

Nous nous retrouverons dans le parc ?

LANGLADE.

C'est ça !

(Il sort.)

SCÈNE XI

MAURICE, MARIANNE.

MAURICE, *après un temps.*

De quoi parliez-vous ?

MARIANNE.

Des gens que nous connaissons... Il me racontait...

MAURICE.

Non, Marianne, non... *(Mouvement de Marianne.)* Ecoute-moi... Ecoute... Je ne peux plus garder ce qu'il y a en moi. Nous avons eu assez d'années d'abandon absolu, assez d'années de belle confiance l'un dans l'autre, pour avoir une explication même délicate, même cruelle. A de certains moments, entre gens d'un peu de noblesse d'âme comme nous, la franchise, la divine franchise peut seule éviter des désastres. Réponds-moi donc franchement.

MARIANNE.

Oui, Maurice, oui... je te le promets. Mais qu'est-ce que tu as ? Qu'est-ce que tu veux me dire ?

MAURICE.

Je ne t'accuse pas, remarque; je n'ai aucune
preuve pour t'accuser, sinon ma propre émotion,
des pressentiments, les mille choses obscures qui
nous avertissent d'un danger ou d'un malheur...
Et je ne veux pas te faire subir non plus un vil
interrogatoire de mari jaloux... Non, je m'adresse
loyalement à toi. Depuis quelque temps, nous
hésitons presque à nous parler. Dès que nous
sommes seuls, nous attendons avec impatience
que quelqu'un entre et sépare nos regards... Tu
ne peux pas ne pas t'en être aperçue... Enfin! il
y a comme du doute et de l'ombre entre nous...
Eh bien, tâchons de les dissiper, veux-tu?...
Tâchons de redevenir les êtres clairs et joyeux que
nous étions...

MARIANNE.

Oh! je devine bien ce que tu penses. Et tout
ça, c'est parce qu'après cette soirée chez madame
Bréautin, j'ai été un peu troublée, un peu nerveuse... Je t'en ai beaucoup voulu, je le reconnais...
Dame! tu ne m'avais pas habituée à me parler sur
ce ton... Mais, depuis, est-ce que j'ai fait la
moindre allusion?... Voyons, sois juste. Est-ce
que je t'en ai reparlé, de madame Bréautin? Je
ne tenais même pas à lui rappeler l'invitation...
C'est toi qui as insisté, qui lui as écrit, qui as fixé
le jour... Et voilà sous quel prétexte, avec je ne
sais quel potin en plus, car il n'y a pas autre
chose, n'est-ce pas?... (Elle le regarde.) Voilà sous
quel prétexte, tu en es arrivé à... mon Dieu! oui...
je ne me fais pas d'illusion après la façon dont tu
viens de me parler... tu en es à supposer peut-être...

MAURICE.

Que tu me trompes?... Non, mon esprit n'a
jamais osé aller jusque-là, du moins nettement,

directement. Ce serait pour moi, pour nous deux, une telle destruction de tout, un tel ravage de notre existence, que je n'ai pas la force de le concevoir.

MARIANNE.

Maurice !

MAURICE.

Evidemment, il est absurde de se dire : « Cette chose qui est arrivée à tant d'êtres humains, qui est contenue dans le mariage, comme l'accident dans le voyage, cette chose ne m'arrivera pas à moi ! » C'est absurde, je m'en rends très bien compte, et pourtant, voilà comment je raisonne ! Je ne peux pas me figurer que tu es une femme pareille aux femmes des autres, que notre union n'est pas d'une essence supérieure à celle d'un ménage ordinaire !... Marianne... Marianne, ce que je vais te dire, n'est pas une naïveté, un simple enfantillage !... Eh bien ! tu ne dois pas me tromper ! Ne me trompe pas ! Je t'assure que l'adultère n'est pas toujours une aussi plaisante aventure que se l'imaginent ceux qui en profitent. Certes ! il y a bien des maris que cela n'empêche pas d'être heureux, et des femmes qui n'en sont pas moins d'exquises maîtresses de maison. Mais le fond de tout ça est tout à fait vilain et même plein de dangers, sois-en convaincue... Je parle comme un mari, je le sais bien ; mais je sais aussi à quelle femme je parle...

(Il se passe la main sur le front.)

MARIANNE, *se rapprochant de lui.*

Mais tu souffres, Maurice, je vois que tu souffres !...

MAURICE.

Oui... Oh ! je ne le cache pas et je souffre même plus qu'il ne convient. Heureusement que

c'est toi qui as le remède... et tu vas me guérir,
n'est-ce pas, Marianne? comme un pauvre diable
un peu malade que je suis en ce moment, tu vas
me guérir avec de la loyauté et de la franchise.
Alors, dis-moi exactement ce qui s'est passé
entre toi et Langlade.

MARIANNE.

Mais, rien... rien...

MAURICE.

Je t'en prie, ne me réponds pas ainsi... Il n'y a
eu probablement presque rien entre vous deux : il
n'y a pas eu rien. Mais non, mais non !... Toi qui
étais autrefois la femme sûre et droite, celle
qu'on n'osait pas soupçonner, car elle aurait rendu
le soupçon ridicule, brusquement tu as changé !

MARIANNE.

Moi ?

MAURICE.

Ton sourire, ton attitude, ton langage ont
changé... N'essaye pas de le nier... C'est l'évidence, et d'ailleurs ce n'est pas un crime... Mais
n'essaye pas de me faire croire, non plus, que c'est
parce qu'un soir je t'ai parlé plus durement que
d'habitude... Non ! il y a autre chose. Langlade t'a
fait la cour... C'est certain ! certain !...

MARIANNE.

Eh bien ! oui... oui... Et j'aurais dû te le dire
tout de suite... Ah ! comme je regrette de ne pas
l'avoir fait... Mais nous étions dans ce monde si
bruyant, si absorbant, que malgré soi on se laisse
entraîner peu à peu... On écoute des compliments,
des banalités... on fait comme les autres... Ah !
que tu avais raison de vouloir m'en arracher !...
Oh ! oui, mais c'est fini, c'est fini !... *(Se levant et
allant à lui.)* Mon chéri, tu ne sais pas ce que nous

allons faire ? Nous allons partir pour quelque
endroit où nous serons seuls, tous les deux seuls?...
Nous allons partir le plus tôt possible, demain,
dis?... Et tu verras, alors, si je t'aime, si j'aime
un autre homme que toi ! Je te guérirai, va, ce ne
sera pas long !

MAURICE, *la regardant.*

C'est une idée...

MARIANNE.

Oh ! quelle joie !... Nous allons donc retrouver
notre belle solitude d'autrefois... Je vais pouvoir
te reconquérir, car je sens que j'en ai besoin !...
Oui, je sens que j'ai failli te perdre !... Oh ! l'affreux
monde !... Fuyons-le ! Fuyons-le ! Et cet hiver, à
Paris, quand nous rentrerons, je ne veux plus voir
personne, personne !

MAURICE.

Oh ! mais tu exagères, maintenant, tu exagères
beaucoup... Ce n'est pas parce que Langlade t'a
adressé quelques petites galanteries sans gravité,
qu'il faut avoir l'air de le fuir. Il est dans son rôle,
après tout, ce garçon...

MARIANNE.

Je ne veux plus le voir... *(Se reprenant.)* pas plus
lui que les autres... d'ailleurs !.. *(Avec emportement.)*
Emmène-moi ! emmène-moi !

MAURICE, *se rapprochant d'elle et les yeux dans les yeux.*

Il est donc bien dangereux ?

MARIANNE.

Qui ?

MAURICE.

Lui.

MARIANNE.

Dangereux !... Pourquoi ?

MAURICE.

Mais, parce que, sans t'en douter, tu parles depuis un moment comme si tu avais peur de l'aimer.

MARIANNE, *se reculant.*

Moi !...

MAURICE.

Oui... toi !... Ou comme si tu ne l'aimais plus !...

MARIANNE.

Oh !

MAURICE, *allant à elle.*

Voyons ! Marianne... tu ne m'as pas tout dit... Il n'y a pas eu que de la galanterie de sa part, de la coquetterie de la tienne... Il y a eu plus ! Tu as été imprudente... Où l'as-tu rencontré ?... Car tu ne l'as pas rencontré que chez nous ou chez cette femme ?... Mais ne fais donc pas semblant de ne pas comprendre !... Tu l'as vu ailleurs ?...

MARIANNE.

Non !... non !...

MAURICE, *avec violence.*

Je te dis que tu l'as vu ailleurs !... Dis-moi où ?... Jusqu'à cette soirée chez madame Bréautin, je suis sûr de toi ! Tu me dirais que tu m'as trompé avant, je ne te croirais pas... Tu l'as vu pendant les semaines qui ont précédé notre installation ici... *(Lui saisissant le bras.)* Veux-tu me répondre ?

MARIANNE.

Non, je ne veux pas te répondre... car en ce moment, tu es frémissant et affolé... Tu es sous je ne sais quelle influence !... Quelle calomnie a-t-on pu faire ?... Au nom du ciel, laisse-moi, cesse de me tourmenter !... C'est la torture !...

MAURICE.

Pour qui est-elle la torture?

MARIANNE.

Quoi que je te dise maintenant, tu ne le croiras
pas!... car tu es persuadé que je t'ai trompé!...
Et quand tu me disais non, tout à l'heure, c'est
que tu me tendais un piège!

MAURICE.

Tu pouvais donc y être prise?

MARIANNE, *perdant la tête.*

Mais tais-toi!... Va-t'en!...

MAURICE, *la retenant par les poignets.*

Je ne te quitterai pas avant de savoir ce que
tu me caches depuis un mois! Je veux savoir la
vérité, je veux qu'elle éclate, quand même elle
devrait tout briser autour de nous; je veux la
tirer de'tes yeux ou de tes lèvres!... Oui, c'est
odieux ce que je fais, parfaitement... Mais c'est
de ta faute!... C'est toi qui, par ton inconscience,
par ta sottise, par tes défis, as introduit dans
notre ménage l'ombre de l'adultère, c'est à toi de
l'en faire sortir! Oui, je te crois coupable, oui... car
si tu ne l'étais pas, au lieu de trébucher et de te
perdre dans tes mensonges et dans ta peur, tu
aurais déjà trouvé, le mot, le cri, le geste qui
m'auraient remué et convaincu!... Ah! tu ne
veux pas dire la vérité!... Eh bien!... je vais la
savoir tout de même!

(Il se dirige violemment vers la porte.)

MARIANNE, *se redressant.*

Où vas-tu? où vas-tu?...

MAURICE.

Je vais la lui demander à lui!...

MARIANNE, *affolée.*

A lui?

MAURICE.

Oui, et de gré ou de force, il me la dira, je te
le jure!

MARIANNE.

Je ne le veux pas!... Maurice!

MAURICE, *s'avançant vers elle menaçant.*

Alors, c'est vrai?... c'est vrai?

MARIANNE, *tombant sur une chaise.*

Oui... Fais ce que tu voudras!

MAURICE, *s'arrêtant tout à coup.*

Malheureuse folle!... Tu as détruit toute ta vie
et la mienne, et pour en arriver à ça : être déjà
en plein remords!

MARIANNE, *dans les larmes.*

Ah! oui... folle... folle!... Qu'est-ce que j'ai
fait?... Mais je me serais fait hacher plutôt que de
continuer!... Tu ne me pardonneras jamais!...

MAURICE.

Jamais! car il y avait dans mon amour pour
toi, non seulement la passion, le désir, la tendresse; il y avait aussi la sécurité; la certitude
égoïste et puissante que je te possédais entièrement, à moi tout seul et pour toujours... Que ta
trahison ne m'enlève pas le désir, c'est possible!
Mais ce désir-là, bien d'autres femmes me l'ont
donné, bien d'autres pourront me le donner encore! Et ce n'est vraiment pas la peine pour si
peu, de vivre toute une existence d'amertume et
de rancune, avec un pareil souvenir entre nous...
*(Repoussant d'un geste Marianne qui fait un mouvement vers
lui.)* C'est fini!... non, non, c'est fini!... Nous
achèverons de régler tout ça quand nos invités

seront partis, car nous avons des invités!... Ah!
au fait... à l'autre maintenant !

MARIANNE.

Maurice, je t'en conjure !

MAURICE.

N'aie donc pas peur! Nous n'allons pas nous
colleter dans le parc.

MARIANNE, *avec angoisse.*

Qu'est-ce que tu vas faire? Qu'est-ce que tu vas
lui dire?

MAURICE, — *un temps.*

Je vais lui dire de ne pas dîner ici !

ACTE IV

Près de Mantes.

Même décor qu'au troisième acte. Le soir.

SCÈNE PREMIÈRE

MAURICE, CHANTRAINE, BRÉAUTIN, MADAME BRÉAUTIN, LIMÉRAY, *sont au fond, à prendre le café.* — MARIANNE, *entre premier plan à droite et va s'asseoir sur le canapé à gauche.*

> MARIANNE, à Maurice qui s'est approché d'elle.

Ah! c'est toi?

> MAURICE.

Qu'est-ce que tu as?

> MARIANNE.

Je viens de passer quelques jolies heures!... Je suis dans une inquiétude mortelle... obligée de répondre à des invités, de leur sourire... Tu comprends, n'est-ce pas? qu'en voyant repartir Langlade pour Paris, sous un prétexte quelconque... tu comprends que j'ai deviné? Vous allez vous battre?

> MAURICE.

Ne t'occupe donc pas de ça!

MARIANNE.

Tu peux bien me le dire!... Je te supplie de
me le dire!... C'est vrai? D'ailleurs, je ne sais
pas pourquoi je te demande ça... C'est fatal...
c'est fatal!

MAURICE.

Oh! mon Dieu, nous allons probablement faire
cette chose stupide.

MARIANNE.

Toi, te battre!... avec un homme qui te déteste!

MAURICE.

Ah! il t'aime bien!

MARIANNE.

Ce n'est pas demain, au moins... que vous
vous battez?

MAURICE.

Mais si, c'est demain... Plus tard, ce serait
encore plus bête... Nous battre?... Oui!... ça ne
prouvera même pas qu'un de nous deux est plus
fort que l'autre! Mais enfin, tant que le duel est
là, il faut s'en servir... Et comme il est dit que
dans les plus sales histoires il y aura toujours un
peu de bouffonnerie, je suis bien décidé à prendre
Chantraine comme témoin!... Ce bon Chantraine!
Mon aventure n'est pas très différente de la sienne.
Toutes les aventures de maris trompés se ressemblent, comiques ou douloureuses, suivant le
masque des gens, mais le fond est pareil... Viens
rejoindre nos invités.

MARIANNE.

Ah! je souffre plus que toi!... Toi, tu te conso-
leras, moi, jamais!

MAURICE.

Espérons que nous sommes des êtres assez frivoles pour nous consoler tous les deux... *(Il regarde*

sa montre.) Voyons... tout le monde va s'en aller...
nous aurons le temps de tout décider ce soir...
Diable! il y a ta mère!... On ne pense jamais à
la famille, dans ces moments-là... Nous tâcherons
d'inventer une machine quelconque pour ne pas
gâter sa saison à la Bourboule...

SCÈNE II

Les Mêmes, MADAME BRÉAUTIN,
puis LIMERAY, *puis* CHANTRAINE.

MADAME BRÉAUTIN.

Nous allons partir, nous!... J'ai fait mes adieux
à votre mère... Merci de cette bonne journée, mes
chers amis... *(Regardant Marianne.)* Tiens!... vous
avez votre migraine, vous!

MARIANNE.

Oui, à un point!...

MADAME BRÉAUTIN.

Il faut vous reposer...

LIMERAY, *entrant.*

Quelle belle soirée! La route va être un dé-
lice... Je vais préparer mes lanternes...

MAURICE.

Je vous accompagne.

LIMERAY.

Nous sommes obligés de vous quitter de bonne
heure... J'ai à travailler ce soir, en rentrant... à
cause de la Cour d'assises... où il faut que je sois
demain matin.

18

MAURICE.

Comment!... encore?...

LIMERAY, *riant.*

C'est comme juré, cette fois-ci... je suis tombé au sort.

MAURICE.

Soyez indulgent.

LIMERAY.

Je vous le promets.

(*Sortent Limeray et Maurice.*)

SCÈNE III

MARIANNE, MADAME BRÉAUTIN, CHANTRAINE, *puis* BRÉAUTIN *et* MADAME CHANTRAINE.

MADAME BRÉAUTIN, *à Marianne.*

Quand vous verra-t-on?

MARIANNE.

Je ne sais pas du tout.

MADAME BRÉAUTIN.

Viendrez-vous à Paris, cette semaine?

MARIANNE.

Je ne peux pas vous affirmer...

MADAME BRÉAUTIN.

Enfin, ma chère... dites-vous ceci... (*Avec inten- tion.*) Quoi qu'il vous arrive jamais, vous n'avez pas de meilleure amie que moi.

MARIANNE.

Mais il ne m'arrive rien... Je vous remercie tout de même... *(A madame Chantraine et à Bréautin qui entrent par la même porte que les autres:)* Vous n'avez pas vos manteaux? vos vêtements?... Je vais vous les faire préparer...

(Elle sort à gauche, les autres étant arrivés à droite.)

SCÈNE IV

MADAME BRÉAUTIN, CHANTRAINE, BRÉAUTIN, MADAME CHANTRAINE.

MADAME BRÉAUTIN

Vous trouvez ça naturel?

BRÉAUTIN.

Eh quoi, chère amie?

MADAME BRÉAUTIN.

Ce qui se passe ici ce soir?

MADAME CHANTRAINE.

Ah! non, par exemple! Ce n'est pas naturel!

BRÉAUTIN.

Mais que se passe-t-il donc? Je n'ai rien vu.

MADAME BRÉAUTIN.

Vous n'avez pas remarqué le départ subit de Langlade?

BRÉAUTIN.

Il venait de recevoir un télégramme le rappelant à Paris...

MADAME CHANTRAINE.

D'abord, le télégraphe est fermé le dimanche, à la campagne.

BRÉAUTIN.

Ça, c'est vrai... C'est une réforme à faire...

MADAME BRÉAUTIN.

En effet, on ne reçoit pas de télégrammes. Et puis, quand on vient chez les gens à quarante-cinq kilomètres de Paris, on ne s'en va pas une heure après ! Et puis, à dîner, une maîtresse de maison ne fait pas cette tête-là ! Et puis, elle insiste pour retenir ses invités, ou elle fait semblant d'insister, et elle ne va pas pleurer toute seule dans un petit salon au moment de prendre le café ! Et puis, il y a un tas d'autres détails qui t'ont échappé, à toi, parce que tu n'es qu'un homme politique, et qui sautent aux yeux de simples femmes comme nous !...

MADAME CHANTRAINE, *riant.*

Parfaitement.

BRÉAUTIN.

Quelle idée as-tu donc, ma chère ?

MADAME BRÉAUTIN.

Je vous la dirai en route... Allons chercher nos manteaux, puisqu'on ne nous les apporte pas !

CHANTRAINE, *à madame Chantraine qui se dispose à les suivre.*

Un mot, chère amie ?

MADAME CHANTRAINE.

Vous voulez me parler, mon ami ?

CHANTRAINE.

Un petit mot de rien du tout...

(*Sortent monsieur et madame Bréautin.*)

SCÈNE V

CHANTRAINE, MADAME CHANTRAINE,
puis MARIANNE.

MADAME CHANTRAINE.

Voyons...

CHANTRAINE.

Ma chère amie, je vous serais fort obligé,
quand on parlera des Darlay devant vous, et on
en parlera certainement en route... je vous serais
fort obligé, dis-je, de vous abstenir de toute réflexion, de tout sourire et de toute manifestation
généralement quelconque.

MADAME CHANTRAINE.

Mais, mon ami...

CHANTRAINE.

J'aime infiniment Darlay; madame Darlay est
une femme parfaite et de la plus grande distinction...

MADAME CHANTRAINE.

Oh! vous la défendez toujours, c'est une justice
à vous rendre. Eh bien! mon cher, je crois que
vous allez avoir fort à faire.

CHANTRAINE.

Je ne vous demande pas de la défendre avec
moi, je vous prie simplement de ne pas l'attaquer... Car retenez bien ceci, chère amie...

MADAME CHANTRAINE.

Je vous écoute.

CHANTRAINE.

Pour se permettre, sur la conduite de madame
Darlay, la plus petite critique, il faudrait être
soi-même une femme tellement irréprochable...

MADAME CHANTRAINE, *frappée.*

Que voulez-vous dire, mon ami ?

CHANTRAINE, *la regardant.*

Mais rien, chère amie.

MADAME CHANTRAINE, *même jeu.*

Rien ?...

CHANTRAINE.

Rien du tout.

MADAME CHANTRAINE.

Emile !

CHANTRAINE.

Quoi ?

MADAME CHANTRAINE.

Vous me regardez d'une façon, vous me faites peur.

CHANTRAINE.

Je vous regarde avec un vif intérêt, mon enfant... et même avec une certaine admiration... *(Il étend la main comme pour lui tapoter sur les joues. Madame Chantraine se recule instinctivement.)* Là, là, ne vous alarmez pas. Les choses sont très bien comme elles sont et ce serait dommage d'y rien changer... Vous me promettez d'être bien gentille ?

MADAME CHANTRAINE.

Je vous le promets.

CHANTRAINE.

Et maintenant, venez, mon enfant, partons. *(A part.)* Dire que cette petite femme-là est capable de m'adorer, maintenant !

(Entre Marianne.)

MARIANNE.

Comment, vous êtes là ! Tout le monde est déjà en voiture : on n'attend plus que vous pour le départ.

CHANTRAINE.

Madame, votre serviteur, et tous mes hommages.

(Monsieur et madame Chantraine sortent, puis entre Maurice.)

SCÈNE VI

MAURICE, MARIANNE.

MARIANNE.

Ils sont partis?

MAURICE.

Oui, je viens de les mettre en voiture.

MARIANNE.

Et ma mère?

MAURICE.

Ta mère écrit des lettres.

MARIANNE.

Nous sommes seuls?

MAURICE.

Oui.

MARIANNE.

Qu'as-tu décidé?

MAURICE.

Voici, Marianne... et je l'ai décidé sans colère contre toi, sois-en bien convaincue. Tout à l'heure, je t'ai injuriée, j'ai failli te frapper... Maintenant, j'examine la situation avec autant de sang-froid que je peux...

MARIANNE.

Oh! tu es très bon.

MAURICE.

Je ne suis pas un monstre et j'aurais honte de me venger de toi, malgré le mal que tu m'as fait.

MARIANNE.

Je souffre cruellement aussi, je te le jure.

MAURICE.

En effet, tu n'es pas devenue tout à coup une femme sans conscience, aussi je vais tâcher de te faire payer ta faute le moins cher que je pourrai. Je ne veux pas t'exposer à la calomnie, aux médisances, à la perfidie de tout ce monde qui ne demande qu'à se ruer sur toi. Si je me battais demain, tu serais déchirée.

MARIANNE, *avec un éclat de joie.*

Tu ne te battras pas?

MAURICE.

C'est un côté de la question qui me regarde seul; n'en parlons pas. Voici ce qu'il faut faire: tu partiras demain, avec ta mère, sous prétexte de ta santé. Justement, elle te trouve un peu pâle, ça va très bien. Et quand vous serez seules toutes les deux, tu lui diras que nous nous séparons... Inutile, bien entendu, de lui avouer la vraie raison... Donne-moi tous les torts, invente ceux que tu voudras... oh! ça m'est égal!... Le divorce sera prononcé en ta faveur. A ce moment-là, le monde, notre monde à nous, s'occupera déjà d'autres aventures et d'autres scandales... Et tu redeviendras libre d'une façon élégante et convenable.

MARIANNE, *après un temps.*

Oui... ce que tu as décidé est irrévocable, je le sens...

MAURICE, — *un temps.*

Oh! irrévocable.

MARIANNE, — *un temps.*

Ah! Et tu ne veux pas me laisser le plus fragile espoir, le plus lointain, que tout, peut-être, n'est pas fini entre nous?

MAURICE, *doucement.*

Non, Marianne, car tout est fini.

MARIANNE, *nerveuse.*

Et pourtant, il n'y a pas de crime si grand qu'il soit, qui ne puisse espérer d'être un jour pardonné... C'est un véritable crime, je le reconnais, d'avoir trahi l'amour d'un homme comme toi... J'en conviens, je n'ai pas d'excuse, je n'en cherche pas, je me livre à toi entièrement... Mais enfin, l'homme que tu es, l'homme qui as ton cœur et ton esprit, es-tu bien sûr de me l'avoir toujours montré, à moi qui étais ta femme? Derrière l'ironie de ton sourire et de ton langage, es-tu bien sûr de ne m'avoir jamais caché — exprès — la profondeur de ton amour et la sincérité de ton cœur? Quand je t'ai vu tout à l'heure souffrir, les larmes aux yeux, je n'ai pas été seulement secouée et meurtrie, j'ai été stupéfaite aussi... oui, stupéfaite! car je ne te connaissais pas, et c'est toi qui, jusqu'à présent, m'avais empêché et comme interdit de te connaître! Oh! certes... il n'y a pas de reproche là dedans. C'était à moi de te deviner et de te comprendre, évidemment, évidemment. Mais je ne suis qu'une femme, moi, je n'ai pas un cerveau tout-puissant. J'avais peut-être besoin d'être aidée, éclairée, conduite! Pourquoi n'as-tu jamais daigné le faire? Et jusqu'à ta pensée, ton talent que tu viens de livrer aujourd'hui à tout le monde, pourquoi ne me l'as-tu pas même laissé soupçonner? Et ainsi tu me laisses ce poignant regret que l'être que tu es vraiment, j'aurais pu vivre avec lui toute ma vie!...

MAURICE, *assis.*

Que veux-tu, Marianne? c'est l'éternel malentendu; c'est le malheur. *(Il se lève.)* Nous n'y pouvons rien. Car l'être que je suis vraiment, celui-là est incapable d'oublier ! Oh ! je le regrette, crois-le bien, et je donnerais beaucoup pour être un de ces aimables maris d'aujourd'hui qui, le sourire aux lèvres, pardonnent tous les soirs ! Mais j'aurais beau m'appliquer, je ne pourrais pas. Nous ne sommes pas maîtres de notre mémoire, ni des images qui nous traversent le cerveau. Et il y a une de ces images qui m'a un peu trop fait souffrir pour que je l'oublie, la douleur ayant été expressément inventée, d'ailleurs, pour qu'on n'oublie pas.

MARIANNE.

Oui... oui... je vois que tu t'es reconquis... tu as tout ton calme, je n'ai plus contre toi aucune prise, c'est fini... Oh ! il est vrai que tu veux bien te montrer très bon et très doux avec moi, tu veux bien ne pas m'humilier devant ma mère, ne pas me livrer à la calomnie, me conserver une situation dans le monde !... Mais si je t'aime, moi, si je t'aime encore ? Si je ne songe qu'à une chose ? te garder. Mais je préférerais la colère, j'aimerais mieux que tu te venges, et pouvoir me dire que tout de même, un jour, je te reprendrai ! Ce que tu fais là, avec ta bonté et ton sang-froid, est plus cruel que la violence ! que la haine ! que tout !

MAURICE.

Mais tu ne vois donc pas la lamentable existence que nous mènerions ! Ta faute que je ne te reprocherais plus, que je n'aurais même plus le soulagement de te reprocher, nous y penserions sans cesse, moi du moins. Eh bien ! cette existence de complaisance, de lâcheté et d'hypocrisie, je ne veux pas la mener ! Quand on est certain de ne pas oublier, le pardon n'est qu'une comédie méprisable indigne de toi et de moi.

MARIANNE.

Je t'aime, et mon amour te forcera à oublier...

MAURICE, *apercevant madame Grécourt qui entre par le fond.*

Allons bon ! Voilà ta mère....

SCÈNE VII

Les Mêmes, MADAME GRÉCOURT.

MADAME GRÉCOURT.

Bonsoir, mes enfants. Je vais me coucher. Je dois être levée demain de bonne heure... *(Elle va à sa fille et l'embrasse. Marianne se jette dans ses bras et l'embrasse violemment en pleurant.)* Eh bien! qu'est-ce que tu as?... Comment?... tu pleures... *(Elle regarde Maurice.)* Ah! je savais bien qu'il y avait quelque chose! Qu'y a-t-il donc, mes enfants? Qu'y a-t-il donc? Parlez! *(A Marianne:)* Parle... voyons!

MARIANNE, *en larmes.*

Je ne peux pas, je...

MADAME GRÉCOURT.

Mais, c'est donc grave?

MAURICE.

Autant vous le dire tout de suite.

MARIANNE.

Maurice!

MAURICE.

Nous nous sommes aperçus, Marianne et moi, que la vie commune était devenue impossible...

MADAME GRÉCOURT, *l'interrompant brusquement.*

Qu'est-ce que vous me racontez-là? Vous vous moquez de moi, n'est-ce pas!... C'est une plaisanterie!... Non! c'est sérieux?

MAURICE.

Très sérieux; et nous avons décidé de nous séparer... et de divorcer ensuite...

MADAME GRÉCOURT.

Vous voulez divorcer?... Divorcer!...

MAURICE.

Tous les torts sont de mon côté, je le reconnais, tous...

MADAME GRÉCOURT.

Ce n'est pas une raison, d'abord... *(Allant à Marianne.)* Voyons, qu'est-ce qu'il a fait ton mari? Il a une maîtresse? C'est ça?

MARIANNE, *avec énervement.*

Que veux-tu que je te dise de plus? Nous divorçons... c'est convenu, c'est irrévocable... Ça arrive tous les jours.

MADAME GRÉCOURT.

Ça n'est jamais arrivé dans notre famille.

MARIANNE.

Enfin! puisque Maurice ne m'aime plus, autant divorcer!

MADAME GRÉCOURT.

Voilà un raisonnement ridicule... *(Allant à Maurice.)* Dites-moi, mon ami?... Tout cela ne me paraît pas définitif... Votre femme vous pardonnera si vous savez vous y prendre...

MAURICE.

Je ne crois pas.

MADAME GRÉCOURT, *vivement.*

Mais, je m'en charge, moi!... *(Revenant à Marianne.)* Mon enfant, tu vas me faire le plaisir d'aller te jeter au cou de ton mari et de lui pardonner immédiatement toutes ces petites histoires...

(En parlant, elle a poussé légèrement Marianne du côté de son mari. Marianne se trouve ainsi entre elle et Maurice.)

MARIANNE.

N'insiste pas, maman, c'est impossible.

MADAME GRÉCOURT.

Comment ! c'est toi qui refuses ! Et pourquoi ? par orgueil, j'en suis sûr, par cet orgueil que vous avez toutes maintenant... On dirait, ma parole, qu'il n'y a que vous qui ayez été trompées. Mais nous aussi, nous l'avons été... Et ça ne nous amusait pas plus que vous !... Seulement, nous avions le respect du mariage et nous considérions comme un de nos devoirs de femme et d'épouse de supporter avec dignité toutes les petites trahisons courantes de nos maris... Mes enfants, vous ne savez pas le chagrin que vous me faites !... Réconciliez-vous... Il n'y a rien d'irréparable là dedans... On ne brise pas une famille pour ça !

MARIANNE, *qui se trouve près de Maurice à ce moment,*
bas à celui-ci.

Maurice ! une dernière fois, je t'en supplie !...

(Maurice reste immobile.)

MADAME GRÉCOURT.

Ah ! si c'est la femme qui trompe, c'est autre chose !...

MARIANNE, *se retournant vivement avec un petit cri.*

Oh !

MADAME GRÉCOURT.

Alors, tant pis pour elle ! Elle a choisi un autre homme que son mari !... qu'elle le suive !... qu'elle soit heureuse ou malheureuse avec lui, ça la regarde. Nous disons à nos maris que leur faute vaut la nôtre, et nous avons raison de le leur dire, ça les fait réfléchir et ça peut les arrêter quelquefois, mais à part nous, nous savons à quoi nous en tenir. La preuve, c'est que nous aimons davantage ceux à qui nous pardonnons et que nous finissons toujours par mépriser ceux qui nous pardonnent! Est-ce votre avis, Maurice?

MAURICE.

Tout à fait.

MADAME GRÉCOURT.

Alors, j'espère que vous allez réfléchir, et que demain vous serez devenus raisonnables tous les deux... Bonsoir, mes enfants.

(Elle sort après avoir embrassé sa fille et serré la main de son gendre.)

SCÈNE VIII

MARIANNE, MAURICE.

MAURICE, *s'approchant de Marianne.*

Et maintenant, décide toi-même!

MARIANNE.

Oui... tu as raison... Ce n'est plus possible... Adieu!

MAURICE.

Tu es aimée... tu m'oublieras vite. Va, tu trouveras encore le moyen d'être heureuse.

MARIANNE, *se retournant.*

Et toi?

MAURICE.

La vie a des ressources inépuisables. Qui sait?... Peut-être moi aussi.

MONSIEUR PIÉGOIS

COMÉDIE EN TROIS ACTES

Représentée pour la première fois sur la scène du théâtre de la Renaissance, le 5 avril 1903.

PERSONNAGES

MONSIEUR PIÉGOIS, directeur du
  casino de Bagnères-d'Oron. . . . MM. Lucien Guitry.
LEBRASIER, chef de bureau à l'As-
  sistance publique . . . . Guy.
JANTEL, banquier . . . . Arquillière.
HERBELIN, maire de Bagnères-
  d'Oron . . . . Boisselot.
DE CERNEUIL. . . . . Berthier.
BOISGENET . . . . Valentin.
BARON ALBERTI . . . . Coquet.
LESTROT. . . . . Noizeux.
PREMIER MONSIEUR. . . . . . Laforest.
DEUXIÈME MONSIEUR . . . . . Thomin.
PREMIER JOUEUR . . . . Peyrières.
DEUXIÈME JOUEUR . . . . . . Melry.
JEAN. . . . . Blisset.

HENRIETTE AUDRY, sœur de
  JANTEL. . . . . Mᵐᵉˢ Marthe Brandès.
EMMA . . . . Jeanne Cheirel.
MADAME JANTEL. . . . . . . Juliette Darcourt.
CARMEN. . . . . Jane Heller.
MADAME LESTROT. . . . . . . Marthe Ryter.
LÉA . . . . Renée Desprez.
SUZANNE. . . } filles de JANTEL } Juliette Barleys.
MARGUERITE }   } Yvonne Harnold.
UNE DAME . . . . Marguerite Lavigne.
UNE FEMME DE CHAMBRE . . Jeanne Fusier.

Joueurs, Joueuses, Croupiers.
Au troisième acte, Danseurs et Danseuses en tenue de soirée.

Les trois actes se passent de nos jours à Bagnères-d'Oron, station thermale des Pyrénées : le premier acte au casino, le second dans la villa Jantel, et le troisième dans le cabinet de Piégois, au casino.

MONSIEUR PIÉGOIS

ACTE PREMIER

Une salle du casino de Bagnères-d'Oron, dans les Pyrénées.

A gauche, premier plan, une porte. Deuxième et troisième plans, un escalier double aboutissant à une plate-forme par laquelle on accède à la salle de baccara. On lit sur la porte : Cercle ou Salle de jeu. Au fond, en pan coupé, une grande porte. Au fond, de face, vaste baie par laquelle on entrevoit des tables de petits chevaux, des joueurs, hommes et femmes. A droite, une grande porte; au premier plan, porte du cabinet de Piégois. Quand, dans l'acte, on entrouvre la porte de la salle de baccara, on aperçoit une portion de la table et quelques joueurs. — Au milieu de la scène, une banquette ronde de cercle. — Des plantes, çà et là, des fauteuils de cuir et de paille. Rocking-chairs.

SCÈNE PREMIÈRE

BOISGENET, DE CERNEUIL, Joueurs et Joueuses, Croupiers *des petits chevaux*, Un autre Croupier. *Sur la scène,* Cinq ou six Messieurs, deux Dames.

(Au lever du rideau, la baie donnant dans la salle des petits chevaux est ouverte. On entend les tourniquets et on voit les tables.)

UN DES CROUPIERS DES PETITS CHEVAUX.

Le six !

(Il paye et ramasse les mises.)

UN AUTRE, *à une autre table.*

Le sept!

UNE DAME.

Encore le sept!

LE CROUPIER.

Encore, oui, madame.

LA DAME.

Ça fait trois fois de suite!

LE CROUPIER.

Oui, madame, trois fois...

UNE AUTRE DAME.

Et ma mise, vous ne la payez pas?

LE CROUPIER.

Je l'ai payée...

LA DAME.

Je vous demande pardon.

LE CROUPIER.

J'en suis sûr, madame. Vous l'avez ramassée...
Vos jeux, messieurs!

(Bruit de tourniquets.)

UN MONSIEUR, *sur la scène, premier plan, à un autre.*

A quelle heure la partie?

(Le baron Alberti entre par la gauche et cause avec un croupier qui se trouve à l'entrée du cercle.)

UN AUTRE MONSIEUR.

Ça ne va pas tarder.

UN TROISIÈME MONSIEUR, *sur la plate-forme, sortant du cercle, à un des croupiers du baccara qui descend l'escalier.)*

Y a-t-il un banquier?

LE CROUPIER, *laissant passer avec respect le baron Alberti qui vient de lui parler à l'oreille.*

Bien, monsieur le baron.

TROISIÈME MONSIEUR, *au croupier.*

Je vous demande s'il y a un banquier?

LE CROUPIER.

J'annonce à l'instant... *(Il monte sur la plate-forme, et à haute voix:)* Il y a cinquante louis en banque par monsieur le baron Alberti !

DEUXIÈME MONSIEUR, *au premier.*

Venez-vous?

PREMIER MONSIEUR.

Je me tâte...

DEUXIÈME MONSIEUR.

Qui est-ce, le baron Alberti?

PREMIER MONSIEUR.

On ne le saura jamais.

LE CROUPIER, *à haute voix.*

Une fois, deux fois, trois fois... personne ne met au-dessus?... La banque est adjugée à monsieur le baron.

(Il rentre avec le baron dans la salle de jeu; les deux messieurs les suivent.)

UNE DAME, *à un voisin.*

Vous avez tort. Dans les villes d'eaux, les premières banques sont en général mauvaises...

LE MONSIEUR.

Allons !

UN AUTRE CROUPIER, *qui s'est avancé sur la plate-forme.*

Mesdames, messieurs! la partie va commencer!...

(Montent alors, avec la dame et le monsieur de la réplique précédente, deux jeunes gens et une autre dame, ainsi que deux autres joueurs qui se lèvent d'un canapé à droite.)

BOISGENET, *s'approchant de l'escalier et faisant signe au croupier.*

Hé! Jean!

LE CROUPIER, *descendant quelques marches.*

Monsieur Boisgenet?

BOISGENET, *baissant légèrement la voix et désignant la porte de droite.*

Est-ce que Piégois est chez lui?

LE CROUPIER.

Il était en villégiature depuis deux jours, chez des amis, aux environs, mais il est revenu par le train de trois heures, avec madame.

BOISGENET.

Madame Piégois?... Comment! Piégois est marié?

LE CROUPIER.

A peu près.

BOISGENET.

Ah! oui... j'y suis... Une dame assez jolie, boulotte... avec de grands chapeaux!

LE CROUPIER.

C'est ça.

BOISGENET.

A-t-il l'air de bonne humeur, en ce moment, monsieur le directeur du Casino?

LE CROUPIER.

Monsieur Piégois a toujours l'air de bonne humeur... Pourquoi me demandez-vous ça, monsieur Boisgenet?

BOISGENET.

Parce que j'ai rudement perdu hier soir...

LE CROUPIER.

Ah! ah!

BOISGENET.

Et je voulais savoir si Piégois a l'air d'un homme qui me prêtera une centaine de louis tout à l'heure!

LE CROUPIER.

C'est pile ou face.

BOISGENET.

Il passera par ici, n'est-ce pas?

LE CROUPIER.

Certainement.

BOISGENET.

Bon! je vais le guetter...

(Il va s'asseoir sur un fauteuil au fond.)

DE CERNEUIL, *au croupier qui remonte.*

Jean?

LE CROUPIER.

Monsieur Cerneuil?... *(A part.)* Autre tapeur.

DE CERNEUIL, *à voix basse.*

Vous n'avez pas vu Piégois?

LE CROUPIER.

Nous l'attendons d'un instant à l'autre.

DE CERNEUIL.

Parfait...

LE CROUPIER.

Dites, monsieur Cerneuil?

DE CERNEUIL.

Quoi, mon ami?

LE CROUPIER, *se tournant légèrement du côté de Boisgenet.*

Je vous préviens que votre ami, monsieur Boisgenet, attend aussi monsieur Piégois, et pour la
même raison que vous, probablement. Il n'a pas
été heureux, hier soir.

DE CERNEUIL.

Et moi, donc!

LE CROUPIER.

Si vous ne trouvez pas un truc pour l'éloigner,
vous allez vous faire du tort tous les deux.

DE CERNEUIL.

Merci, Jean... Je vais tâcher de trouver un truc.

LE CROUPIER.

Bonne chance, monsieur Cerneuil!

DE CERNEUIL.

Un louis pour vous, si ça réussit...

*(Le croupier remercie de la tête et disparaît dans la
salle de baccara. De Cerneuil regarde sa montre et fait
quelques pas de long en large. Boisgenet, en l'apercevant, se lève du canapé et s'avance vers lui.)*

BOISGENET.

Tiens, Cerneuil, ça va?

DE CERNEUIL.

Et vous?

(Poignée de main.)

BOISGENET, *ouvrant un étui.*

Une cigarette?

DE CERNEUIL.

Avec plaisir.

BOISGENET.

Vous ne jouez pas cet après-midi?

DE CERNEUIL.

Non, je me réserve pour ce soir.

BOISGENET, *essayant de l'entraîner.*

Venez faire un tour, alors?

DE CERNEUIL.

Pas maintenant... J'attends Piégois...

BOISGENET, *souriant.*

Diable! c'est que... moi aussi... Et je suis tellement décavé, cher ami, qu'il m'est impossible de vous céder la place, je vous l'avoue franchement.

DE CERNEUIL, *vivement.*

Oh! ne craignez rien. Je n'attends pas Piégois pour le taper, au contraire... *(Sur un geste de Boisgenet.)* Oui, ça paraît extraordinaire, au premier abord. Figurez-vous que j'ai touché ce matin, par miracle, une petite somme sur laquelle je ne comptais pas. Or, je dois une centaine de louis déjà à Piégois. Si je ne les lui rends pas tout de suite, je me connais, je ne les lui rendrai jamais, et, comme Piégois est un homme qu'on retrouve à l'occasion...

BOISGENET.

Mais ça va très bien, alors!... Je voulais justement lui demander cent louis.

DE CERNEUIL.

Il les aura touchés cinq minutes avant, il ne pourra pas vous les refuser.

BOISGENET.

Merci, cher ami, merci... Je vous laisse... dépêchez-vous...

(Il lui serre la main et sort.)

SCÈNE II

DE CERNEUIL, *puis* HERBELIN, *puis* CARMEN *et* LÉA.

DE CERNEUIL, *seul.*

Voilà... Ça y est!... *(A Herbelin qui paraît à droite:)* Monsieur le maire, j'ai l'honneur de vous saluer.

HERBELIN, *lui serrant la main.*

Comment allez-vous, monsieur Cerneuil?... *(Au valet de pied:)* Voulez-vous m'annoncer à monsieur le directeur?

(Le valet de pied fait un geste et entre à droite.)

DE CERNEUIL.

Ah! ah! vous venez aux ordres!

HERBELIN.

Permettez...

DE CERNEUIL.

Si, si! vous venez prendre les ordres du patron, du maître de tout le pays, de Piégois!

HERBELIN.

Je vous assure, monsieur Cerneuil, que le conseil municipal conserve son indépendance.

DE CERNEUIL.

Oh! moi, je n'y tiens pas, vous savez... Dites donc, pourriez-vous me laisser passer avant vous? Je n'ai que deux mots à dire à Piégois.

HERBELIN.

Comment donc!...

LE VALET DE PIED, *revenant*.

Monsieur Piégois prie monsieur le maire de ne pas s'éloigner. Il va le voir dans cinq minutes.

HERBELIN, à *de Cerneuil*.

On m'a raconté que vous n'aviez pas été heureux, hier soir?

DE CERNEUIL.

J'ai perdu tout ce que j'ai voulu... Si je n'étais pas aussi sûr que la partie est honnête à Bagnères-d'Oron!...

HERBELIN.

Si elle est honnête! Vous n'en doutez pas, j'espère? Pensez-vous que Piégois soit homme à tolérer le moindre scandale?

DE CERNEUIL.

Evidemment... Oh! de ce côté-là!... Et la saison, monsieur le maire, s'annonce-t-elle bien, la saison, à Bagnères-d'Oron?

HERBELIN.

Nous avons un tiers de baigneurs de plus que l'an dernier à la même époque! Hein! quelle prospérité pour une station qui n'a que cinq ans d'existence! Nous commençons à faire concurrence à Luchon et à Bagnères-de-Bigorre!... Un casino!... des courses de taureaux!...

DE CERNEUIL.

Des courses de taureaux?...

HERBELIN.

Oui, mon cher monsieur, nous avons, le 15, une course de taureaux. Elle est même déjà interdite, le préfet vient de m'en aviser. J'ai fait afficher l'interdiction et toutes les places sont déjà louées... Mais savez-vous ce qui fait notre succès grandissant? C'est que nous sommes avant tout une station de familles... de familles élégantes, de familles qui s'amusent, mais de familles... Vous connaissez les Jantel, n'est-ce pas? Les Jantel, de Paris?... Grande maison de banque, honorable, solide... Eh bien! les Jantel viennent de s'installer ici... Voilà l'élément qu'il nous faut... Ah! parbleu! je sais bien qu'il commence à s'en introduire un autre... l'élément cosmopolite... les cocottes... mais il est encore peu nombreux et nous tenons la main, Piégois et moi, à ce qu'il ne se développe pas trop rapidement.

DE CERNEUIL.

Pourtant, des cocottes n'ont jamais nui à la prospérité d'une ville d'eaux.

HERBELIN.

Les grandes, je ne dis pas. Mais nous n'avons encore que des petites, des débutantes qui nous arrivent de Toulouse, de Bordeaux, pas même de Paris... comme ces deux-là, par exemple!...

(Il désigne deux jeunes femmes élégantes qui viennent de rentrer par la gauche.)

DE CERNEUIL.

Elles sont charmantes.

HERBELIN.

Vous les connaissez?

DE CERNEUIL.

Pas du tout.

LÉA, *apercevant de Cerneuil.*

Bonjour, Cerneuil.

CARMEN.

Bonjour, mon petit Cerneuil.

DE CERNEUIL.

Tiens! je les connais. Mais où diable?... *(A Léa et à Carmen:)* Mes enfants, je ne voudrais pas avoir l'air indiscret... Mais vous seriez bien gentilles de me rappeler où j'ai eu le plaisir?...

CARMEN.

Ça c'est un peu fort.

LÉA.

A Bordeaux.

DE CERNEUIL.

Ah! ah! oui... j'y suis... à Bordeaux.

CARMEN.

L'an dernier.

LÉA.

Quand vous êtes allé à Biarritz...

DE CERNEUIL.

Parfaitement... parfaitement...

CARMEN.

Vous étiez avec votre ami, monsieur Boisgenet.

LÉA.

Sur le quai de la gare, en attendant le rapide... Vous ne saviez pas quoi faire.

CARMEN.

Nous non plus.

LÉA.

Et vous nous avez emmenées dîner... *(A Herbelin:)*
Oh ! en tout bien, tout honneur...

HERBELIN.

Je l'espère.

DE CERNEUIL, *à Herbelin.*

Je ne le leur fais pas dire... *(A Léa et à Carmen:)*
Au fait, que je vous présente à monsieur le
maire... *(Bas, à Carmen:)* Rappelez-moi le nom de
votre amie?

CARMEN.

Léa... et moi Carmen.

DE CERNEUIL.

Bon... Mon cher monsieur Herbelin, je vous
présente mademoiselle Léa et mademoiselle
Carmen...

CARMEN, *s'inclinant.*

Monsieur le maire...

LÉA, *même jeu.*

Monsieur le maire...

HERBELIN.

Ah! mesdemoiselles, vous êtes de Bordeaux?...
Et vous ne songez pas à aller à Paris un de ces
jours?

CARMEN.

Oh! pas encore... Mais on espère y aller plus
tard... Maintenant, on est trop jeune...

HERBELIN.

Mes enfants, je n'ai pas de conseils à vous
donner...

LÉA.

Mais au contraire, il faut nous en donner,
nous en avons besoin...

HERBELIN.

Voici... Vous devriez essayer... Mon Dieu! ce que je vais vous dire n'a pas l'air très moral, au premier abord...

CARMEN.

Ça ne fait rien.

HERBELIN.

Mais moi, avant tout, je suis pour les convenances, la bonne administration... Eh bien! des femmes seules... des femmes élégantes comme vous, ce n'est pas très bien vu et ça peut gêner les familles. Vous me comprenez?

CARMEN.

Oui, monsieur le maire.

HERBELIN.

Alors, vous devriez essayer de trouver... comment dirais-je?... des messieurs, distingués autant que possible, qui vous accompagneraient...

LÉA.

Mais, monsieur le maire, c'est ça qu'on cherche, justement.

CARMEN.

Indiquez-les-nous.

HERBELIN.

Ce n'est pas mon affaire... Cependant, j'ai remarqué deux jeunes gens, deux Américains... qui ont l'air de s'ennuyer beaucoup...

CARMEN.

Où sont-ils?

HERBELIN.

Ils sont en train de jouer au baccara... Mais je vous recommande d'être convenables... Parlez-leur de leur pays...

CARMEN.

Oui... oui... Merci, monsieur le maire... Ah ! s'il y avait beaucoup de gens comme vous !...

HERBELIN.

Ne me remerciez pas...

LÉA

Avant, nous voudrions bien dire un mot à M. Piégois.

SCÈNE III

LÉA *et* CARMEN, HERBELIN, *à droite, près de la porte;* DE CERNEUIL, *devant;* LE VALET DE PIED, *à la porte du fond, à droite;* UN CROUPIER, *sur la plate-forme du baccara;* PIÉGOIS, *sortant de son cabinet à droite; puis* LE BARON.

PIÉGOIS, *tendant la main à Herbelin.*

Ah ! Herbelin... J'ai à vous parler... Tiens ! Cerneuil... Ça va, mon bon Cerneuil ?...

(*Il va à Cerneuil et ils se trouvent tous deux à part, sur le devant.*)

DE CERNEUIL.

Bonjour, Piégois... On ne vous a pas vu depuis deux jours... La partie a été superbe... superbe... superbe... oui... oui...

(*Il hésite.*)

PIÉGOIS, *le regardant.*

Mon petit, je suis un peu pressé... Vous allez me dire un tas de balivernes, tout ça pour en arriver à me demander vingt-cinq louis... C'est vingt-cinq louis ?...

DE CERNEUIL.

Puisque vous avez deviné?

PIÉGOIS.

L'habitude...

(Il tire son portefeuille et lui remet des billets.)

DE CERNEUIL.

Je vous rendrai ça demain, j'attends de l'argent.

PIÉGOIS, *avec bonhomie.*

Pas de gasconnade, mon petit.

DE CERNEUIL, *s'éloignant.*

Merci, Piégois.

(Il entre au baccara.)

PIÉGOIS.

Encore quelques secondes, Herbelin, je suis à vous... *(Il fait signe au croupier qui se trouve sur la plate-forme.)* Edouard?

LE CROUPIER, *descendant précipitamment.*

Monsieur Piégois?

PIÉGOIS, *le prenant par l'épaule et l'amenant du côté opposé à celui où est Herbelin.*

Qui a la banque en ce moment?

LE CROUPIER.

Le baron.

PIÉGOIS, — *un temps.*

Il gagne?

LE CROUPIER.

Oui.

PIÉGOIS.

Ah!... beaucoup?

LE CROUPIER.

Beaucoup.

PIÉGOIS.

Trop?

LE CROUPIER.

Un peu trop.

PIÉGOIS.

Va lui dire dans le tuyau de l'oreille qu'il ait la complaisance de lever la banque immédiatement et que je désire causer cinq minutes avec lui.

LE CROUPIER.

J'y vais.

PIÉGOIS.

Fais ça proprement, hein, mon petit?

LE CROUPIER.

Soyez tranquille, monsieur Piégois.

(Il remonte.)

LÉA, *voyant que Piégois est seul, un instant, au pied de l'escalier, s'avance avec son amie, vivement.*

Bonjour, monsieur Piégois...

CARMEN.

Bonjour, monsieur Piégois...

PIÉGOIS.

Bonjour, mes enfants... Quoi de neuf?

LÉA, *bas.*

On en a une déveine, en ce moment, monsieur Piégois...

CARMEN.

Ce n'est pas une déveine... C'est la déveine...

LÉA.

Et combien de temps ça va-t-il durer?

CARMEN.

On ne sait plus... quoi!... on ne sait plus!

PIÉGOIS, *leur remettant quelques pièces d'or.*

Tenez... Mais vous avez dîné hier avec le baron Alberti ?

CARMEN.

Oui, oui...

PIÉGOIS.

Est-ce que vous le connaissez ?

CARMEN.

Non, pas du tout, c'est un ami.

PIÉGOIS.

Au revoir, alors...

(Il les congédie.)

LÉA et CARMEN.

Au revoir, monsieur Piégois.

LE BARON, *apparaissant en haut de la plate-forme, salue Léa et Carmen, et, du haut de l'escalier.*

Où est-il, ce monsieur qui me demande ?

PIÉGOIS.

Ici.

(Le baron descend et vient à Piégois.)

LE BARON.

A qui ai-je l'honneur de parler ?

PIÉGOIS.

A monsieur Piégois, directeur du casino.

LE BARON.

Et vous désirez, monsieur ?

PIÉGOIS.

Voici, monsieur le baron. Verriez-vous un inconvénient quelconque à prendre le train de six heures quarante-cinq ?

20

LE BARON.

Je ne comprends pas.

PIÉGOIS.

C'est un train excellent : il y a des wagons-lits.

LE BARON.

Vous me faites une plaisanterie, n'est-ce pas ?

PIÉGOIS.

Si vous vous refusiez, par hasard, à prendre le train que je vous indique, monsieur le maire que voici... *(Il désigne Herbelin qui lit un journal.)* et qui est non seulement le premier magistrat de la commune, mais encore le chef de la police municipale, vous ferait une plaisanterie bien meilleure encore : il vous mettrait en état d'arrestation...

LE BARON.

Monsieur !... Savez-vous à qui vous parlez ?... Je suis le baron Alberti... une des plus vieilles familles italiennes...

PIÉGOIS.

Moi, je suis d'une des plus vieilles familles de Montmartre.

LE BARON.

Je vais aller me plaindre au consul d'Italie !

PIÉGOIS.

Le consul d'Italie, ici, c'est moi... Allons, mon petit, allez-vous-en sans faire le malin, c'est un conseil que je vous donne... Je ne connais pas très bien votre figure ; mais, au lieu d'être le baron Alberti, vous seriez le nommé Blondeau, professeur de baccara, membre de plusieurs cercles parisiens et expulsé de plusieurs autres, que

ça ne m'étonnerait pas autrement... Alors, nous
partons ce soir, n'est-ce pas, mon bon?... Parfait!... Un dernier mot : Vous allez laisser mille
francs à monsieur le maire, pour les pauvres de la
commune... Là... donnez-les-lui tout de suite...

*(Le baron sort un portefeuille et, allant à Herbelin,
lui remet un billet.)*

LE BARON.

Monsieur le maire, voici mille francs pour les
pauvres de la commune.

HERBELIN, *prenant le billet.*

Votre nom, monsieur?

LE BARON.

C'est un don anonyme.

*(Il remonte vers la plate-forme et réclame à voix basse
son pardessus à un valet de pied qui le lui remet.)*

HERBELIN, *venant à Piégois.*

Qui est ce monsieur?

PIÉGOIS.

C'est un monsieur qui joue admirablement au
baccara et qui ne reviendra plus.

LE BARON, *qui a endossé son pardessus, à Piégois.*

C'est tout ce que vous aviez à me dire?

PIÉGOIS.

C'est tout.

LE BARON, *à Herbelin.*

Monsieur le maire, j'ai l'honneur de vous saluer.

(Il sort par la gauche.)

SCÈNE IV

PIÉGOIS, HERBELIN.

HERBELIN.

Comment! ce monsieur serait un...

PIÉGOIS.

Oui... Et, pour une fois que je m'absente et que je vous confie la direction du casino, voilà ce que vous laissez entrer...

HERBELIN.

Je ne savais pas.

PIÉGOIS.

Il fallait prendre des renseignements. Je vous ai déjà dit cent fois que je ne voulais pas laisser pénétrer le premier venu au casino. Mais vous, ça vous est égal... Pourvu que vous gagniez de l'argent et que vous exploitiez les baigneurs...

HERBELIN.

Oh!

PIÉGOIS.

Je reçois des réclamations de toutes parts. Ce sont des taquineries, des mesquineries sans nombre!

HERBELIN.

Exemple?

PIÉGOIS.

Exemple? La musique était gratuite l'année dernière; voilà que vous vous avisez de faire payer l'entrée. Vous avez augmenté le prix du funiculaire... On éteint l'électricité, dans les rues, à dix heures du soir... Et les travaux que vous avez promis, où sont-ils? J'ai payé la moitié de l'hôpital, à moi tout seul, et la première pierre n'est pas encore posée... Si ça continue, j'irai trouver le préfet qui est un de mes amis, je ferai dissoudre le conseil municipal sous un prétexte quelconque que je me charge d'inventer, et je me ferai nommer maire à votre place! Ma parole, depuis que vous vous êtes tous enrichis par des spéculations de terrains!...

HERBELIN.

Oh!

PIÉGOIS.

Tiens! parbleu, moi aussi, il n'aurait plus manqué que ça!

HERBELIN.

Je vous assure, Piégois, que les charges municipales...

PIÉGOIS.

Les charges municipales!... C'est à hausser les épaules!... Quand on pense à ce qu'était votre commune il y a cinq ans! Un trou dans les Pyrénées, avec quelques maisons rangées le long d'une ornière et des tas de fumier tout autour!

HERBELIN, *vexé*.

Nous n'en avons pas moins une source qui guérit toutes les maladies de la gorge!

PIÉGOIS.

Savez-vous pourquoi elle les guérit, votre source, les maladies de la gorge? Parce que j'ai fondé un casino!

HERBELIN.

Piégois, ne vous fâchez pas, au nom du ciel! Est-ce que nous ne finissons pas toujours par faire

vos volontés? Je le leur répète à chaque séance, au
conseil municipal : « Il faut marcher avec Piégois... A qui devons-nous notre prospérité?... A
Piégois ! » Quant à moi, je vous suis tout dévoué,
vous n'en doutez pas?

PIÉGOIS.

Je veux bien le croire.

HERBELIN, à l'oreille.

Je vous promets que l'on construira le nouveau
marché sur vos terrains de la rue Neuve, là...
Je suis en pourparlers pour votre lot le long du
gave... Toutes vos villas sont louées, sauf la villa
des Coccinelles, mais j'ai rendez-vous tout à
l'heure avec un amateur... Nom d'un chien ! Piégois, est-ce que vos intérêts ne sont pas les miens?

PIÉGOIS.

Bon, bon ! Nous verrons !... Ah ! autre chose,
maintenant?

HERBELIN.

Quoi ?

PIÉGOIS.

Vous connaissez tout le monde, ici?

HERBELIN.

C'est mon devoir.

PIÉGOIS.

Qui est donc la personne que j'ai rencontrée
souvent depuis une huitaine de jours avec madame Jantel?

HERBELIN.

Et un petit garçon de cinq ou six ans?

PIÉGOIS.

Oui.

HERBELIN.

Je la connais parfaitement. Elle est ici en effet depuis huit jours environ. C'est la sœur de monsieur Jantel, madame Audry, la veuve de monsieur Audry qui était conseiller à Paris. Elle habite chez son frère... C'est une femme absolument charmante... d'une élégance, d'une distinction!...

PIÉGOIS.

J'ai voyagé tantôt avec elle... Elle est montée dans notre compartiment, à l'embranchement d'Orthez.

HERBELIN.

Oui, elle était allée à Orthez voir une gouvernante que je lui avais recommandée.

PIÉGOIS.

Ah çà! Herbelin, vous vous faufilez donc partout?

HERBELIN.

Ce n'est pas comme vous qui n'allez nulle part, et qui vivez comme un sauvage!... Vous vous cantonnez trop dans votre affaire, combien de fois vous l'ai-je dit? Vous négligez trop certaines relations, certaines influences... Un homme comme vous peut arriver à tout, à notre époque. Vous n'êtes donc pas ambitieux?... Moi, à votre place, je le serais follement.

PIÉGOIS.

Mais vous, Herbelin, vous n'êtes pas un sage.

HERBELIN.

Je voudrais jouir de la vie plus que vous... Je voudrais avoir des maîtresses... Je sais bien, vous en avez une... je voudrais en avoir dix!

PIÉGOIS.

Bigre !

HERBELIN.

C'est une façon de parler... Au fond, vous êtes plus bourgeois que moi, c'est vrai. J'entends dire souvent : « Ce Piégois, en voilà un qui a eu une existence mouvementée ». J'ignore si vous avez eu une existence mouvementée, vous ne me l'avez jamais racontée, mais j'ai envie de répondre : « Piégois est un simple bourgeois, pas autre chose... Il finira à la campagne... » Un louis contre cinq que vous êtes bachelier?

PIÉGOIS, *souriant.*

Je le suis.

HERBELIN.

Moi, pas.

PIÉGOIS, *va vers le cercle et interroge à voix basse le croupier qui se trouve sur la plate-forme, puis à Herbelin.*

Vous disiez que les Jantel?

HERBELIN.

Ah! oui... j'ai dîné chez eux hier soir... Nous avons fait un poker...

PIÉGOIS.

Vous jouez le poker, Herbelin?

HERBELIN.

Je l'ai appris cet hiver... Si l'on m'avait dit ça, il y a cinq ans !... Vous pouvez vous vanter d'avoir fait une révolution dans le pays. Figurez-vous que nous avons joué jusqu'à trois heures du matin.

PIÉGOIS.

Oh !... Et qu'a dit madame Herbelin?

HERBELIN.

Ma femme ?... Elle m'a demandé si j'avais

gagné... Et, comme j'avais gagné la forte somme, ça s'est très bien passé... Quelle joueuse, cette madame Jantel !

PIÉGOIS.

Enragée.

HERBELIN.

Est-ce exact ce qu'on m'a dit, qu'elle doit pas mal d'argent à la caisse du casino ?

PIÉGOIS.

Chut !

HERBELIN.

D'ailleurs, Jantel est assez riche... Un banquier !

PIÉGOIS.

Et madame... Audry, n'est-ce pas ?

HERBELIN.

Oui.

PIÉGOIS.

Est-ce qu'elle joue aussi ?

HERBELIN.

Oh ! pas du tout... ce n'est pas son genre... Tout ce qu'il y a de plus sérieux, madame Audry... Vous la verrez peut-être cet après-midi... Elle a promis à sa belle-sœur de l'accompagner au casino où elle n'est pas encore venue... Désirez-vous que je vous présente ?

PIÉGOIS.

Nous verrons...

HERBELIN.

Vous n'avez pas autre chose à me dire ?

PIÉGOIS.

Non...

(Entre un valet de pied qui remet une carte à Herbelin.)

LE VALET DE PIED, à *Herbelin.*

Ce monsieur attend dans le salon de lecture.

HERBELIN, *au valet de pied.*

Pourquoi ne vient-il pas?... Dites-lui d'entrer.

LE VALET DE PIED.

Bien, monsieur le maire...
(Il sort.)

HERBELIN, à *Piégois.*

C'est pour la villa, justement.

PIÉGOIS.

Faites pour le mieux, je m'en rapporte à vous.
Il faut que j'aille jeter un coup d'œil au baccara.
(Il monte l'escalier.)

HERBELIN.

Vous en voulez toujours cinq mille, des Coccinelles?

PIÉGOIS.

Toujours.
(Il entre au baccara. Paraît Lebrasier.)

SCÈNE V

HERBELIN, LEBRASIER.

LEBRASIER, *qui entre dès que Piégois a disparu, à part,
en regardant avec méfiance autour de lui.*

J'ai horreur d'entrer dans ces endroits-là...
(Apercevant Herbelin.) Monsieur le maire de Bagnères-
d'Oron?

HERBELIN.

Lui-même... C'est vous, monsieur, qui avez pris la peine de passer chez moi ?... Nous nous serons croisés en route.

LEBRASIER.

Probablement.

HERBELIN.

Qu'y a-t-il pour votre service ?

LEBRASIER.

Voici, monsieur le maire. Je suis arrivé hier soir de Paris. Je suis descendu à l'hôtel Régina.

HERBELIN.

C'est le meilleur.

LEBRASIER.

Il n'y avait pas une chambre libre. Pourquoi le conducteur de l'omnibus, sachant parfaitement qu'il n'y avait pas une chambre libre, a-t-il pris tout de même mes bagages ?... Ce sont là les mystères des villes d'eaux... N'importe ! Le gérant de l'hôtel n'a pas été embarrassé pour si peu. Il m'a offert de me dresser un lit dans l'office, près de la cuisine. Il était trop tard pour chercher ailleurs. J'ai dû accepter. J'ai passé la nuit dans une atmosphère infectée d'odeurs nauséabondes...

HERBELIN.

Il fallait ouvrir la fenêtre.

LEBRASIER.

C'est ce que j'ai tenté de faire, mais il venait un air glacial.

HERBELIN.

Un air glacial, dans les Pyrénées, au mois de juillet !...

LEBRASIER.

Il fait horriblement chaud dans la journée, mais la nuit on gèle. C'est très malsain. Il est à remarquer, d'ailleurs, que c'est toujours dans des endroits très malsains que l'on envoie les gens se soigner... *(Sur un geste de Herbelin.)* Laissez-moi continuer... Ce matin, je me suis mis en quête d'une vraie chambre, dans un hôtel. Je n'ai rien trouvé d'habitable, nulle part.

HERBELIN.

La saison bat son plein.

LEBRASIER.

J'aurais mieux fait, évidemment, d'écrire à des amis que j'ai ici, de vouloir bien s'occuper de ce détail, mais je déteste mettre mes amis à contribution.

HERBELIN.

Ç'eût été plus prudent... Ah! vous avez des relations à Bagnères-d'Oron ?

LEBRASIER.

Les Jantel...

HERBELIN.

Les Jantel!... J'ai l'honneur de les connaître particulièrement. Je suis tout à votre disposition...

LEBRASIER.

J'ajoute que je viens plutôt pour me rencontrer avec eux que pour suivre un traitement quelconque. Je ne crois guère à l'efficacité de votre traitement...

HERBELIN.

Mais, permettez!... Nos eaux sont souveraines pour les bronches, la gorge... Lisez les journaux...

LEBRASIER.

Pour ce que ça leur coûte!

HERBELIN.

Ça ne leur coûte rien, je vous prie de le croire!

LEBRASIER.

Bref, je suis allé visiter une villa, la villa des
Coccinelles. Elle est petite, assez sommairement
meublée et d'un prix inabordable... J'ai demandé
si l'on pouvait me céder le premier étage, on m'a
adressé à vous.

HERBELIN.

Le premier étage seulement?

LEBRASIER.

Oui.

HERBELIN.

Dans ces conditions-là, je ne suis pas autorisé
à traiter. La villa ne m'appartient pas; je suis
simplement chargé de la louer... La villa appartient au directeur du casino, qui en a fait construire
un grand nombre sur le même modèle... Il faudra
le voir lui-même, ce qui sera facile... Je vais le
chercher...

LEBRASIER.

Au fait, je voulais vous demander ça tout de
suite... Le directeur du casino, c'est un nommé
Piégois?

HERBELIN.

C'est monsieur Piégois, oui, monsieur!

LEBRASIER.

Est-il grand ou petit, le vôtre?

HERBELIN.

Grand.

LEBRASIER.

Une grosse moustache noire?

HERBELIN.

Oui.

LEBRASIER.

De mon âge, à peu près?

HERBELIN.

Oh! bien plus jeune... *(Le regardant.)* Non, il a peut-être votre âge, mais il paraît bien plus jeune que vous.

LEBRASIER.

J'ai été très lié jadis avec un Piégois. Nous étions camarades d'école... mais je l'ai perdu de vue, il y a sept ou huit ans... Non, je réfléchis, ce ne doit pas être lui... Le mien était un bohème inouï, qui avait fini par faire des tas de métiers plus ou moins bizarres et qui partait pour tourner assez mal...

HERBELIN, *après un temps.*

Ça doit être lui...

LEBRASIER, *apercevant Piégois qui ouvre la porte de la salle de jeu.*

Mais, en effet, c'est lui... Ah! par exemple!...

PIÉGOIS.

Lebrasier!... *(Il descend précipitamment.)* Et comment vas-tu, depuis le temps?

(Il lui serre la main.)

HERBELIN.

Je vois que vous allez vous entendre facilement... Cher monsieur!

(Il sort.)

SCÈNE VI

PIÉGOIS, LEBRASIER.

LEBRASIER.

Je n'en reviens pas !... C'est toi, Piégois, le directeur du casino, le propriétaire de toute la ville !...

PIÉGOIS.

Tu exagères...

LEBRASIER.

Mais non, on n'entend parler que de toi, ici ! Si on veut louer une villa, elle t'appartient ! Sur tous les terrains on voit une pancarte avec ton nom. « S'adresser à monsieur Piégois » et « monsieur » en toutes lettres !... A l'hôtel, on m'a demandé : « Avez-vous un mot de monsieur Piégois ?... » Et comme je n'avais pas un mot de toi, on m'a fait coucher sur un fourneau, c'est admirable !... Eh bien, mais tu en as fait un drôle de chemin depuis le jour où je suis allé te voir dans cette petite chambre, rue Notre-Dame-de-Lorette... sous les toits !... Ah ! tu étais décavé, à ce moment-là !...

PIÉGOIS.

Tellement décavé que je t'ai emprunté cent sous, et je suis même en train de me rappeler que je ne te les ai jamais rendus.

LEBRASIER.

Je ne te les réclame pas.

PIÉGOIS.

Les voici. Je te demande pardon de te les avoir fait attendre si longtemps.

LEBRASIER.

Si l'on m'avait dit que je rentrerais un jour dans ces cent sous-là !...

PIÉGOIS.

Tout arrive... Ce bon Lebrasier !... Tu ne peux pas te figurer comme je suis content de te revoir !... À propos, tu as envie de la villa des Coccinelles ?

LEBRASIER.

Deux petites pièces seulement, si ce n'est pas trop cher.

PIÉGOIS.

Tu badines. Toute la villa est à toi, pour toute la saison. Je te la prête, tu es mon hôte.

LEBRASIER.

Non, non, je ne veux pas.

PIÉGOIS.

Ça me fera plaisir, c'est l'intérêt de tes cent sous... Et pas de scrupules, tu me désobligerais.

LEBRASIER.

A ce point de vue, j'accepte... C'est toi qui me loges maintenant, c'est très curieux... Je suis stupéfait !.... si tant est qu'on puisse être aujourd'hui stupéfait de quelque chose...

PIÉGOIS.

Ah çà ! et toi ? Donne-moi un peu de tes nouvelles !... Tu es encore à l'Assistance publique ?

LEBRASIER.

Quand on est là dedans, c'est pour la vie... La seule différence, c'est qu'autrefois j'étais sous-chef de bureau, et qu'aujourd'hui je suis chef de bureau... Voilà... c'est tout ce qui m'est arrivé depuis sept ans.

PIÉGOIS.

Tu n'es pas marié ?

LEBRASIER.

Pas même... J'ai failli me marier, cet hiver avec une femme charmante... veuve... que j'aimais... Mon dieu ! oui, je l'aimais... Je lui ai demandé sa main... elle me l'a refusée, ce qui ne m'a pas surpris, d'ailleurs... Pourquoi m'aurait-elle épousé ? Je ne suis pas d'une beauté sublime, je ne suis pas riche, je n'ai aucun avenir. Ah ! dame, moi je n'ai pas compris mon époque. Au lieu de lâcher mes études et de mener une existence de vagabond, j'ai suivi ma carrière régulièrement. Ma famille a voulu faire de moi un fonctionnaire, et je suis resté fonctionnaire. Et je mourrai avec une retraite de trois mille francs. Voilà où mènent aujourd'hui les professions régulières... Toi, tu l'as comprise, ton époque !... Tu t'es dit que ce qu'il fallait avant tout, c'est de s'enrichir par tous les moyens possibles, et tu t'es enrichi, je ne tiens pas à savoir comment...

PIÉGOIS.

Quand je te l'aurai dit, tu devineras avec quelle simplicité la fortune m'est venue... Tu en parles à ton aise, toi ! Tu te plains d'être chef de bureau et de gagner six mille francs par an... Mais, à une certaine heure de ma vie, je me serais contenté de la moitié. Penses-tu que j'ai abandonné ma médecine pour la joie de me trouver seul, sans sou ni maille, sur le pavé de Paris ? Si mon père, en mourant, après mes deux premières années d'école, m'avait laissé autre chose que le restant d'une mince fortune bourgeoise, je n'aurais pas mieux

demandé que de devenir un grand docteur. Le
malheur est que nos familles nous lancent parfois
dans des professions où, pour gagner sa vie, il
faut commencer par avoir trente mille francs de
rente. Nous sommes, dans notre génération,
quelques-uns qui avons été victimes de cette manie.
Te rappelles-tu Melvin, qui était si fort en mathé-
matiques et qui se destinait à Centrale?... Il est
croupier à Monte-Carlo. Brunel, qui était notaire,
a vendu son étude et dirige un café-concert à
Toulouse. Moi, après avoir couru pendant dix ans
de place en place et fondé, dans l'intervalle, deux
ou trois journaux de sports, je me demandais ce
que j'allais faire de l'espèce d'énergie et de volonté
que je sentais en moi, quand est intervenu le
hasard qui n'est peut-être que la volonté des autres.
Et un soir, au fond d'un tripot, j'ai rencontré un
bonhomme dont le nom ne t'apprendrait rien,
et qui avait fait une fortune prodigieuse dans les
affaires de casinos et de cercles. C'est lui qui me
donna l'idée de fonder un casino ici, qui me pro-
cura les fonds et l'autorisation du gouvernement
avec qui il était très bien. Voilà... Tu vois que
mon histoire n'est pas celle d'un héros de Balzac,
mais nous ne sommes pas au lendemain du premier Empire.

LEBRASIER.

Oui, tout ça est très gentil... mais j'aime encore mieux ma situation que la tienne, car enfin,
je vais peut-être te dire des choses désagréables...

PIÉGOIS.

Dis-m'en, j'adore ça. Tu as un caractère qui
me plaît...

LEBRASIER.

Je suis franc, et ce n'est pas parce que tu me
prêtes ta villa que je te cacherai ma façon de pen-

ser. Eh bien, au fond, malgré ton argent et ton luxe, tu n'es tout de même qu'un déclassé.

PIÉGOIS.

Les déclassés sont tellement nombreux qu'ils commencent à former une classe, — qui a, comme toutes les autres, ses riches et ses pauvres, ses vainqueurs et ses vaincus. Mettons que je sois le déclassé riche et arrivé...

LEBRASIER.

Tu n'exerces pas une profession avouable. Tu exploites tout bonnement les imbéciles.

PIÉGOIS.

Si l'on n'exploitait pas un peu les imbéciles, il y en aurait trop.

LEBRASIER.

Un homme de ton instruction pouvait aspirer à autre chose. Ça te regarde, chacun son goût... Moi, si je mène une existence médiocre, j'ai au moins la consolation de n'être pas sorti de mon rang, ni de mon milieu. Toi, tu es condamné à vivre parmi des gens suspects et interlopes. Tu diras ce que tu voudras : il y a un monde maintenant où tu ne pénétreras plus.

PIÉGOIS.

Quand j'éprouverai le besoin d'y pénétrer, mon petit Lebrasier, ce ne sera pas aussi difficile que tu le crois. Mais je n'en ai aucune envie pour l'instant.

LEBRASIER.

Tu fais bien... Remarque que je ne te dis pas cela pour t'offenser. Je suis enchanté de notre rencontre.

LE VALET DE PIED, *entrant du cabinet de Piégois, à Piégois.*

Madame fait demander à Monsieur si elle peut aller faire un tour aux petits chevaux?

PIÉGOIS.

Oui, oui... qu'elle vienne...

(Sort le valet de pied.)

LEBRASIER.

Et cette petite ouvrière qui avait quitté ses parents pour te suivre, qu'est-ce qu'elle est devenue, la pauvre fille? Elle vit toujours?

PIÉGOIS.

De plus en plus.

LEBRASIER.

Tu l'as quittée, naturellement?

PIÉGOIS.

Non, je ne l'ai pas quittée, pour qui me prends-tu? Tu vas la voir.

LEBRASIER.

Je me la rappelle très bien... Elle était maigre, maigre!... Ah! la malheureuse!...

(Entre Emma, boulotte, vêtue d'une façon assez voyante, grand chapeau.)

SCÈNE VII

LES MÊMES, EMMA.

LEBRASIER, *l'apercevant et stupéfait.*

Ah! bien...

PIÉGOIS, *riant.*

Elle a un peu engraissé, n'est-ce pas?

EMMA, *reconnaissant Lebrasier.*

Lebrasier!... Ah! quelle chance!... *(Elle va à lui et lui serre la main.)* Vous me regardez. Je me suis remplumée, croyez-vous? Vous, vous n'avez pas changé...

LEBRASIER.

Oh!... oh!...

EMMA.

Mais non, vous êtes toujours le même... Que je suis contente! que je suis contente!... Tant pis, il faut que je vous embrasse... Vous permet-tez?... *(Elle l'embrasse à trois ou quatre reprises.)* En voilà une surprise!... Dites, Lebrasier, vous vous rappelez la petite chambre?

LEBRASIER.

Rue Notre-Dame-de-Lorette?

EMMA.

Nous parlons souvent de vous... du temps où l'on dînait à vingt-deux sous... C'était le bon temps, tout de même. Vous n'avez pas oublié?... Ce soir, j'espère que je vais vous faire dîner un peu mieux... car vous dînez avec nous... Si vous refusiez, ce serait un crève-cœur pour moi... Vous acceptez, n'est-ce pas? Comment ça se fait qu'on ne vous a jamais revu?

LEBRASIER.

Ce n'est pas de ma faute.

EMMA.

Oui... c'est nous... Hein? Y en a-t-il du chan-gement?... Mais vous voyez, on est toujours nous deux... On vous racontera ça, ce soir... Qu'est-ce que vous allez faire jusqu'au dîner?... Venez-vous aux petits chevaux avec moi?

LEBRASIER.

Non... Je vous demande la permission... j'ai
envie... vous aller me trouver stupide...

EMMA.

Mais non, mais non...

LEBRASIER.

J'ai envie d'aller jouer cent sous... au baccara...
Cent sous qui me sont rentrés d'une façon provi-
dentielle... C'est peut-être une indication.

EMMA.

Ça en est une sûrement.

LEBRASIER.

Je n'ai pas joué au baccara depuis le quartier
Latin.

EMMA.

Allez, allez, Lebrasier... Faites comme chez
vous...

LEBRASIER, à *Piégois*.

Si je te disais que je suis très ému, à cette
idée !... C'est là-haut, le baccara?

PIÉGOIS.

Tiens, là...

(Il lui indique l'escalier.)

LEBRASIER.

A tantôt, madame...

EMMA.

Comment, madame !...

LEBRASIER.

A tantôt, chère amie...

EMMA.

Appelez-moi Emma... Je parie qu'il ne se souvient plus de mon nom?... Bonne chance!

LEBRASIER, *montant l'escalier.*

C'est stupide d'aller là dedans... Je me rends compte que c'est stupide.

(Il disparaît.)

SCÈNE VIII

PIÉGOIS, EMMA.

PIÉGOIS.

Avant d'entrer aux petits chevaux, tu ne sais pas ce que tu vas faire, ma petite Emma, si-tu es bien gentille? Tu vas enlever ce chapeau, et en mettre un autre.

EMMA.

Qu'est-ce qu'il a, ce chapeau? Il n'est pas beau?

PIÉGOIS.

Il est superbe, mais il est deux fois trop haut. Porte donc des chapeaux plus simples!... Et puis, cette robe ne va pas avec... Et puis, prends l'habitude de mettre des gants blancs et non des gants de couleur... Combien de fois t'ai-je dit tout ça?

EMMA, *subitement navrée.*

Je vais changer, alors.

PIÉGOIS.

Je t'assure, tu as une tendance à t'habiller d'une façon trop voyante... Et dès que tu t'habilles simplement, au contraire, tu deviens tout de suite comme il faut... Allons, va !

EMMA.

Ne me bouscule pas... D'ailleurs, j'étais sûre aujourd'hui que tu me bousculerais.

PIÉGOIS.

Quelle enfant !... Et pourquoi ?

EMMA.

C'est comme ça chaque fois que tu as rencontré une femme qui te plaît.

PIÉGOIS.

Moi, j'ai rencontré une femme qui me plaît ?

EMMA.

Oui, mon loup.

PIÉGOIS.

Et où ? je serais curieux...

EMMA.

Dans le train.

PIÉGOIS.

Dans le train ?

EMMA.

Ne fais pas celui qui cherche... La dame qui est montée à l'embranchement d'Orthez... qui s'est assise à l'autre bout du wagon et qui s'est mise à lire !...

PIÉGOIS.

Je ne me la rappelle pas du tout.

EMMA.

Malin, va !...

PIÉGOIS, *riant*.

Et elle me plaît, cette dame-là ?

EMMA.

Ferme !

PIÉGOIS.

Et à quoi l'as-tu deviné ?

EMMA.

A ton œil... et à ton nez, mon loup... Tu
penses que je te connais... La dame est descendue
en même temps que nous, et elle a oublié son
livre sur la banquette. Et toi, en passant, tu l'as
glissé tout doucement dans ta poche, le livre, ce
qui fait que quand tu la rencontreras, tu pourras
le lui rendre et ça vous fera un sujet de conversation... Veux-tu parier que tu l'as dans ta poche,
le livre ? Veux-tu parier ? *(Elle fouille dans la poche
de son veston et en sort un livre relié.)* Tu vois ! Mais
comme je ne suis pas méchante, je te le rends...

(Elle le remet dans la poche de Piégois.)

PIÉGOIS.

Et tu trouves ça extraordinaire ?

EMMA.

Moi, je trouve ça tout naturel, mon chéri.

PIÉGOIS.

Une dame que je ne reverrai probablement jamais !

EMMA.

Si, tu la reverras... D'autant plus que tu sais
qui elle est et qu'il y a au moins huit jours que tu
la suis partout... Oh ! c'est une femme du monde,
celle-là, il n'y a pas d'erreur ! Elle est habillée
mieux que moi, avec plus de goût... Si je l'avais
connue plus tôt, j'aurais pu prendre modèle sur
elle... Oh ! je le sais, et tu n'as pas besoin de me
le répéter si souvent, je ne suis pas un type dans
le genre de madame de Maintenon...

PIÉGOIS.

Voyons, Emma, ce n'est pas sérieux, cette scène-là?

EMMA.

Non, c'est pour rire.

PIÉGOIS.

Tu as envie de pleurer.

EMMA.

Ne t'en occupe pas.

PIÉGOIS.

Tu sais bien que je ne t'ai jamais fait de la peine et que je ne t'en ferai jamais.

EMMA.

Ça, c'est vrai... Quand tu me trompes, jamais je ne le sais.

PIÉGOIS.

Alors, si tu ne le sais pas, comment peux-tu croire?...

EMMA.

C'est mon affaire... Enfin, quoi qu'il arrive plus tard, et il en arrivera des choses, forcément, tu pourras te vanter d'avoir eu une bonne fille qui n'aura pas eu un tort vis-à-vis de toi et qui n'aura songé qu'à te faire plaisir.

PIÉGOIS.

Tu me feras encore plaisir tant que tu voudras.

EMMA.

Nous verrons... mais on ne discute pas avec des pressentiments.

PIÉGOIS.

Quelle superstitieuse tu fais!

EMMA.

Dans toute femme qui aime, il y a une tireuse de cartes.

PIÉGOIS, *riant*.

Et qu'est-ce qu'elles te disent, les cartes?

EMMA.

Ce que je savais avant elles... que le jour où tu t'emballerais sur une femme d'un certain genre et d'un certain monde, très différente de moi, sur une femme distinguée et fine, que, ce jour-là, je n'aurais plus qu'à disparaître!... Penses-tu que je ne devine pas ce qui se passe dans ta tête?... Je n'ai aucune éducation, mais pour comprendre les choses qui menacent leur amour, toutes les femmes se valent. Je t'ai vu désirant des cocottes ou des belles filles qui passaient auprès de toi et qui t'aguichaient, mais j'avais beau être jalouse sur le moment, au fond je n'étais pas inquiète, et je ne souffrais pas trop. Je savais bien que tu me reviendrais vite, parce qu'il y a tout de même entre nous ce qu'elles ne pouvaient pas te donner; et, quant au reste, je te le donnais aussi bien qu'elles. Alors, j'étais tranquille. Mais aujourd'hui, ce n'est plus ça. Il n'y a plus de lutte possible. Elle a tout ce qui me manque...

PIÉGOIS.

Qui, elle?

EMMA.

Madame Audry... *(Mouvement de Piégois.)* Elle s'appelle madame Audry... Henriette de son petit nom... Elle est veuve... C'est la sœur de ce banquier, monsieur Jantel... Je l'ai regardée beaucoup et je vais même te dire une chose très curieuse : Je ne la déteste pas. Il y a une telle différence entre nous! Ma seule chance, c'est qu'il

y a aussi pas mal de distance entre vous deux.
Seulement, ce n'est pas une chance, car si tu
l'aimes et qu'elle ne veuille pas de toi, tu souf-
friras, et je ne serais pas plus avancée.

PIÉGOIS.

Je t'assure que tout ça est fou. Ma vie est ar-
rangée avec toi. Nous sommes heureux autant
que nous le pouvons et dans la forme d'existence
que les événements nous ont imposée. Quand je
t'ai fait la cour dans ta famille, et que je t'ai prise
avec moi...

ESMA.

N'oublie pas de dire que j'étais sage.

PIÉGOIS.

Inutile de me le rappeler... Oui, je savais ce
que nous risquions tous les deux, les devoirs et
les responsabilités que je me créais...

ESMA.

Ça, oui, on dira de toi ce qu'on voudra... Mais
avec les femmes, tu es un honnête homme.

PIÉGOIS.

Ne te tourmente donc pas. Nous sommes pour
longtemps ensemble tous les deux, et probablement pour toujours. Et un matin qu'on aura le
temps, on se mariera, comme je te l'ai promis.

ESMA.

Oh! ce n'est pas le temps qui manque... Bien
vrai, tu n'aimes pas la dame?...

PIÉGOIS.

Bien vrai.

ESMA.

Elle te plaît, tu ne peux pas dire le contraire,
mais tu ne l'aimes pas, tu me le jures?

PIÉGOIS.

Je te le jure. Et même si j'avais la bêtise de l'aimer, n'aie donc pas peur, elle n'est pas pour moi.

EMMA.

Ça n'est pas ça qui me rassurerait. Car si vous n'êtes pas du même monde, évidemment, tu es plus près d'elle que de moi. Si tu crois qu'il est difficile de s'apercevoir que tu es bien au-dessus du métier que tu exerces!... Des fois, je t'entends causer et je me dis que tu as dû recevoir une rude instruction. Et quand on dit des bêtises devant toi, tu en as une façon de sourire... Tiens! comme en ce moment... Tu ne regrettes jamais rien?

PIÉGOIS.

Jamais.

EMMA.

Et si c'était à recommencer, tu le ferais?

PIÉGOIS.

Je le ferais... mais je t'en supplie, va changer de chapeau.

EMMA, *se dépêchant en riant.*

J'y vais, mon loup!...

(*Elle sort à droite.*)

SCÈNE IX

PIÉGOIS *seul,* puis JANTEL.

PIÉGOIS, *seul.*

Quelle bonne fille!...

(*Entre Jantel par le fond, à gauche.*)

JANTEL, *apercevant Piégois.*

C'est vous que je cherche, monsieur Piégois?

PIÉGOIS.

Moi, monsieur Jantel?... Tout à votre service...

JANTEL.

Voulez-vous me donner un petit renseignement?

PIÉGOIS.

Certes!... Lequel?

JANTEL.

Combien ma femme doit-elle à la caisse du casino?

PIÉGOIS.

Mais rien, monsieur Jantel, rien... Qu'est-ce que vous me demandez-là?

JANTEL.

Je vous promets de ne rien lui dire, ou du moins de ne pas vous mettre en cause. Mais je sais pertinemment que madame Jantel, qui est malheureusement assez joueuse, vous emprunte, à vous ou au prêteur du cercle, je l'ignore, des sommes assez rondes... Ce n'est pas très grave, je me hâte de le dire et je n'y attache pas plus d'importance qu'il ne faut, mais vous comprendrez que je tienne à vous rembourser...

PIÉGOIS.

Je vous affirme que madame Jantel a pris des sommes insignifiantes. Si vous y tenez, je vous en ferai le compte un de ces jours, ce n'est pas pressé.

JANTEL.

Je vous en serais fort obligé... et plus obligé

encore, monsieur Piégois, si vous donniez des
ordres à la caisse de façon que cela ne se renou-
velle pas.

PIÉGOIS.

Du moment que cela vous désoblige, soyez-en
sûr...

JANTEL.

N'importe quelle somme.

PIÉGOIS.

Je vous le promets.

JANTEL.

Même la plus minime.

PIÉGOIS.

C'est entendu... Moi-même, d'ailleurs, je préfère que les femmes ne jouent pas au casino.

JANTEL.

A merveille...

(Entrent madame Jantel et Henriette.)

SCÈNE X

LES MÊMES, MADAME JANTEL, HENRIETTE.

MADAME JANTEL, *apercevant son mari.*

Tiens! c'est toi... En quel honneur?...

PIÉGOIS.

Madame, votre serviteur.

MADAME JANTEL, *bas et vite, à Piégois, pendant que Jantel
est allé à Henriette.*

Mon mari vous a demandé quelque chose?

PIÉGOIS, *même jeu.*

N'ayez aucune inquiétude.

JANTEL, *à Henriette.*

Tu vas jouer aux petits chevaux?

HENRIETTE, *riant.*

Moi? Ah! jamais! J'ai simplement accompagné Louise, qui prétend que, si je la regarde jouer, elle est sûre de gagner...

PIÉGOIS, *qui s'est un peu éloigné, revenant à madame Jantel.*

Oserai-je vous prier de demander à madame si ce n'est pas elle qui a laissé cet après-midi ce livre dans le train?

(Il tire le livre de sa poche et le remet à madame Jantel.)

MADAME JANTEL.

Ça?

PIÉGOIS.

Oui, madame.

MADAME JANTEL.

Henriette!... Est-ce que ce livre est à vous, par hasard?

HENRIETTE, *le prenant vivement.*

Oui... oui... Ah! quelle chance!... Je croyais l'avoir perdu, et positivement j'y tiens beaucoup. C'est une édition assez rare et une assez jolie reliure... *(A Piégois:)* Je l'avais laissé sur la banquette, n'est-ce pas, monsieur?

PIÉGOIS.

Oui, madame.

HENRIETTE.

Je vous remercie.

MADAME JANTEL.

Qu'est-ce que c'est que ce livre-là, voyons?...

(Elle le prend des mains d'Henriette et le regarde distraitement.)
Il me semble que je connais ça... *Dominique...*
c'est un roman de Balzac?

HENRIETTE.

Non, de Fromentin.

MADAME JANTEL.

Ah! oui, je l'ai lu autrefois, ou du moins, j'ai
essayé... C'est très ennuyeux... *(Voyant Henriette rire.)*
Non? Ce n'est pas ennuyeux?

HENRIETTE.

Ça dépend.

MADAME JANTEL.

Vous trouvez cette histoire passionnante, vous?

HENRIETTE.

Passionnante... c'est un gros mot.

MADAME JANTEL.

Moi, un livre qui ne me secoue pas, je ne vais
pas jusqu'au bout... D'ailleurs, de *Dominique,* je
ne me rappelle pas un mot... Il n'y a plus que
vous qui lisez ces choses-là...

PIÉGOIS.

Pardon...

MADAME JANTEL, à *Piégois.*

Vous l'avez lu, vous?

PIÉGOIS.

Mais oui, madame... C'est un livre admirable;
seulement, on ne s'en aperçoit pas tout de suite.

MADAME JANTEL.

S'il faut trop de temps!...

PIÉGOIS, *parlant à madame Jantel seulement.*

Il faut le connaître et se lier avec lui. C'est un

22

livre timide, qui ne sait pas se présenter, mais dès qu'il vous a adressé la parole, dès qu'on est un peu intime avec lui, on le comprend et on l'aime.

HENRIETTE, *qui s'est approchée de Piégois pendant que madame Jantel va vers son mari.*

C'est tout à fait exact de *Dominique*... (Riant.) Je vous avoue même, monsieur, que je suis surprise de voir un homme en parler avec tant de goût. Je croyais que c'était plutôt un livre de femme. Je vous fais toutes mes excuses de cet étonnement.

PIÉGOIS.

La vérité, madame, c'est qu'il y a certains ouvrages rares dont on ose pas parler de peur d'avoir l'air prétentieux et d'être seul à les connaître.

HENRIETTE.

Oui, oui... et quand par hasard on en parle avec quelqu'un, on est gêné... vous avez raison... On a l'air d'être à un rendez-vous... *(Se retournant et bas à madame Jantel:)* Qui est donc ce monsieur ?

MADAME JANTEL.

Au fait, vous êtes nouvelle venue dans le pays, vous ne connaissez pas encore...

(Au moment où elle va nommer Piégois à Henriette, et pendant que Jantel fait un mouvement d'impatience, un bruit de voix et de dispute éclate soudain dans la salle de baccara. Madame Jantel s'arrête et se tourne, ainsi que les autres, de ce côté. La porte s'ouvrant, paraissent des joueurs et Lebrasier sur la plate-forme.)

SCÈNE XI

Les Mêmes, LEBRASIER, Des Joueurs, Le Croupier.

UN JOUEUR, à *Lebrasier.*

Quand on ne sait pas le jeu, on ne prend pas
les cartes !...

LEBRASIER.

Mais, monsieur...

JANTEL.

Tiens, c'est Lebrasier !...

LE JOUEUR.

Tirer à six, c'est insensé !...

LEBRASIER.

Ça n'a pas changé le coup !

UN AUTRE JOUEUR, *avec colère.*

Pas changé le coup !... Vous ne comprenez donc
pas que vous avez pris une bûche?

LEBRASIER.

Une bûche !...

DEUXIÈME JOUEUR.

Une bûche qui serait revenue au banquier...
tandis que le banquier a pris un sept et que ça
lui fait neuf.

LEBRASIER.

Oui... oui... vous avez raison... je comprends...
Mais figurez-vous que je n'ai pas joué depuis
vingt ans !

TROISIÈME JOUEUR, *le prenant par les basques de son habit et furieux.*

Est-ce qu'on reste vingt ans sans jouer au baccara !

PIÉGOIS, *qui s'est approché de l'escalier.*

Voyons... voyons... un peu de calme.

PREMIER JOUEUR, à *Lebrasier.*

Vous allez payer le coup !

LE CROUPIER, à *Piégois.*

Monsieur Piégois, voulez-vous régler le coup?

PIÉGOIS.

J'y vais... j'y vais... Mesdames, vous permettez?

MADAME JANTEL.

Faites donc... Le fait est que tirer à six... Il faut être Lebrasier !...

PIÉGOIS, *en montant l'escalier.*

Nous allons voir ça... Voulez-vous rentrer dans la salle de jeu, messieurs?... *(Entraînant Lebrasier.)* Viens, toi !

(Le silence se rétablit.)

SCÈNE XII

JANTEL, HENRIETTE, MADAME JANTEL.

HENRIETTE, *étonnée.*

Comment! ce monsieur, c'est?...

MADAME JANTEL.

Monsieur Piégois, le directeur du casino. Je vous en ai parlé dix fois...

HENRIETTE.

Je n'en reviens pas... Je le prenais pour le plus pur gentleman. Quelle déception !

JANTEL.

Oui... voilà le gentleman que Louise allait te présenter... *(A sa femme:)* Ta manie du jeu et les bizarres relations que tu t'es faites ici finiront par t'entraîner dans des histoires d'une inconséquence !

MADAME JANTEL.

Piégois est ta bête noire.

JANTEL.

Il m'est fort indifférent. Je parle en général.

MADAME JANTEL.

Oh ! mon Dieu ! il n'exerce pas une de ces professions qui conduisent à l'Académie ; mais tu es peut-être obligé de coudoyer, dans les affaires, des gens qui ne le valent pas.

JANTEL.

Tu exagères...

HENRIETTE.

Mon frère a raison.

MADAME JANTEL.

Votre frère a toujours raison, ma chère, je le sais. C'est moi qui suis une folle !

HENRIETTE.

Mais, vous n'allez pourtant pas comparer...

MADAME JANTEL.

Je ne compare rien. Ne me faites pas dire ce que je ne dis pas... Je ne prétends pas qu'il faille inviter Piégois à dîner, ni le recevoir chez nous...

JANTEL.

C'est heureux.

MADAME JANTEL.

Mais c'est un homme parfaitement élevé... je répète... parfaitement élevé, et je ne me crois pas déshonorée pour échanger, de temps en temps, quelques mots avec lui... Avec ça que, dans les villes d'eaux, on est si délicat sur le choix des relations !... Est-ce que tous les mondes, aujourd'hui, ne sont pas plus ou moins mêlés? Et dans nos propres familles, est-ce que nous n'avons pas toutes sortes de gens qui ont mal tourné?

HENRIETTE.

Pas dans la nôtre.

MADAME JANTEL.

Quelle drôle de fierté vous avez!

HENRIETTE.

Ce n'est pas de la fierté, c'est de la satisfaction... Oui, je suis très heureuse qu'il n'y ait dans notre famille que d'honnêtes gens et des ménages propres, comme le vôtre, ma chère Louise, qui êtes la meilleure créature et la plus droite que je connaisse. Il m'est infiniment agréable, je l'avoue, que nous n'ayons rien à nous reprocher, les uns aux autres, pas une vilenie à cacher et pas un scandale à craindre.

MADAME JANTEL.

Attendons la fin... Venez-vous?

JANTEL.

Non, je vais prier Henriette de nous laisser rentrer à la maison tous les deux, parce que j'ai à te parler.

MADAME JANTEL.

Qu'est-ce que c'est encore que cette plaisanterie? Tu me parleras ce soir... Tu veux m'empêcher d'aller aux petits chevaux, je te vois venir...

JANTEL.

Ou au baccara...

MADAME JANTEL.

C'est de la tyrannie... Ne dirait-on pas que je nous ruine!...

JANTEL, *haussant les épaules.*

Il n'est pas question de ça...

HENRIETTE.

La tyrannie de Maurice!...

MADAME JANTEL.

Eh! ma chère, il y a plusieurs façons... Votre frère est un mari extrèmement autoritaire avec son air de ne pas y toucher... Vous, parbleu, vous êtes veuve, votre affaire est bonne, vous ne risquez plus rien. Votre mari était un de ces hommes corrects et doux qui passent dans la vie d'une femme discrètement, comme sur la pointe des pieds. Tant qu'ils vivent, on est content; quand ils meurent, on n'est pas affolé... Et puis, vous n'êtes pas une nerveuse, ou plutôt ça n'a pas encore éclaté.

HENRIETTE.

Et ça n'éclatera pas de sitôt, je l'espère.

MADAME JANTEL.

Qui vivra verra. En attendant, soyez indulgente pour les petits défauts des autres...

HENRIETTE, *riant.*

Je vois que vous allez me faire une scène... Je

vous laisse... et je vais chercher les enfants...
Faites la scène à Maurice, il n'aura que ce qu'il
mérite !...

(Elle sort en riant, à gauche.)

JANTEL *va pour sortir et dit à madame Jantel :*

Viens-tu?

SCÈNE XIII

JANTEL, MADAME JANTEL.

MADAME JANTEL.

Non... Je sais d'avance ce que tu vas me dire.
Ce n'est pas la peine de rentrer à la maison pour
ça... Tu veux me faire avouer que je dois quelques billets de mille francs... Eh bien! je l'avoue,
voilà une affaire!

JANTEL.

Ce qui est grave, c'est que ça recommencera
demain... Tu perds toujours, tu perdras toujours...
Les femmes ne gagnent au jeu que lorsqu'elles
n'ont pas d'argent.

MADAME JANTEL.

Le jeu, c'est ma seule distraction: trouve-m'en
une autre. Tu n'es jamais avec moi... En hiver,
c'est le bureau... En été, quand tu es resté huit
jours en villégiature, tu n'as qu'une idée, c'est
de retourner à Paris.

JANTEL.

Tu as deux enfants...

MADAME JANTEL.

Mais, mon pauvre ami, si je n'avais pas d'en-

fants, c'est effrayant ce que j'aurais fait! Tu ne
peux pas t'en douter. Penses-tu que je sois une
femme comme Henriette?... J'en ai, moi, des
nerfs. Eh bien! le jeu c'est mon dérivatif. Quand
mon imagination s'affole, avec une bonne nuit de
poker ou de baccara, je me calme.

JANTEL.

C'est un peu cher...

MADAME JANTEL.

En dehors du jeu, je ne dépense rien. Dans
notre situation de fortune, n'importe quelle femme
à ma place dépenserait le double, voilà la vérité...
Parfaitement. Je ne t'ai même pas demandé cette
année ce que tu me donnes habituellement...
Mais oui, j'y pense... Tu es en retard avec moi...
Tu me dois au moins dix mille francs. Donne-
les-moi.

JANTEL.

Ne plaisante donc pas, ce n'est pas l'heure.

MADAME JANTEL.

Enfin, tu n'es pas gêné? Nos affaires vont toujours bien?

JANTEL.

Mais oui, très bien...

MADAME JANTEL.

Aussi bien qu'avant?

JANTEL.

Rien ne va aussi bien qu'avant, parce qu'il y a
une crise générale...

MADAME JANTEL.

Alors, ça va mal?

JANTEL.

Oui.

MADAME JANTEL.

Ça va-t-il mal ou très mal?

JANTEL.

Très mal. Je te dirai le resto, viens, j'ai plusieurs idées... Viens donc!

MADAME JANTEL, — un temps.

Attends un peu...

JANTEL.

Quoi?

MADAME JANTEL.

Je n'ai pas plusieurs idées, mais j'en ai une...

JANTEL.

Rentrons. Tu me la diras à la maison.

MADAME JANTEL.

Non, ici... Tu vas voir pourquoi... Qu'est-ce que tu cherches?

JANTEL.

Dame!

MADAME JANTEL.

De l'argent?

JANTEL.

Naturellement.

MADAME JANTEL.

Eh bien!... Adresse-toi à un homme intelligent, ayant des capitaux énormes, audacieux, risqueur, joueur, et qui sera enchanté d'entrer en relations avec un homme comme toi.

JANTEL.

Il n'y a qu'à le connaître.

MADAME JANTEL

Je le connais.

JANTEL.

Toi?

MADAME JANTEL.

Moi.

JANTEL.

Et c'est?...

MADAME JANTEL.

Piégois...

JANTEL.

Tu es folle!... Piégois!... D'abord, je ne crois pas du tout que Piégois ait tant d'argent!...

MADAME JANTEL.

Ah!... ah! Il a tout l'argent qu'il veut, c'est bien simple... Tu me demandes comment je le sais?... Par Herbelin, le maire, qui est très mêlé aux affaires de Piégois depuis longtemps, et qui m'en a dit long sans en avoir l'air... Tu t'imagines qu'il n'y a que les banquiers, les industriels qui aient de l'argent? Ceux-là n'ont souvent que du crédit et de la surface... Mais les véritables manieurs d'argent, sois-en sûr, ce sont des gens comme Piégois!...

JANTEL.

C'est justement ce qui ne me plaît guère, d'entrer en relations avec des gens comme Piégois...

MADAME JANTEL.

Tu me fais rire... Vous me faites rire tous les deux, ta sœur et toi, avec vos idées, votre monde et le choix de vos relations! Si l'on se met à faire attention à ces détails, je me demande qui on pourra fréquenter dans dix ans... Va! crois-en le premier conseil que je te donne de ma vie, pense à Piégois...

JANTEL.

Tu ne te rends pas compte de certaines choses...

Je ne peux pas me mettre à la discrétion d'un
monsieur qui...

MADAME JANTEL.

Qui te parle de te mettre à sa discrétion? Il
faut être adroit, l'attirer sous un prétexte quelconque... les terrains... les terrains !... Piégois
sera enchanté d'être en contact avec des gens de
notre monde... il en sera flatté... Et puis, un beau
jour, sans en avoir l'air, tu lui exposes ta situation... Et il marche!

JANTEL, *secouant la tête.*

Tout ça...

MADAME JANTEL, *l'interrompant.*

Dans les circonstances critiques comme celles
où nous sommes, il faut aller de l'avant, sans
regarder derrière soi! Pas de remords, pas de
récriminations, mais de l'estomac, voilà à quoi
me sert mon tempérament de joueuse!... (*Voyant
Piégois paraître sur la plate-forme, sortant du baccara avec
Lebrasier.*) Laisse-moi accrocher ça.

JANTEL, *bas.*

Non, pas aujourd'hui, je t'en prie...

MADAME JANTEL.

Allons donc! J'ai un joint...

PIÉGOIS, *sur la porte, à Lebrasier qui reste dans les coulisses.*

Viens donc, puisque tu as gagné.

SCÈNE XIV

PIÉGOIS, JANTEL, MADAME JANTEL.

MADAME JANTEL, *affectant de parler à son mari.*

Monsieur Piégois te donnera tous les renseignements pour ces terrains.

PIÉGOIS.

Quels terrains, madame?...

MADAME JANTEL.

Mon mari a l'intention de faire construire sur le lot de terrains qui est le long du gave, le long du gave... avec la vue sur les montagnes... Ce serait un emplacement merveilleux pour une villa.

PIÉGOIS.

Je crois bien, le meilleur du pays.

JANTEL, *hésitant.*

Le lot vous appartient, monsieur Piégois?

PIÉGOIS.

Je suis en pourparlers, mais je vous donnerais tout de suite la préférence et je vous ferais toutes les concessions possibles, trop heureux de vous être agréable.

MADAME JANTEL, *à son mari.*

Va donc les visiter un de ces jours, avec monsieur Piégois!

PIÉGOIS, *avec empressement.*

Quand vous le désirerez.

MADAME JANTEL.

J'irai avec vous... j'adore ce coin-là... Monsieur Piégois nous fera l'amitié de venir déjeuner à la maison et ensuite nous causerons un peu des conditions.

PIÉGOIS.

Madame... Vous êtes infiniment trop aimable...

MADAME JANTEL.

Entendu?

PIÉGOIS.

Entendu, madame, et très flatté!

MADAME JANTEL, *saluant.*

Monsieur. (*Passant près de son mari et bas.*) Tends-lui la main.

JANTEL, *tendant la main à Piégois.*

Au revoir, monsieur...

MADAME JANTEL, *bas à son mari en sortant.*

As-tu remarqué?... Il a été radieux quand je l'ai invité.

JANTEL, *même jeu.*

Il ne savait pas pourquoi.

(*Ils sortent tous les deux.*)

SCÈNE XV

PIÉGOIS, *seul, puis* EMMA.

(*Piégois regarde un instant la porte par laquelle viennent de sortir les Jantel, la figure éclairée, avec un air d'allégresse. Entre Emma.*)

EMMA, *avec un autre chapeau et un autre corsage.*

Là, mon loup, comment me trouves-tu?

PIÉGOIS, *la regardant à peine.*

Très bien !

EMMA.

Tu ne regardes pas.

PIÉGOIS.

Si ! si !

EMMA, *elle s'approche de Piégois, l'embrasse et tâte la poche de son veston.*

Tiens ! tu n'as plus le livre ? Tu l'as rendu ?

PIÉGOIS.

Ah ! oui... au fait...

EMMA, *la gorge un peu serrée.*

Ah ! tu as vu la dame ?

PIÉGOIS.

Mais oui... je l'ai rencontrée par hasard...

EMMA.

C'était bien elle, n'est-ce pas ?

PIÉGOIS, *avec impatience.*

Oui... c'était elle... madame Audry... la sœur de monsieur Jantel, tu ne t'étais pas trompée... Je lui ai rendu le livre. Je déjeune avec elle... Voilà une histoire !... Trouver un livre dans un wagon, le rendre à la personne qui l'a oublié et déjeuner avec son frère ! Voilà sur quoi tu te montes la tête ! Vraiment, c'est absurde !

EMMA, *affectant la gaieté.*

Je te demande pardon... Oui... oui, c'est absurde ! Je ne vais pas me mettre à te faire des scènes de jalousie, tu finirais par me prendre en grippe, mon chéri ; je te jure que je ne le ferai plus.

PIÉGOIS, *l'embrassant.*

Et le dîner de Lebrasier sera bon ?

EMMA.

Délicieux, mon loup !

(Paraît Lebrasier sur la plate-forme.)

SCÈNE XVI

Les Mêmes, LEBRASIER.

LEBRASIER, *montrant de l'or et des billets.*

J'ai encore eu ma passe de cinq ! Regardez !

EMMA, *à part, sur le devant de la scène pendant que descend Lebrasier.*

J'aurai beau faire... Une femme distinguée !...
Je suis fichue !

ACTE II

Chez Jantel.

Le décor représente un petit salon dans la villa de Jantel, à Bagnères-d'Oron. Au fond, grande baie donnant sur un couloir qui conduit d'un côté à la salle à manger, de l'autre aux appartements privés de la famille Jantel. Vis-à-vis la baie, de l'autre côté du couloir, fenêtre donnant sur les montagnes. A droite, deuxième plan, une grande porte à deux battants, ouvrant sur une terrasse. Vue sur les Pyrénées. Cette porte sert en même temps de porte de sortie pour quitter la villa Jantel. Petite porte à gauche. — Ameublement très élégant de campagne. A gauche, petite table sur laquelle on dépose les tasses, les verres pour le café froid. A droite, table beaucoup plus grande, à laquelle est adossé un canapé.

SCÈNE PREMIÈRE

MARGUERITE *et* SUZANNE, *puis, successivement,* LEBRASIER *et* HENRIETTE, *qui traversent la scène sans parler et vont sur la terrasse; puis* LESTROT *et* JANTEL, PIÉGOIS *et* MADAME LESTROT, MADAME JANTEL *et* HERBELIN.

(*Au lever du rideau, les invités quittent la salle à manger par la baie du fond et se dirigent vers la terrasse dans l'ordre indiqué ci-dessus. A mesure que chaque invité passe, Marguerite et Suzanne lui demandent : « Café chaud, café glacé? » Successivement les invités répondent : « Café glacé. »*)

LESTROT, *à Jantel, lui montrant le panorama de la terrasse.*

Puisque vous allez faire construire, tâchez de

23

ne pas bâtir une de ces affreuses villas comme il commence à y en avoir au pied de toutes les montagnes...

PIÉGOIS.

Excepté ici !...

LESTROT, *traversant la scène, pour aller à la terrasse.*

Il faut être juste... On en voit moins que dans les autres stations de la contrée... J'irai plus loin : certaines villas de Bagnères-d'Oron sont d'un goût et d'une originalité qui étonnent...

(A ce moment, tous les invités sont arrivés sur la terrasse, qui est visible. Restent en scène, madame Jantel, Marguerite et Suzanne.)

SCÈNE II

MADAME JANTEL, MARGUERITE, SUZANNE, *puis* JANTEL.

MARGUERITE.

Maman, ils veulent tous du café glacé.

MADAME JANTEL.

Occupez-vous de ça. C'est vous qui servirez, mes enfants.

SUZANNE.

Oui, maman... Mais c'est toujours nous qui servons, d'ailleurs.

MADAME JANTEL.

Seulement, aujourd'hui, quand ce sera fait, vous disparaîtrez tout doucement, sans qu'on vous remarque, et vous irez vous promener. Je vous donne la permission d'aller vous promener.

MARGUERITE.

Toutes les deux seules?

MADAME JANTEL.

Oui.

SUZANNE.

Où nous voudrons?

MADAME JANTEL.

Où vous voudrez. Mais je vous défends d'aller ailleurs que dans le parc. C'est entendu, n'est-ce pas?

SUZANNE, *riant.*

Maman?

MADAME JANTEL.

Quoi?

SUZANNE.

Puisque l'occasion s'en présente, on va te dire quelque chose, Marguerite et moi.

MADAME JANTEL.

Quelque chose de grave? Dépêchez-vous, je n'ai pas le temps.

SUZANNE, *riant encore.*

Eh bien, maman, depuis quelques jours, tu deviens beaucoup trop autoritaire.

MADAME JANTEL.

Qu'est-ce que c'est?

MARGUERITE, *même jeu.*

Tu deviens effrayante, on ne saura bientôt plus où se mettre.

SUZANNE.

Tu nous donnes des ordres avec une violence inouïe!

MARGUERITE, *toujours avec gaieté.*

Enfin ! disons le mot, tu nous traites comme les dernières des dernières !

MADAME JANTEL.

Quelle est cette plaisanterie ?

SUZANNE, *l'entourant gaiement avec Marguerite.*

Si ça continue, ma petite maman, la maison va devenir inhabitable.

MADAME JANTEL.

Ne dites donc pas de bêtises !

(Elle les embrasse.)

MARGUERITE.

Tu promets de ne pas recommencer ?

MADAME JANTEL, *haussant les épaules.*

Bon !

SUZANNE.

Et de nous laisser faire tout ce qu'on voudra, suivant une habitude qui remonte à la plus haute antiquité ?

MARGUERITE.

Moyennant quoi, nous resterons les petites filles les plus obéissantes...

MADAME JANTEL.

Quand vous aurez fini de vous moquer de moi !

SUZANNE.

La paix est signée. Nous servirons le café et nous filerons à l'anglaise.

(Rentre Jantel par la terrasse.)

MARGUERITE, *près du fond.*

Maman, est-ce qu'on peut dire que monsieur Piégois est un homme charmant ?...

MADAME JANTEL.

On peut le dire, mais d'une façon convenable et modérée...

(Suzanne et Marguerite sortent par la baie du fond.)

SCÈNE III

JANTEL, MADAME JANTEL, *puis* LEBRASIER *et* HENRIETTE.

MADAME JANTEL, *à son mari, qui marche avec agitation.*

Mais ne sois donc pas nerveux comme ça... Ma parole, rien qu'à te voir, on devinerait qu'il se passe des choses extraordinaires !...

JANTEL.

Il y a de quoi être nerveux !

MADAME JANTEL.

Raison de plus pour être calme et se contenir. Piégois est un homme d'un sang-froid prodigieux. Ne perds pas le tien, ce serait très grave ; tu te découvrirais immédiatement Nous ne savons pas où nous irions. *(Jantel s'assoit sur le canapé.)* Il faut que Piégois soit convaincu qu'en mettant de l'argent dans ta maison, il fait une bonne affaire. En réalité, il en fait une excellente... Il en fait une excellente, je le répète. En tout cas, tu dois en être persuadé. Si tu ne l'es pas, il faut en avoir l'air. La conversation que vous aurez tout à l'heure ensemble sera décisive. Tu t'en rends compte ?

JANTEL.

Oui... oui... Ah ! que j'ai hâte de savoir à quoi

m'en tenir. Pourquoi diable as-tu invité tout ce monde?

MADAME JANTEL.

Vraiment, pourquoi? C'est enfantin cette question! Tu aurais préféré que nous déjeunions tous les trois, sournoisement, et que Piégois devine au premier mot que tu l'as attiré dans un traquenard!

JANTEL, *protestant.*

Mais pardon!... Il n'y a là aucun traquenard.

MADAME JANTEL.

Comprends donc que notre habileté a été justement de ne pas nous presser depuis notre conversation de l'autre jour, au casino... de n'avoir rien dit de compromettant... de n'avoir parlé que de constructions futures, de terrains, jamais un mot d'affaires... Piégois est à cent lieues de soupçonner la situation véritable.

JANTEL.

Evidemment.

MADAME JANTEL.

Nous l'avons invité à déjeuner une première fois en famille... une seconde fois, aujourd'hui, avec Herbelin et quelques amis. Le déjeuner a été gai... Piégois est un homme de famille, as-tu observé ce détail?... Il est plein d'attentions et de galanterie pour nos filles... pour Henriette... Il a beaucoup de tact... Le voilà tout à fait à son aise avec nous. Il est mûr pour t'écouter dans les meilleures conditions... Tout le monde s'en ira après le café, tranquillement, naturellement, et je vous laisserai seuls, comme si de rien n'était.

JANTEL.

Il sera temps. J'ai encore reçu tout à l'heure

une lettre de Paris, très pressante, très inquié-
tante. Je devrais être parti pour parer au plus
pressé.

MADAME JANTEL.

Tu n'as rien dit à ta sœur, j'espère?

JANTEL.

J'y ai songé. Mais elle n'est pas assez riche pour
venir utilement à mon secours. Son mari n'a
laissé qu'une très petite fortune... Ce qu'elle
possède, elle me l'offrirait...

MADAME JANTEL.

Sans doute.

JANTEL.

Je serais peut-être tenté de le prendre et je
l'entraînerais avec moi, sans aucune chance de
nous sauver, ni l'un ni l'autre.

MADAME JANTEL.

Nous n'en sommes pas là. Moi, j'ai confiance
dans la combinaison Piégois... Tu ne trouves pas
curieux, comme coïncidence, qu'il soit précisément le camarade d'école de Lebrasier, qui est
notre ami intime?

JANTEL.

Je ne vois pas le rapport.

MADAME JANTEL.

Ça ne te semble pas de bon augure?

JANTEL.

Ni bon, ni mauvais... *(Un temps.)* Tu ne m'en
veux pas?

MADAME JANTEL, *émue.*

Donne-moi la main; je suis là... *(Voyant Hen-*

rielle qui apparaît de la terrasse avec Lebrasier et fait un pas sur la scène.) As-tu les papiers que tu dois montrer à Piégois?

JANTEL, *désignant la table de droite.*

Ils sont là.

MADAME JANTEL, *à Henriette.*

Vous savez, ma chère, que c'est décidé pour les terrains.

(Pendant les répliques suivantes, Jantel s'éloigne et sort par la droite.)

HENRIETTE.

·J'en suis ravie.

MADAME JANTEL.

Très bien exposés... Nous ne trouverons jamais mieux. ·

HENRIETTE.

C'est mon avis. Et vous, Lebrasier!

LEBRASIER.

Je crois qu'on aurait trouvé aussi bien dans le pays, en cherchant.

MADAME JANTEL.

Quelle erreur!

LEBRASIER.

Je connais un lot au moins aussi avantageux...

MADAME JANTEL.

Je sais ce que vous voulez dire, mais il est en plein midi... Non... non... tenons-nous-en là... Nous allons traiter aujourd'hui...

(Elle sort par la baie du fond.)

SCÈNE IV

LEBRASIER, HENRIETTE.

LEBRASIER.

Il a fini par s'introduire chez Jantel, ce matin-
là...

HENRIETTE.

De qui parlez-vous avec cette familiarité?

LEBRASIER.

De Piégois, parbleu! Il me le disait... il me le
disait... Il est très fort...

HENRIETTE, *gaiement, ce début de scène.*

Vous êtes un drôle de bonhomme, Lebrasier.
Vous voyez partout des mystères... Mon frère veut
faire construire sur des terrains qui appartiennent
à ce monsieur... Il était inévitable qu'ils finissent
par se rencontrer...

LEBRASIER.

Mais il n'était pas nécessaire de l'inviter à
déjeuner deux fois en huit jours!

HENRIETTE.

Bah! à la campagne comme à la campagne!...
Très franchement et malgré mes préventions
contre lui, il ne m'a pas ennuyée, monsieur Piégois! Il a un mélange de vulgarité et de bonne
éducation, de cynisme et de courtoisie, qui est
assez amusant... On dirait qu'il y a en lui comme
deux individus qui alternent. Ne prenez donc pas

l'air renfrogné! Mais vous avez donc horreur de votre camarade?

LEBRASIER.

Moi, pas du tout. J'ai beaucoup de sympathie pour lui, au contraire. Seulement, avant tout, je suis un homme juste... On se trompe beaucoup sur mon caractère. Interrogez n'importe qui au bureau, et demandez-lui ce que je suis. Il vous répondra : « Lebrasier? C'est un envieux! » Voilà ce que pensent de moi les esprits superficiels. C'est une grave erreur, madame. J'ai l'air envieux, en effet, mais je ne le suis pas, ou plutôt l'envie, chez moi, n'est qu'une forme de la justice. Piégois est un homme qui n'a aucun mérite particulier, qui n'avait aucune raison pour arriver à la fortune. Ces choses-là ne sont possibles que dans une société en pleine décomposition.

HENRIETTE.

Quelle véhémence!

LEBRASIER.

J'insiste, madame... En pleine décomposition. Il y pousse des fleurs délicieuses comme vous, je ne dis pas non...

HENRIETTE.

A la bonne heure!

LEBRASIER.

Mais l'évidence est là... Piégois est un homme heureux. Et, en me plaçant uniquement au point de vue philosophique...

HENRIETTE.

Diable! vous êtes plein de profondeur aujourd'hui.

LEBRASIER.

Si vous m'interrompez, je vais finir par dire des

bêtises... Une chance aussi insolente est un des plus graves symptômes... de... de...

(Il cherche.)

HENRIETTE.

De quoi, est-ce un symptôme, Lebrasier?

LEBRASIER, *vexé.*

Quand je l'aurai retrouvé, madame, je vous le dirai.

HENRIETTE.

Ne vous fâchez pas. Vous savez quelle affection j'ai pour vous, n'est-ce pas?

LEBRASIER.

Parlons de votre affection, je vous le conseille!

HENRIETTE.

Dame! l'affection n'est pas l'amour.

LEBRASIER.

Encore une de ces histoires qui m'arrivent à moi, tout spécialement. L'an dernier, je vous aimais...

HENRIETTE.

Vous êtes poli pour cette année!

LEBRASIER.

Il m'était venu pour vous un amour sérieux...

HENRIETTE.

Calme!

LEBRASIER.

Profond, et qui pour être éternel n'avait besoin que d'être partagé. Je vous ai demandé votre main. Un mariage entre nous était parfaitement assorti. Vous n'aimiez personne... J'étais un ami de votre famille. J'ai un peu de fortune et une situation modeste, mais assurée. J'ai l'âge où la statistique démontre qu'il se fait le plus de mariages aujourd'hui. J'étais convaincu que vous deviendriez ma femme... Vous avez refusé en me donnant des raisons puériles. Je me suis contenté de souffrir sans que vous y attachiez d'ailleurs la moindre importance. Il est vrai que je suis resté votre ami.

HENRIETTE.

Ce n'est donc rien ?

LEBRASIER.

C'est quelque chose, et tant que vous ne vous remarierez pas, en songeant que personne ne vous possède, je me consolerai peu à peu de ne pas vous posséder moi-même.

HENRIETTE.

Je vous promets de ne pas me remarier, là, êtes-vous satisfait ?... Vous haussez les épaules !... Vous vous marierez avant moi, Lebrasier. Pourquoi me marierais-je, je vous prie de me le dire ?... C'est presque honteux à avouer, et vous allez trouver cela souverainement injuste, mais je suis une des plus heureuses femmes qu'il y ait. J'ai de bons amis et une famille exquise que j'adore. Mon fils se porte bien et son éducation occupe ma vie. Le souvenir de mon mari m'est plus mélancolique que douloureux... Vous voyez combien il serait absurde de compromettre tout cela dans l'aventure d'un second mariage, le plus grand risque que puisse courir une femme de mon âge. *(La femme de chambre entre par la baie du fond, avec un plateau contenant les verres, le café, et le dépose sur la table à gauche. Suzanne et Marguerite traversent la scène et vont sur la terrasse, où elles font signe aux invités que le café est servi.)* Rassurez-vous donc, Lebrasier, si tant est que vous me fassiez l'honneur d'être jaloux à ce point-là de mon affection. Je ne vois pas, à l'horizon, l'ombre d'une catastrophe.

LEBRASIER.

Tant mieux. Mais vous me permettrez cependant de garder ma façon de penser...

(Rentrent les invités par la terrasse.)

SCÈNE V

LEBRASIER, HENRIETTE, SUZANNE *et* MARGUERITE, *qui servent le café pendant la scène.* LESTROT *et* PIÉGOIS, MADAME LESTROT *et* HERBELIN, JANTEL, *puis, quand tout le monde est en scène,* MADAME JANTEL, *entrant par la baie du fond.*

LESTROT.

Qui a donc construit le casino, monsieur Piégois.

PIÉGOIS.

C'est un petit architecte de mes amis... que je vous donnerai, monsieur Jantel, et dont les idées vous plairont. Il a un sens très moderne de l'habitation...

MADAME LESTROT, *à Henriette.*

Êtes-vous d'un poker chez moi, cet après-midi?... Un petit poker jusqu'à six ou huit heures?

HENRIETTE.

J'ignore ce jeu.

LESTROT.

Je vous en fait mes compliments... Il empoisonne bien des ménages. Il n'y a plus moyen de causer une soirée avec des amis et je retourne le mot de Talleyrand : « Si vous ignorez le poker, vous vous préparez une vieillesse heureuse ! »

MADAME LESTROT.

Inutile de dire que mon mari répète ce trait chaque fois que l'on prononce le nom de poker... Vous, monsieur Herbelin, vous êtes des nôtres ?

HERBELIN.

Avec reconnaissance, madame... Nous avons séance du conseil municipal cet après-midi, mais les questions qui s'y traitent ne réclament pas ma présence.

PIÉGOIS.

Ni celle des conseillers municipaux, d'ailleurs.

HENRIETTE, *riant, à Herbelin.*

C'est bien fait.

LEBRASIER, *bas, à Henriette.*

J'aurais dis ça, moi... vous auriez à peine souri,.. et encore...

HENRIETTE.

C'est absurde, cette réflexion.

MADAME LESTROT, *à Lebrasier.*

Nous comptons aussi sur vous, monsieur Lebrasier.

LEBRASIER.

Le jeu ne m'est pas assez familier, je vous remercie.

HERBELIN.

Monsieur Lebrasier préfère le baccara... Eh ! eh !

JANTEL.

Il y passe ses nuits.

LEBRASIER.

Oh !

PIÉGOIS.

Lebrasier ! Il est en train de faire une petite fortune.

HENRIETTE.

Quel cachottier !

LEBRASIER.

Une petite matérielle comme on dit là-bas, voilà tout.

PIÉGOIS.

Si tu n'étais pas bête, puisqu'en ce moment-ci tu gagnes tous les soirs, ce qui ne durera pas, — tu crois que ça durera, mais ça ne durera pas, — tu confierais tes bénéfices quotidiens à un ami qui ne te les rendrait qu'à ton départ...

HENRIETTE.

Voilà une idée sage... Lebrasier, confiez-moi votre argent... et tout de suite !...

PIÉGOIS.

Oui, madame, forcez-le... Il opposera d'abord une certaine résistance.

HENRIETTE.

Dévalisons Lebrasier !

LEBRASIER, *se boutonnant.*

Permettez !... permettez !

HENRIETTE.

Nous allons voir si vous avez confiance en moi...

LEBRASIER.

Oh ! si vous posez la question sur ce terrain,

je m'incline... Et, d'ailleurs, je crois que je fais
sagement.

HENRIETTE.

Donnez, Lebrasier!

PIÉGOIS.

Donne donc...

LEBRASIER, *tirant des billets de son portefeuille.*

Voici, madame, voici... J'en garde un tout petit
peu pour continuer.

HENRIETTE, *comptant les billets.*

Mais vous avez gagné des sommes énormes!...
Je vous rendrai tout ça à Paris...

PIÉGOIS.

Ne vous laissez pas attendrir, madame...

HENRIETTE.

Soyez tranquille.

(*Elle sort un instant par la petite porte de gauche,
pour enfermer l'argent que vient de lui donner Lebrasier.*)

SUZANNE, *à la table à café.*

Combien de morceaux, monsieur Piégois?

PIÉGOIS.

Autant que vous le voudrez.

SUZANNE, *riant.*

Vous vous en rapportez à moi?

PIÉGOIS.

Les yeux fermés.

(*Suzanne met quatre morceaux de sucre.*)

SUZANNE.

Vous allez m'en dire des nouvelles !

HENRIETTE, *revenant de gauche, allant à la table à café, prenant une tasse, et à Lebrasier.*

Toujours la moitié de la tasse, Lebrasier ?

LEBRASIER.

J'attendais pour voir si vous me serviriez comme d'habitude, ou si vous me laisseriez servir par une de vos nièces. C'est une expérience que je voulais faire !

HENRIETTE.

Elle a réussi ?

LEBRASIER.

A moitié...

HENRIETTE.

Pourquoi, à moitié ?

LEBRASIER.

Parce que vous m'offrez bien du café, mais vous ne m'offrez pas de sucre.

HENRIETTE.

Ah ! c'est vrai, je vous demande pardon...

(*Elle va à la table, prend le sucrier et offre du sucre à Lebrasier.*)

MADAME LESTROT, *à Marguerite.*

Petite Marguerite, allez donc nous chercher les cartes !

(*Sort Marguerite par le fond.*)

MADAME JANTEL.

Vous voulez faire un poker ?

MADAME LESTROT.

Non, je voudrais essayer encore une fois cette

21

fameuse réussite que nous a indiquée monsieur Piégois avant déjeuner... la réussite de Marie-Antoinette.

LESTROT.

Encore une manie de ma femme, les réussites! Ça, et le poker!...

(Marguerite rentre, donne les cartes à madame Lestrot. qui va s'installer tout à fait à droite de la scène, sur une commode. Se placent autour de madame Lestrot, Herbelin, debout derrière, et regardant madame Lestrot faire la réussite, madame Jantel; Lebrasier, sur le canapé, prend son café.)

SUZANNE, *s'approchant de madame Jantel, et à l'oreille.*

Maman?

MARGUERITE.

Maman?

MADAME JANTEL.

Quoi?... Quoi?...

SUZANNE.

Remarque, je t'en prie, que nous nous en allons discrètement... Remarque-le...

(Elles sortent toutes les deux pendant la réplique suivante, et par le fond.)

PIÉGOIS, *qui s'est rapproché d'Henriette pendant les mouvements précédents, non loin de Lebrasier qui écoute en hochant parfois la tête.*

Votre fils, madame, a tout à fait bonne mine aujourd'hui... Le nouveau traitement lui réussit mieux, il me semble?

HENRIETTE.

Oh! beaucoup mieux... Le docteur que vous m'avez indiqué est vraiment très intelligent.

PIÉGOIS.

Il est plus jeune que l'autre, il est meilleur observateur; il est très au courant aussi des observations que l'on fait un peu partout. D'ailleurs, ce qui facilite sa tâche, votre fils a une santé excellente.

HENRIETTE.

Le docteur vous l'a dit, n'est-ce pas?

PIÉGOIS.

Tout de suite. Je m'étais permis de le lui demander.

HENRIETTE.

Est-ce que vous n'avez pas fait vous-même un peu de médecine?

PIÉGOIS.

J'ai été étudiant pendant quelques mois, mais il n'est pas nécessaire d'être un grand docteur pour connaître les enfants. Votre fils est un de ces malins petits garçons qui prennent de temps en temps l'air délicat afin qu'on les aime davantage. Puis, dès qu'ils vous ont, par pure coquetterie, inspiré de vives inquiétudes, ils s'amusent à se porter très bien.

HENRIETTE, riant.

Oui, c'est vrai.

PIÉGOIS.

Ce sont des artistes. Le vôtre, en particulier, a déjà une imagination très originale et cette chose indéfinissable, la distinction... On l'a ou on ne l'a pas... On ne sait pas d'où ça vient. Et ça vous domine, même chez les enfants.

HENRIETTE, — un temps.

Je crois tout de même qu'il ne faut pas leur donner une éducation aussi sévère qu'autrefois.

PIÉGOIS.

Ils ne le souffriraient plus.

HENRIETTE.

Il y a encore ça. Le fait est qu'ils deviennent très indépendants. Ils ne supportent plus la moindre contrariété... C'est effrayant à penser.

PIÉGOIS.

C'est à croire qu'on répand parmi eux des brochures anarchistes... Il n'y a qu'à leur apprendre à lire le plus tard possible.

HENRIETTE.

Ma foi, ce serait peut-être plus prudent.

LEBRASIER, *entre ses dents, mais de manière à être entendu.*

Beau programme d'éducation !

HENRIETTE, *se retournant.*

Tiens, vous nous écoutiez?... Qu'est-ce que vous dites?

LEBRASIER.

Je dis que vous venez de tracer un programme d'éducation sur lequel vous me permettrez de faire certaines réserves !

HENRIETTE, *gaiement.*

Je vous le permets, Lebrasier, mais à une condition...

LEBRASIER.

Laquelle?

HENRIETTE.

C'est que vous m'accompagnerez demain matin à travers les montagnes, jusqu'au vieux château de la Malène... Monsieur Piégois a bien voulu nous obtenir l'autorisation de le visiter, et j'ai l'intention d'y aller avec ma belle-sœur et les enfants.

LEBRASIER.

Il m'est impossible, madame... de me joindre à vous... à mon grand regret.

HENRIETTE.

Et pourquoi?

LEBRASIER.

D'abord, j'ai horreur de faire des excursions dans des pays que je ne connais pas.

HENRIETTE, *riant.*

Alors?

LEBRASIER.

Et je vous ferai en outre observer, madame, que le propriétaire de la Malène est bien connu pour être un véritable sauvage... qui habite dans le roc.

PIÉGOIS.

C'est un homme exquis.

LEBRASIER.

Il a tiré des coups de fusil sur des Anglais qui voulaient visiter sa bicoque.

PIÉGOIS.

Ils voulaient la visiter de force : mets-toi à sa place.

LEBRASIER, *à Henriette.*

Vous pouvez attraper un mauvais coup.

HENRIETTE, *riant.*

Monsieur Piégois est très lié avec lui.

LEBRASIER, *entre ses dents.*

Jolie recommandation !...

(Mouvement d'Henriette.)

HENRIETTE, *agacée.*

C'est bon ! Je n'insiste pas. J'irai sans vous...
ou plutôt je vais demander à monsieur Piégois de
bien vouloir nous accompagner.

(Mouvement de Lebrasier.)

PIÉGOIS.

Trop heureux, madame.

LEBRASIER, *à part.*

Naturellement.

(Il s'éloigne.)

HENRIETTE, *à Piégois.*

A demain matin, alors?

PIÉGOIS.

A demain matin.

HENRIETTE.

Cela ne vous dérange pas?

PIÉGOIS.

C'est un grand plaisir pour moi... *(Un temps.)*
C'est une très grande joie.

(Henriette s'éloigne lentement.)

MADAME LESTROT, *à Piégois.*

Ici, monsieur Piégois, nous sommes arrêtés, je
ne comprends plus.

PIÉGOIS, *allant à elle.*

Voyons un peu, madame !

*(Il se joint au groupe pendant la conversation d'Hen-
riette et de Lebrasier.)*

HENRIETTE, *se retournant vers Lebrasier et se trouvant tous les deux à gauche de la scène, assez loin des invités qui regardent la réussite ainsi que Piégois. Celui-ci, d'ailleurs, après avoir expliqué le maniement de la réussite à madame Lestrot, va un instant sur la terrasse avec Jantel. Henriette à Lebrasier :*

Lebrasier, je vous jure que vous devenez insupportable avec vos attitudes et vos petites phrases sournoises! Je tolère chez vous certains accès de jalousie... comment dirais-je! de jalousie... blanche... d'abord parce qu'elle m'amuse, et ensuite parce que ça nous fait des sujets de conversation, mais si vous alliez jusqu'à des allusions plus directes, soyez sûr que je ne vous le pardonnerais pas.

LEBRASIER, *avec énergie.*

Eh bien, madame, vous ne me le pardonnerez pas! car je fais effectivement des allusions plus directes!...

HENRIETTE.

Mais à quoi! à qui!

LEBRASIER.

A des gens.

HENRIETTE.

Quelles gens?

LEBRASIER.

A des gens qui sont autour de vous.,. *(Il se promène.)* qui ont déjeuné avec vous.

HENRIETTE.

Nous avons déjeuné avec monsieur Herbelin, avec monsieur Lestrot et avec monsieur... *(Regardant Lebrasier sévèrement.)* Un seul mot, Lebrasier... Si vous osez prononcer, à ce sujet, le nom de monsieur Piégois...

LEBRASIER.

Oui, madame, je le prononce... Oh! attendez,

je ne vous fais pas l'injure de croire que vous avez
un penchant pour monsieur Piégois...

HENRIETTE.

C'est heureux !

LEBRASIER.

Mais je dis à haute et intelligible voix, et
dussé-je encourir les plus graves pénalités, que
vous éprouvez en sa compagnie un plaisir qui me
navre ! et dont je suis jaloux, madame, oui,
jaloux !

HENRIETTE.

L'absurdité de ces propos me désarme...

LEBRASIER.

Vous·l'avez déjà consulté sur un changement
de médecin pour votre fils.

HENRIETTE.

Il connaît les médecins d'ici mieux que moi...

LEBRASIER.

Vous causez avec lui de littérature et de pein-
ture...

HENRIETTE.

Une fois...

LEBRASIER.

Jamais nous n'avons causé de ces choses-là
ensemble !

HENRIETTE.

C'est de votre faute.

LEBRASIER.

Vous le rencontrez à chaque instant au parc, à
la promenade...

HENRIETTE.

Par hasard.

LEBRASIER.

Je les connais ces hasards-là... Demain matin... vous allez visiter le château de la Malène avec lui...

HENRIETTE.

Avec lui et avec ma belle-sœur.

LEBRASIER.

Je pense bien que ce n'est pas tous les deux seuls... Enfin!... vous ne m'empêcherez pas de m'apercevoir que Piégois vous fait la cour.

HENRIETTE.

Ça, par exemple, c'est le comble!

LEBRASIER.

Non, madame, ce n'est pas le comble!... Il vous fait la cour d'une façon astucieuse et détournée... Je connais le bonhomme... Et il est impossible que vous ne vous en soyez pas aperçue!... Ayez donc le courage de vous l'avouer et de voir où vous allez, et dans quelle situation vous pouvez vous trouver demain, avec un monsieur qui se croira des droits... et quel monsieur!...

HENRIETTE.

Lebrasier!...

LEBRASIER.

Ma vieille amitié me permet de vous le dire!... Car tout cela je le sais, non seulement par mes observations personnelles, mais encore par les scènes continuelles que sa bonne amie... Emma... lui fait à cause de vous.

HENRIETTE, *changeant de ton.*

A cause de moi ?

LEBRASIER.

J'y ai assisté à diverses reprises... Oui... Il est même sur le point de la quitter... remarquez bien... et vous devinez pourquoi, maintenant.

HENRIETTE, *nerveuse.*

Voilà qui change la question !... Vous avez raison, Lebrasier... vous avez raison... En effet... Je ne me rendais pas compte de... certaines choses... Merci, Lebrasier, de m'avoir prévenue... et de m'avoir prévenue à temps... Soyez sûr que je vais prendre des mesures énergiques.

LEBRASIER.

Je n'attendais pas moins de vous.

HENRIETTE, *à madame Jantel, qui revient.*

Je sors, Louise, pendant que le petit dort. M'accompagnez-vous, Lebrasier ?

(Signe de Lebrasier.)

MADAME JANTEL.

Rapportez-moi les journaux illustrés, voulez-vous ?

(Lebrasier et Henriette prennent congé des invités et sortent par la droite, ainsi que les autres invités avec les répliques suivantes.)

MADAME LESTROT, *à madame Jantel.*

Chère amie, nous vous quittons.

MADAME JANTEL.

Déjà ?

MADAME LESTROT.

On ne vous verra pas un instant, dans l'après-midi ?

MADAME JANTEL.

Je tâcherai...

HERBELIN, à *Piégois*.

Venez-vous ?

PIÉGOIS.

Non, je reste un instant avec monsieur Jantel.

LESTROT, *prenant congé, à madame Jantel.*

Chère madame !... *(A Jantel :)* Cher ami... *(A Piégois :)* Cher monsieur Piégois !

MADAME LESTROT.

Embrassez les enfants pour moi.., Ne vous dérangez pas... Je sais où est mon chapeau... Au revoir, messieurs...

(Elle sort avec Herbelin et Lestrot. Herbelin a pris congé pendant ces dernières répliques. Restent en scène Jantel, madame Jantel et Piégois.)

MADAME JANTEL, *souriant à Jantel et à Piégois, et fermant la porte de la terrasse pendant qu'un domestique a enlevé le plateau à café et les verres.*

Messieurs, vous êtes seuls.

(Elle sort par la baie du fond.)

SCÈNE VI

PIÉGOIS, JANTEL.

JANTEL, *offrant un cigare à Piégois.*

Un cigare, cher monsieur Piégois ?... Nous allons causer un peu, maintenant... D'abord, en ce qui concerne les terrains, je crois que nous serons facilement d'accord. Vos conditions sont très raisonnables.

PIÉGOIS.

Il était impossible que nous ayons la moindre difficulté là-dessus. Remarquez que j'ai le plus grand intérêt à ce que des gens de votre monde, de votre situation, s'installent ici... Dans dix ans, Bagnères-d'Oron sera une de nos belles stations thermales...

JANTEL.

Ah! vous avez véritablement fondé une ville!... Oui, c'est mieux qu'une bonne affaire, qu'une affaire admirable, c'est une création. Vous avez eu ce rare bonheur, une idée! Une idée!... voilà ce qu'on ne m'a jamais apporté!... et ce qu'on ne nous apporte jamais à nous autres! On nous apporte des affaires, ce n'est pas la même chose...

PIÉGOIS.

C'est la différence entre l'art et le métier.

JANTEL.

De votre idée, vous avez tiré une fortune, c'est tout ce qu'il y a de plus juste.

PIÉGOIS.

Je ne me plains pas. Mais qu'est-ce que c'est que mes petits capitaux à côté des vôtres?

JANTEL.

Évidemment... évidemment... Mais les gens comme vous n'en jouent pas moins dans les affaires un rôle très important... Ils sont comme les condottieri d'autrefois qui n'avaient qu'une poignée d'hommes, mais qui l'apportaient à l'heure décisive. Ils avaient le geste prompt et le coup d'œil sûr... Piégois, vous ferez une fortune énorme quand vous voudrez.

PIÉGOIS, *se levant.*

Eh bien, très sincèrement, non... je ne tiens pas à aller plus loin. Je n'ai pas l'ambition féroce et illimitée de l'argent... Et puis, j'ai fait une observation que je vous donne pour ce qu'elle vaut...

JANTEL, *souriant.*

Voyons?

PIÉGOIS.

J'ai remarqué ceci : Quand on a trop d'argent, c'est comme quand on a trop de sang. Il se produit un phénomène analogue à celui de l'apoplexie. Tout homme est capable d'absorber une quantité d'argent déterminée. S'il la dépasse, il est étouffé infailliblement.

JANTEL.

Alors, à votre âge, avec vos ressources, votre vigueur, vous songez déjà à vous retirer, comme un négociant enrichi!

PIÉGOIS.

Que voulez-vous, j'ai eu beaucoup de chance, je m'en rends compte. Or, qu'est-ce que c'est que la chance, sinon une sorte de vol inconscient?... Mais oui... Un homme trop heureux est comme un voleur de profession : il finit toujours par être pincé.

JANTEL.

Ma parole, mon cher monsieur Piégois, je regrette de vous voir dans ces idées-là...

PIÉGOIS.

Et pourquoi, mon Dieu?

JANTEL.

Parce que j'aurais aimé à faire un jour quelque belle affaire avec vous...

PIÉGOIS, *rirement.*

Avec moi, monsieur Jantel?

JANTEL.

Mais oui. J'y songeais pendant nos conversations ces jours-ci, en constatant votre vive intelligence... votre clarté de vues... Je regrette... je regrette beaucoup.

PIÉGOIS.

Mais pardon, monsieur Jantel, pardon... C'est tout différent... Une affaire avec vous est une chose extrêmement intéressante... Voyons... voyons... De quoi s'agit-il?... Grosse affaire?

JANTEL.

Très grosse.

PIÉGOIS.

Tant mieux!

JANTEL.

Et qui exigerait des capitaux... des capitaux sérieux.

PIÉGOIS.

Qu'appelez-vous des capitaux sérieux?

JANTEL.

Mais quelques centaines de mille francs peut-être. Ce serait à étudier.

PIÉGOIS, *tranquillement.*

Ne vous inquiétez pas, j'ai ça.

JANTEL.

Ah!

PIÉGOIS.

Oui.

JANTEL.

Bon... bon !... C'est très bien... Où diable avais-je la tête quand je pensais à un autre qu'à vous !

PIÉGOIS.

J'aurais été navré... Je vous écoute.

JANTEL.

Ma foi !... On pourrait en parler tout de suite..

PIÉGOIS.

C'est ce qu'il y a de plus simple.

JANTEL.

Asseyez-vous.

PIÉGOIS.

A vos ordres...

(Il s'assied.)

JANTEL, *en marchant.*

Je crois que nous allons nous entendre.

PIÉGOIS.

Sans aucun doute.

JANTEL, *après un temps.*

Quand je vous parlais d'une affaire, cher monsieur Piégois, je m'exprimais mal. Il ne s'agit pas spécialement d'une affaire plutôt que d'une autre. Il s'agit d'un ensemble d'affaires.

PIÉGOIS.

C'est la même chose.

JANTEL.

Industrielles... commerciales... financières...

PIÉGOIS.

Une société à fonder ?

JANTEL.

Non, une grande maison qui se dispose à lancer plusieurs affaires considérables, et qui voudrait y intéresser des capitalistes sérieux et énergiques.

PIÉGOIS.

Tout dépend de la maison... Quelle est cette maison?

JANTEL.

La mienne.

PIÉGOIS.

Ah!

JANTEL, *s'asseyant devant Piégois.*

J'ai l'intention de créer chez moi une vaste caisse destinée à soutenir, à encourager tout un genre d'affaires qui nous échappe habituellement et qui devrait aboutir à une maison de banque comme la mienne... Par exemple, si je vous avais connu lorsque vous cherchiez des fonds pour l'exploitation de vos idées, je me serais mis à votre disposition... Comprenez-vous?

PIÉGOIS.

Oh! parfaitement, mais tout dépend des idées que l'on vous apportera. Vous a-t-on déjà apporté quelque chose?

JANTEL, *prenant des dossiers dans un tiroir de la grande table de droite.*

Oui... Un des buts que je poursuis serait d'attirer les capitaux français dans nos colonies... Avez-vous quelques notions de nos affaires coloniales, Piégois?

PIÉGOIS, *le regardant un peu étonné.*

J'en connais plusieurs... que l'on m'a proposées... Elles ne valaient rien.

JANTEL.

Quelle erreur! C'est l'avenir, au contraire.

PIÉGOIS, *avançant la main pour prendre un papier.*

Voyons... tout de même.

JANTEL.

Tenez... voici un plan... de chemin de fer...
ou plutôt d'un tramway à vapeur, entre Majunga
et Tananarive... une de ces petites lignes beaucoup
moins coûteuses à construire... que les grandes...
et qui... si l'on pouvait s'en occuper immédiatement...

PIÉGOIS, *qui a parcouru les papiers pendant que
Jantel lui parlait.*

C'est bien vague, tout ça... Oh! que c'est
vague!...

JANTEL, *lui présentant un autre dossier.*

Ceci est une vaste affaire vinicole en Asie-
Mineure... J'ai là, à ma disposition, des milliers
d'hectares... vous voyez... douze mille... douze
mille hectares.

PIÉGOIS, *commençant à le regarder et après avoir parcouru
ces nouveaux papiers.*

J'aime mieux celle-là!

JANTEL, *avec un soulagement.*

N'est-ce pas? Elle est excellente, celle-là...
Je suis de votre avis, Piégois, elle est supérieure
à l'autre, plus pratique, plus immédiatement exé-
cutable... Je veux m'y attaquer tout de suite...
Qu'en dites-vous?

PIÉGOIS, *sans répondre.*

Et les autres? Voyons un peu.

JANTEL, *sans lui donner les dossiers.*

Elles ne sont pas au point... Il faudra les travailler ensemble... Tenons-nous-en, pour l'instant,
à ce qui est solide... vraiment solide!...

25

PIÉGOIS, *après un temps pendant lequel il a suivi les mouvements de la physionomie de Jantel.*

Dites-moi, monsieur Jantel?... Avez-vous fait le calcul approximatif de ce qu'il faudra pour mettre ça en train?

JANTEL.

Pour votre part?

PIÉGOIS.

Pour ma part.

JANTEL.

Oh! c'est gros!...

PIÉGOIS.

Ça m'est égal.

JANTEL.

Sept ou huit cent mille francs comme entrée en jeu.

PIÉGOIS.

Ce sera suffisant?

JANTEL.

Oui, à condition que vous puissiez me les verser dans le plus bref délai. Pouvez-vous?

PIÉGOIS.

Je le pourrais.

JANTEL, *avec un air épanoui et tapant sur l'épaule de Piégois.*

Je vous réponds, Piégois, que voilà un capital qui fructifiera entre mes mains!

PIÉGOIS, *assis sur le canapé et regardant Jantel.*

Je n'en doute pas... Je vous crois très malin... très fort... *(Souriant.)* Seulement...

JANTEL.

Seulement?

PIÉGOIS.

Seulement... Écoutez... Moi non plus, je ne

suis pas une bête... Ce que vous me montrez là...
ça n'existe pas, ça ne repose sur rien, c'est du
trompe-l'œil... *(Lui tapant à son tour sur l'épaule.)* Mon
cher monsieur Jantel, tout le monde vous croit
très riche et moi-même je le croyais, il y a un
instant...

JANTEL, *se reculant.*

Eh bien?

PIÉGOIS, *s'avançant vers lui et plus familier.*

Jantel, vous êtes dans de mauvaises affaires!

JANTEL.

Mais...

PIÉGOIS.

Jantel, vous avez besoin d'argent! Tous les
hommes qui ont besoin d'argent, que ce soit d'un
million ou d'un louis, ont le même geste et le
même regard!... Vous avez besoin d'argent.

JANTEL.

On a toujours besoin d'argent.

PIÉGOIS.

Il y a besoin et besoin... Un monsieur comme
vous ne s'adresse à un monsieur comme moi que
s'il ne peut plus faire autrement.

JANTEL.

Ah çà! mon cher, me croyez-vous ruiné, par
hasard? Gardez vos fonds, monsieur Piégois, et
bien le bonsoir!

PIÉGOIS.

Voilà que vous allez dire des enfantillages
après avoir essayé de m'entortiller... Eh bien!
mon cher, ce n'est pas comme ça qu'il faut agir
avec moi. Avec moi, il faut y aller carrément,

l'œil dans l'œil, et me dire : « Piégois, j'ai besoin d'argent ! Si vous ne venez pas à mon secours, je saute ! Tirez-moi de là... » *(Allant à lui.)* Regardez-moi bien. Si vous parlez ainsi, je vous sauve ! Sinon, adieu !

JANTEL, *les jambes molles, et s'essuyant le front, puis avec angoisse et le regardant.*

Piégois... j'ai besoin d'argent.

PIÉGOIS.

A la bonne heure !

JANTEL.

Et j'en ai besoin tout de suite... Je vous donnerai les meilleures garanties possibles. Vous me demanderez les conditions que vous voudrez !

PIÉGOIS.

· Je n'abuserai pas de la situation et je ne vous mettrai pas le couteau sur la gorge... *(Reprenant le ton courtois et presque respectueux du début de la scène.)* Monsieur Jantel, vous avez eu raison de vous adresser à moi. Nous allons partir pour Paris ce soir même, tous les deux, examiner votre situation ensemble de très près. Elle ne doit pas être désespérée : un homme n'est jamais perdu dans les affaires quand il a une réputation d'honorabilité comme la vôtre. Je crois pouvoir vous affirmer que je vous sauverai. J'en ai les moyens... Comme garantie, je vous demanderai votre signature, naturellement. Du moment que j'ai la certitude de vous sauver, elle me suffit... Je ne vous dirai pas qu'en agissant ainsi je n'ai pas d'arrière-pensée. Si, j'en ai une ! Et, plus tard, quand votre situation sera devenue ce qu'elle était auparavant, je vous la dirai... Aujourd'hui, ce

n'est pas la peine... N'insistez pas... Et maintenant, monsieur Jantel, allez faire votre valise.

JANTEL, *allant vers la baie et appelant, après avoir serré avec émotion
les mains de Piégois.*

Louise! Louise!... Viens!... *(A madame Jantel qui
entre par la baie, venant du côté des appartements:)* Nous
partons ce soir, pour Paris, Piégois et moi...
Oui... oui... Nous sommes d'accord. Il connaît la
situation!...

MADAME JANTEL, *très émue.*

Ah!

JANTEL, *à Piégois.*

Piégois, je vous le dis devant ma femme, quoi
que vous me demandiez un jour, s'il est en mon
pouvoir de vous le donner, ma parole d'honneur,
vous pourrez compter sur moi!...

(Il sort par la baie du fond.)

SCÈNE VII

PIÉGOIS, MADAME JANTEL.

MADAME JANTEL, *tendant la main à Piégois.*

Merci.

PIÉGOIS, *s'inclinant.*

Madame...

MADAME JANTEL.

Monsieur Piégois, je vous remercie... et vous
avez dorénavant en moi une alliée, la plus dévouée.

PIÉGOIS, *étonné.*

Une alliée?

MADAME JANTEL, *le regardant.*

Oui, car je crois avoir deviné vos sentiments à l'égard... de ma belle-sœur... Je crois connaitre votre ambition... Nous y arriverons...

PIÉGOIS.

Non.

MADAME JANTEL.

Je vous promets que nous y arriverons.

PIÉGOIS, *lentement.*

Ce serait trop beau... (*Voyant que madame Jantel, un peu pâle, s'essuie le front avec son mouchoir.*) Qu'avez-vous?

MADAME JANTEL.

Ce n'est... ce n'est rien... (*Se retenant à peine.*) Voyez-vous, c'est la détente... Je suis comme ça, moi... J'ai du courage... Et puis, tout d'un coup, quand c'est fini... je... c'est la détente... Je sens que je vais sangloter... Laissez-moi toute seule.

PIÉGOIS.

Mais non... mais non...

MADAME JANTEL, *sanglotant.*

Voilà... ça y est... j'en ai pour cinq minutes... (*Elle sanglote.*) Il n'y a qu'à me laisser... Non... non... n'appelez pas... Je vais mieux... beaucoup mieux... c'est idiot... (*On entend résonner un timbre lointain.*) Ah! j'entends quelqu'un entrer. Ce doit être Henriette. (*Se levant.*) Je ne veux pas qu'elle me voie... je m'en vais... Je vais me reposer un instant dans ma chambre... Si vous la voyez, dites-lui qu'elle me laisse les journaux là... Je me connais... maintenant que c'est passé, dans un quart d'heure je vais dormir comme une pioche... Au revoir.

(Elle lui tend la main et sort très vite pendant que Henriette entre par la droite.)

SCÈNE VIII

PIÉGOIS, HENRIETTE, puis JANTEL.

HENRIETTE, *des journaux à la main, apercevant Piégois.*

Ma belle-sœur est sortie?

PIÉGOIS.

Non, madame... Mais elle vous prie de l'excuser... Elle a un peu de migraine et s'est retirée dans sa chambre... Ah! je suis obligé de partir tout à l'heure, pour Paris, avec monsieur Jantel...

HENRIETTE, *étonnée.*

Avec mon frère?... Tiens.

PIÉGOIS.

Oui... au sujet de cette construction. Ce qui fait que je n'aurai pas le plaisir de vous accompagner demain.

HENRIETTE.

Ça se trouve à merveille.

PIÉGOIS.

Mais le propriétaire de la Malène se mettra entièrement à votre disposition...

HENRIETTE.

Ce n'est pas pressé.

PIÉGOIS.

D'ailleurs, nous serons revenus dans quelques jours... et, si vous le voulez...

HENRIETTE.

Nous avons tout le temps.

PIÉGOIS, *souriant.*

J'espère que vous ne partagez pas les craintes de Lebrasier ?... Vous ne serez pas reçue à coups de fusil... *(Sur un silence d'Henriette:)* Il n'est pas revenu avec vous, Lebrasier ?

HENRIETTE.

Vous le retrouverez au casino.

PIÉGOIS, *après un temps.*

Oserais-je vous demander, madame, s'il ne vous a pas dit trop d'abominations sur mon compte ?

HENRIETTE, *sèchement.*

Non, monsieur. Pourquoi l'aurait-il fait ? En tout cas, cela n'a pas grande importance.

PIÉGOIS.

Evidemment, madame. Mais puisque Lebrasier vous a parlé de moi, je préférerais savoir qu'il ne l'a pas fait d'une manière trop désobligeante... C'est une curiosité toute naturelle.

HENRIETTE.

Je crois bien. Que votre curiosité soit donc satisfaite ! Il m'a dit que vous aviez été autrefois, à l'école, des amis intimes, qu'il vous avait perdu de vue pendant longtemps et vous avait retrouvé l'autre jour, à son grand étonnement et à sa vive satisfaction... C'est tout... J'ajoute, si cela peut vous être agréable, que j'aime peu me mêler aux histoires privées, aux potins, à la médisance, et que je les écoute ordinairement d'une oreille fort distraite. Il est si délicat de juger les gens d'après les propos de leurs amis ! Pour ma part, je pense que chacun conduit sa vie dans la direction qu'il préfère, à ses risques et périls. Et ce n'est que contrainte et forcée que je me permettrai de juger qui que ce soit.

PIÉGOIS.

Cette absence de jugement est d'une grande sévérité.

HENRIETTE.

Tiens ! En quoi ?

PIÉGOIS.

Je ne crois pas que nous soyons, autant que vous le dites, maîtres de conduire notre existence avec cette fermeté et cette décision. A l'origine de chaque destinée, il y a des forces obscures qui agissent sur elle et la dominent, la poussent dans telle ou telle voie.

HENRIETTE.

C'est une théorie très commode, car si le hasard et des forces aveugles sont les maîtres de notre existence, c'est qu'alors nous ne sommes pas plus responsables de nos actes que de nos rêves. Et la vie ne devient plus qu'une bagarre sans pitié où des gens furieux se heurtent les uns contre les autres, se piétinent comme des bêtes... Non, non, c'est tout de même un peu plus noble que ça, la vie, franchement. Laissez-moi croire, ne serait-ce que pour le genre d'éducation que je veux donner à mon fils, qu'il y a des responsabilités et des devoirs sur lesquels tous les gens d'une certaine... moralité sont d'accord...

PIÉGOIS, *avec un mouvement.*

Oui... oui... c'est vous qui avez raison... Oh !

vous êtes dans le vrai, vous êtes dans le vrai...
Mais enfin... vous parlez comme une personne
qui a vu clair tout de suite autour de soi, dont
l'âme n'a jamais été bouleversée, qui a vu les
choses s'arranger dans l'ordre et la régularité de
la famille. Vous n'avez pas eu de luttes à soutenir. Vous n'avez connu ni la tentation, ni l'imprévu, l'imprévu qui entre tout d'un coup dans la
vie et la retourne de fond en comble!... J'ai été,
moi...

HENRIETTE, l'interrompant.

Je ne vous demande pas ce que vous avez été...
Ne continuons pas, je vous en prie... Notre conversation va beaucoup trop loin, vous ne trouvez
pas? Elle s'aventure dans des considérations personnelles qui sont sans intérêt pour vous, ni pour
moi... Je ne veux répondre qu'un mot au reproche
plus ou moins voilé que vous m'adressez de manquer d'indulgence.

PIÉGOIS.

Oh!

HENRIETTE.

Si! si! Permettez-moi donc, à mon tour, de vous
dire que vous parlez, vous, comme si vous n'aviez
connu que des surprises tragiques ou de l'amertume, comme si vous étiez une victime de la vie.
Mais, au contraire, vous êtes riche... puissant...
entouré d'attentions et de flatteries... Tout paraît
vous avoir réussi... De quoi êtes-vous en droit de
vous plaindre?... Arrêtons-nous, voulez-vous?
Nous avons ébauché tous les deux nos petites
opinions sur de bien graves sujets... Nous n'en
viendrons jamais à bout... Adieu, monsieur...
(Prenant les journaux.) Je vais regarder ces portraits
et je vous souhaite un bon voyage...

PIÉGOIS.

Oh! je devine! Et je sens bien à votre ton, à votre regard, que jamais plus, maintenant, je ne me retrouverai seul avec vous... que vous me fuirez, que vous m'échapperez toujours.

HENRIETTE, *avec un mouvement.*

Qu'est-ce que ça veut dire?

PIÉGOIS.

Il y a des choses que je veux savoir, pourtant!... Oui, je veux savoir ce qui est possible. Vous avez pris sur moi trop d'influence... Ma vie, aujourd'hui, dépend de vous... Je suis, depuis que je vous connais, un autre homme, avec des pensées nouvelles sur les choses, sur les êtres et sur moi-même!... Je me croyais sûr de moi, sûr de mon caractère et de mon cerveau; je vous ai vue, j'ai passé près de vous, et je ne suis plus qu'un homme affolé... Je ne sais plus où je vais!... je ne sais plus... Je suis en pleine tempête et en plein désarroi, plus isolé, plus incertain qu'aux pires heures de mon existence!... Un mot de vous peut briser autour de moi ce que j'ai établi en tant d'années. Je suis redevenu, depuis que je vous aime, l'homme que j'étais autrefois, timide et inquiet, avant que les luttes de la vie m'aient donné de l'audace. Enfin!... dans mon esprit et dans mon cœur... c'est le désordre... c'est le désordre... *(Henriette s'éloigne et va pour sortir.)* Ne vous en allez pas, répondez-moi... je vous en conjure!... Et si je dois souffrir, que je sache au moins pourquoi!

HENRIETTE.

Non, monsieur, non, je ne peux pas vous répondre... Je n'ai rien à vous répondre... Je ne m'attendais pas à une déclaration que rien de ma

part n'a provoquée... N'insistez donc pas, monsieur, je vous en prie... Eloignez-vous...

PIÉGOIS, *suppliant.*

Oh! ne prononcez pas le non définitif et sans
espoir!... Réfléchissez... réfléchissez que mon
amour est d'un désintéressement absolu!... En
dehors de mon amour, je ne fais aucun calcul...
ni de vanité... ni d'ambition... Je ne cherche pas
même l'entrée dans un monde qui n'est pas aussi
fermé, peut-être, que vous le pensez... Je ne veux
et ne cherche que vous, vous seule! Alors, dites-
moi que je peux espérer encore! qu'il peut se
produire dans l'avenir quelque chose, quelque
chose que j'ignore et qui changera votre résolution!

HENRIETTE.

C'est impossible... Ce qu'il y a dans l'avenir,
je l'ignore comme vous. Je ne connais que mes
sentiments actuels, qui sont très nets. Oh! je ne
conteste pas votre désintéressement. Je sais même
ce qu'il y a de... généreux dans votre caractère
et aussi que vous avez plus... de mérite véritable,
d'élévation de pensée, que beaucoup ne se l'imaginent. Mais j'ai pris une résolution qui ne peut
pas changer... Comprenez-le. Ne me forcez pas!...

PIÉGOIS.

A quoi?

HENRIETTE, — *un temps.*

A rien.

PIÉGOIS.

Ah! je sais bien que vous ne me dites pas le fond
de votre pensée, que vous ne me dites pas la
vérité, ni les raisons que vous avez de m'enlever
toute espérance, même légère, même lointaine,
les autres raisons, les vraies!

HENRIETTE.

Je n'en ai pas d'autres, et si j'en ai, elles m'appartiennent.

PIÉGOIS.

Écoutez-moi... écoutez-moi... Les obstacles qu'il y a entre nous, les obstacles plus ou moins insurmontables, je les connais. Le métier que j'exerce? Mais... d'abord, je ne vais plus l'exercer. Je vais tout disperser ici. tout balayer, c'est fini! Qu'une union entre une femme de votre monde, de votre rang et moi, n'en reste pas moins dispro-portionnée et insolite, j'en conviens. Je ne réfléchis qu'à ça... je me le crie toute la journée... Je sais tout ce qu'on peut dire et tout ce qu'on vous a dit de moi! Que je suis en marge de la société, puisque je ne suis ni fonctionnaire, ni médecin, ni ingénieur; que, pendant toute ma jeunesse, j'ai roulé dans Paris, gagnant ma vie comme je pouvais, et ce n'était pas toujours commode! Que je suis par conséquent un irrégulier et un dé-classé, tandis que vous appartenez, vous, à la plus haute, à la plus vieille et à la plus fière bourgeoi-sie!... Oui, c'est vrai!... Mais enfin, ils n'existent plus les grands abîmes sociaux qui séparaient les gens autrefois! Et entre le déclassé et la bour-geoisie, on ne peut pas recommencer pourtant la vieille histoire de la fille noble qui repoussait un manant!

HENRIETTE.

Eh! monsieur... Vous cherchez à mon refus des raisons générales, sociales, et qu'il ne me convient pas de discuter avec vous... Vous oubliez peut-être la plus simple et la plus profonde... une raison qui n'a aucun rapport avec les vieux conflits de la bourgeoisie et de la noblesse... Vous m'aimez, vous, c'est possible!... Eh bien! et moi?

PIÉGOIS.

Vous !

HENRIETTE.

Mais oui, moi... Je compte, je suppose !

PIÉGOIS.

Vous !... Tenez... Je suis sûr que si j'étais un homme de votre monde, un monsieur quelconque rencontré dans un salon, vous, vous ne me repousseriez pas !...

HENRIETTE.

Par exemple !... Et qu'en savez-vous ?

PIÉGOIS.

Et la première fois que nous nous sommes vus, je l'ai compris !... Oh ! je n'ai pas de fatuité, allez !... C'est le hasard, c'est le mystère !... Entre un homme et une femme dont le cœur est libre, quel que soit cet homme, quelle que soit cette femme, il y a toujours à la première rencontre un regard échangé, un regard qui contient, sans qu'ils s'en doutent parfois ni l'un ni l'autre, une provocation secrète et un appel !... Ce regard, nous l'avons échangé, oui... Nous avons communiqué brusquement ensemble !... Et depuis, dans nos conversations, dans les quelques promenades que nous avons faites, où vous m'avez laissé vous accompagner, je vous ai sentie de jour en jour près de moi, troublée et nerveuse, luttant contre vous-même, comprenant que je vous aimais !

HENRIETTE.

C'est insensé !... Taisez-vous !... Je ne veux plus que vous me disiez un mot ! De quel droit ?... Allez-vous-en !

PIÉGOIS, *lui prenant le bras.*

Mais regardez donc en vous-même, loyalement,

franchement, et osez me dire que je n'ai pas été
pendant quelques instants un être que votre
pensée a accueilli... *(Elle s'arrache de lui.)* Je vous
aime! je vous aime!... Et nous ne sommes séparés que par des préjugés sans grandeur, la peur,
indigne de vous, du monde et de l'opinion.

HENRIETTE.

Des préjugés, la peur de l'opinion!... Tenez,
je n'aurais pas voulu vous le dire, mais vraiment
vous m'y forcez!... Ah! si j'avais été aimée
sincèrement, ardemment, par un homme pauvre
et malheureux, aurait-il plus que vous quitté le
droit chemin; aurait-il commis des actions plus
graves?... Dieu sait que ce n'est pas sa pauvreté
et sa déchéance qui auraient pu retenir mon cœur!
Ses fautes, je les lui aurais pardonnées!...
L'amour paye tous les sacrifices! Mais entre vous
et moi, l'abîme, c'est votre fortune, c'est l'argent que vous avez gagné! et gagné comment?...
Osez donc me le dire à votre tour... Ah! quand
je songe à l'homme que vous auriez pu être, à ce
que vous auriez pu faire avec votre intelligence
et votre force, à ce qu'une femme aurait pu
trouver en vous!... Non, c'est douloureux...
c'est trop douloureux!... Et, si vous n'avez pas
de remords, c'est que décidément nous n'avons
pas la même conscience. Ah! oui, certes! il peut
être beau, parfois, de se révolter contre la société,
contre la règle et ce que vous appelez dédaigneu-
sement les préjugés. Mais alors, que ce soit pour
faire de grandes choses et non pas pour devenir
le chef d'un mauvais lieu et d'une entreprise
louche!... Eh bien, aujourd'hui, vous avez de
l'argent, gardez-le! Je n'en veux ni pour moi ni
pour mon fils!... Ah! le pauvre petit!... Vous

seriez vraiment pour lui un ami et un conseiller,
et vous lui apprendriez à votre façon, je pense,
les règles de la vie et la noblesse des sentiments!
Non, non! ce n'est pas moi qui, par ma lâcheté,
mettrai dans ma famille la première tare!

PIÉGOIS, *violemment.*

Votre famille... Ah çà! est-ce que vous vous
imaginez que c'est quelque chose d'extraordinaire, votre famille! Mais elle sera peut-être
demain plus tarée que moi? Vous ne la connaissez pas!

HENRIETTE.

Sortez!... *(Appelant au fond.)* Maurice!

PIÉGOIS.

C'est ça... Appelez votre frère!... Votre frère
qui a essayé tout à l'heure de m'extorquer un
million, à moi, le chef d'une entreprise louche
et d'un mauvais lieu!... Tenez, en voilà un qui
donnera de bons conseils à votre fils! et qui la lui
apprendra la noblesse de sentiments. C'est le type
de l'honnête homme pour vous! Eh bien! il est
joli!...

HENRIETTE, *indignée.*

Oh!

(Apparaît Jantel par la baie du fond. Elle s'arrête.)

JANTEL, *les regardant, et à Piégois en tirant sa montre
et en déposant son chapeau sur la table.*

Comment, Piégois, vous êtes encore là?... Mais
il faut partir, mon. ami. Nous n'avons que le
temps, dépêchons-nous!

PIÉGOIS.

Vous partirez sans moi, mon petit... Adieu!

JANTEL.

Je ne comprends pas... Qu'est-ce que ça veut dire?

PIÉGOIS.

Ça veut dire que vous vous tirerez d'affaire tout seul!... Bien le bonsoir!...

JANTEL, *se précipitant vers lui.*

Mais qu'est-ce qui s'est passé!... Vous ne voulez plus?...

PIÉGOIS.

Jamais de la vie!

JANTEL.

Mais je comptais sur vous, absolument!

PIÉGOIS.

Ça m'est bien égal!

JANTEL.

Il est impossible que... Vous m'aviez promis... donné votre parole!

PIÉGOIS.

Laissez-moi donc tranquille.

JANTEL.

Je n'ai plus le temps... Je suis perdu!...

PIÉGOIS.

Comment perdu? Vous avez encore en portefeuille l'affaire du chemin de fer de Tananarive et les douze mille hectares dans l'Asie-Mineure! Qu'est-ce qu'il vous faut de plus?... Adieu, mon petit!

(*Il sort violemment par la porte de droite.*)

SCÈNE IX

HENRIETTE, JANTEL, *puis* PIÉGOIS.

HENRIETTE, *vivement, à Jantel qui est comme pétrifié, debout.*

Maurice... la vérité... la vérité!... Je t'en supplie!

JANTEL.

Laisse-moi... laisse-moi... va-t'en!

HENRIETTE.

Non... non... Que se passe-t-il? Quel malheur?... Dis-le-moi... dis-le-moi!... Un grand malheur! La ruine?...

JANTEL.

Oui... oui... tout... la fin... la fin!

(*Il se dirige péniblement vers les appartements.*)

HENRIETTE, *allant à lui et le retenant par son habit.*

Mais il y a encore de l'espoir!

JANTEL.

Aucun!

HENRIETTE.

Voyons... voyons... Ne perds pas la tête... Tu as des amis!... Prends tout ce que je possède!

JANTEL.

Ah! tu n'as pas le quart de ce qu'il me faut!... et demain, il m'en faudra le double!...

(*Rentre Piégois brusquement par la droite. Il a la figure changée; toute trace de colère a disparu. Il reste sur le seuil de la porte.*)

PIÉGOIS, *avec un mouvement de bras.*

Jantel, allons, venez!

JANTEL, *se retournant.*

Piégois!... C'est vous?

PIÉGOIS.

Oui... Ne faites plus attention à ce que j'ai dit tout à l'heure; ça ne compte pas.

JANTEL.

Oh!

PIÉGOIS.

Oui... oui... je vais vous tirer de là!... Dépêchons-nous... *(Entraînant Jantel.)* Prenez vos papiers!... Votre chapeau!... Allons, venez, venez!...

(Il le pousse vers la porte.)

JANTEL, *à Henriette.*

Sans lui, je me tuais!

PIÉGOIS, *au moment de sortir, saluant Henriette d'un mouvement sec.*

Je vous demande pardon, madame... Je n'ai pas été très chic tout à l'heure!

ACTE III

Au casino de Bagnères-d'Oron. — Le salon de réception
de Piégois.

Au fond, deux grandes baies pour les entrées et les sorties.
A gauche, au fond, une autre baie vitrée qui ne s'ouvre pas, et
à gauche, premier plan, petite porte. Entre les deux baies fer-
mées par des rideaux de velours qu'on ouvre et qu'on ferme
suivant les besoins de l'action, une niche garnie, comme le
lustre, de fleurs lumineuses. Ameublement de bureau-salon
très luxueux. Au fond, derrière les baies, vastes galeries où
évoluent des couples de danseurs. Les messieurs sont en smo-
king ou en habit sans chapeau. Les dames sont en toilette de
soirée, sans chapeau également; quelques-unes ont des fleurs
dans la chevelure. — Pendant l'acte, musique assez lointaine
qu'on entend un peu plus distinctement à certains endroits. —
Les fleurs lumineuses et les fleurs dans la chevelure des dames
sont facultatives.

SCÈNE PREMIÈRE

HERBELIN, *puis* LÉA *et* CARMEN,
puis DE CERNEUIL.

*(Au lever du rideau, les deux grandes baies sont ou-
vertes. — On aperçoit la galerie pleine de monde, de
danseurs. — Des couples passent devant les baies. — On
entend la musique qui joue une valse.)*

HERBELIN, *seul, regardant.*

C'est admirable! Quel monde!...

(Il aperçoit Léa et Carmen.)

LÉA, *dans la baie.*

On peut entrer, monsieur Herbelin?

HERBELIN.

Entrez, mesdemoiselles... Comment donc!

CARMEN, *regardant autour d'elle.*

C'est le salon de monsieur Piégois?

HERBELIN.

Mais oui.

LÉA.

Il est superbe!

HERBELIN.

Vous étiez aux courses de taureaux, cet après-midi?

LÉA.

Qui n'y était pas?

CARMEN.

C'était d'un réussi!... Je n'avais jamais vu tuer de taureau.

LÉA.

Ni même jamais vu de taureau, on peut dire.

CARMEN.

Et ce soir!... Quelle belle fête!... C'est vous qui avez organisé la fête, monsieur Herbelin?... Le bal?...

HERBELIN.

Oui, mademoiselle... Et vous allez danser, je pense?

LÉA.

Tout le temps.

HERBELIN.

Ces messieurs sont avec vous? Ils continuent à se plaire à Bagnères-d'Oron?

LÉA.

Ils sont enchantés. Arthur veut y rester jusqu'en octobre.

CARMEN.

Et John aussi.

HERBELIN.

Vous ne savez pas ce que vous devriez faire, maintenant?

CARMEN.

Dites, monsieur le maire... On s'est trop bien trouvé de vos conseils jusqu'à présent.

HERBELIN.

Vous devriez dire à ces messieurs de revenir ici l'année prochaine, de s'y installer... d'acheter des terrains...

LÉA.

De nous faire construire des villas !

HERBELIN.

C'est ça...

CARMEN.

Une villa à chacune...

HERBELIN.

Il faut commencer à songer à l'avenir, mes enfants...

CARMEN.

Dame !

HERBELIN.

Je vous indiquerai des terrains à vendre dans de bonnes conditions...

LÉA.

Oh! oui... Oh! oui...

DE CERNEUIL, *entrant, à Herbelin.*

Eh! mais... vous devenez aussi fort que Piégois... Bonsoir, mesdemoiselles.

CARMEN.

Bonsoir, Cerneuil...

LÉA.

Bonsoir, Cerneuil... Au revoir, monsieur Herbelin.

HERBELIN.

Pensez à mon idée...

CARMEN.

Oh! oui, on y pensera...

(Elles sortent.)

DE CERNEUIL.

Il est donc absent, Piégois? On ne le voit plus...

HERBELIN.

Il a passé une quinzaine à Paris, mais il est revenu.

DE CERNEUIL.

Vous savez le bruit qui court?

HERBELIN.

Non.

DE CERNEUIL.

Il paraîtrait que Piégois est en pourparlers avec une compagnie américaine pour la vente du casino?

HERBELIN.

Allons donc!

DE CERNEUIL.

Vous n'êtes pas au courant?

HERBELIN.

Et je n'y crois pas, il m'aurait prévenu...

DE CERNEUIL.

Enfin! on le dit...

HERBELIN.

Je le lui demanderai, car, dans ce cas, le conseil municipal aurait à prendre ses précautions...

DE CERNEUIL.

Oui, on ne s'entendrait peut-être pas aussi bien qu'avec Piégois...

HERBELIN.

Ce serait un désastre! Une affaire qui va toute seule!... Il faut que j'aie une explication avec lui... *(Il va pour sortir par une baie, tandis que Lebrasier et Emma, en valsant tous les deux, apparaissent à l'autre baie, venant de la galerie. — Ils font deux ou trois tours de valse avant d'entrer. Herbelin à Lebrasier.)* Mes compliments, monsieur Lebrasier, vous valsez comme un ange.

LEBRASIER.

Trop aimable.

HERBELIN, à *Emma.*

Superbe, tantôt, n'est-ce pas?

EMMA.

Superbe; oui...

(Sortent Herbelin et de Cerneuil qui a salué Emma.)

SCÈNE II

LEBRASIER, EMMA.

(La musique continue mais s'entend de moins en moins.)

EMMA, *s'asseyant sur un fauteuil.*

Ah! mon pauvre ami, je ne suis pas gaie, tout de même!

LEBRASIER.

Piégois associé de Jantel! La maison Jantel et Piégois, et peut-être Piégois et Jantel!... Il ne restait pas au monde deux choses capables de m'étonner; il n'en restait qu'une: c'était celle-là!

EMMA.

Ce n'est pas encore officiel, mais il m'a autorisée à vous le dire. Il lui faut le temps de se débarrasser du casino...

LEBRASIER.

Evidemment... Il y a un mois, Jantel et Piégois ne s'étaient pas adressé la parole, c'est prodigieux... Qu'est-ce qui s'est passé? On ne le saura jamais... Voyez-vous, ma chère, dans les familles, c'est comme ça. On croit les connaître et on ne les connaît pas. On ne connaît pas le fond. On vous accueille toujours aussi bien, on vous sourit, rien n'a l'air changé. Et puis, tout d'un coup, on apprend des énormités. Voilà les familles... Alors, vous allez rentrer à Paris?

EMMA.

Lui, tout au moins.

LEBRASIER

Et vous?

EMMA

Moi, je ne sais pas.

LEBRASIER.

Comment! vous ne savez pas?

EMMA.

Non, je ferai ce qu'il voudra...

LEBRASIER.

Il vous a pourtant dit quelque chose?

EMMA.

Non. Mais je suppose que je vais rester avec lui, en attendant...

LEBRASIER.

En attendant quoi?

EMMA.

Est-ce qu'on sait?... Il n'est pas retourné chez monsieur Jantel, hier?

LEBRASIER.

Non.

EMMA.

Ni avant-hier?

LEBRASIER.

.Pas une fois depuis son arrivée.

EMMA.

Et la dame?

LEBRASIER.

Madame Audry?

EMMA.

Oui... Il n'y a toujours rien de ce côté-là?

LEBRASIER.

Mais rien, rien du tout... ça, j'en suis sûr, j'en suis sûr...

EMMA, *se levant et lui prenant la main.*

Vous êtes mon ami, Lebrasier. S'il y avait n'importe quoi, vous me le diriez tout de suite?

LEBRASIER.

Je vous le promets.

EMMA.

Il y a quinze jours... non... trois semaines... nous avons été sur le point de nous quitter... je vous l'ai raconté, n'est-ce pas Lebrasier? Je lui faisais des scènes, je ne pouvais pas m'en empêcher; j'avais tort, mais c'était plus fort que moi. Un soir, je voulais partir. Il m'a retenue : ça s'est arrangé. Depuis, on a l'air de s'être remis. Il m'a écrit plusieurs fois pendant son absence des lettres gentilles... affectueuses... où il me semblait qu'il y avait de la tristesse. Pourtant, à son

retour, la vie a repris comme d'habitude. Mais ça
ne fait rien, Lebrasier : je sens une histoire sur
ma tête. Est-elle bonne ? Est-elle mauvaise ?...
Mais sûr, il y en a une.

LEBRASIER, — *un temps.*

Ce qu'il y a d'encore plus sûr, Emma, c'est
que, quoi qu'il arrive, il vous restera un ami...

EMMA, *lui tendant la main.*

Ça, Lebrasier, je le crois... Oui, vous avez été
un très bon ami pendant tout le temps que j'ai
été seule. Sans vous, je serais morte d'inquiétude... Vous ne vous êtes pas trop ennuyé avec
moi ?

LEBRASIER.

Mais pas du tout...

EMMA.

C'est que, dame, je n'ai pas une de ces conversations !...

LEBRASIER.

Allons donc ! vous avez une conversation très
intéressante... Est-ce que vous écriviez à Piégois ?...

(Il hésite.)

EMMA.

Quoi ?

LEBRASIER.

Que nous nous voyions souvent... que nous
dinions ensemble presque tous les soirs ?

EMMA.

Mais, certes oui, je le lui écrivais.

LEBRASIER.

Ah !... Et il ne vous a pas fait d'observation ?

EMMA.

A quel propos, mon Dieu?

LEBRASIER.

Enfin... enfin... Il ne trouvait pas extraordinaire... que, lui absent, vous?...

EMMA, *riant*.

Mais non... Oh! que vous êtes bête! Il me connaît, je pense!

LEBRASIER.

Je suis bête, c'est vrai! Je suis d'une bêtise que vous n'êtes pas la première à me faire remarquer.

EMMA.

Vous êtes fâché?... Non?

LEBRASIER.

Je suis agréablement surpris.

EMMA.

C'est que je ne voudrais pas vous faire de peine, car je vous aime beaucoup. Tiens! parbleu, je ne vous dirai pas que, comme homme, vous me plaisez, vous ne me croiriez pas.

LEBRASIER.

Je vous croirais avec difficulté.

EMMA.

Mais j'ai pour vous de très bons sentiments.

LEBRASIER.

Lesquels?

EMMA.

Ce n'est pas commode à expliquer. Mais j'aurais confiance en vous... j'aurais des choses à cacher, je vous les dirais. Vous avez un caractère très rigolo. Enfin, tout ce qu'il y a de mieux

comme amitié, je l'ai pour vous... Et c'est réciproque, n'est-ce pas, Lebrasier?

LEBRASIER.

C'est réciproque.

EMMA.

Pourquoi ne me parlez-vous jamais de votre
bonne amie?

LEBRASIER.

Je n'en ai pas!

EMMA.

Oh! que c'est vilain!... Après tout, vous ne
voulez pas me dire vos secrets.

LEBRASIER.

Un jour, je vous en dirai un...

EMMA.

De secret?

LEBRASIER.

Oui.

EMMA.

Oh! tant mieux... Et quand me le direz-vous?

LEBRASIER.

Voyons?... dans... dans dix ans...

EMMA.

Dix ans! c'est bien long... Jamais je ne pourrai attendre... Lebrasier, vous allez me dire votre
secret tout de suite.

LEBRASIER.

Je vous en prie, n'insistez pas. Ce n'est pas
possible.

EMMA.

Si vous ne me le dites pas, je vous en voudrai
beaucoup.

LEBRASIER.

Je vous jure, Emma...

EMMA.

C'est donc grave ?

LEBRASIER.

Oui.

EMMA.

Quelle drôle de figure vous avez! Grave pour
qui ?

LEBRASIER.

Pour moi.

EMMA.

Raison de plus. Je vous écoute.

LEBRASIER.

Vous le voulez ?

EMMA.

Oui.

LEBRASIER, — *un temps.*

Emma ?

EMMA.

Eh bien !...

LEBRASIER.

Emma ?

EMMA.

Quoi ?

LEBRASIER.

Je vous aime d'une façon stupide.

EMMA, *stupéfaite.*

Vous ?

LEBRASIER.

Moi... Oh ! je sais bien que je choisis un mauvais moment pour vous le dire.

EMMA.

Ah ! par exemple... celle-là !... Et pourquoi
m'aimez-vous ?

LEBRASIER.

C'est bien la question que doit vous faire une
femme qui ne vous aime pas. Pourquoi je vous

aime? Il doit y avoir une foule de raisons, mais il y en a une que j'ai cru discerner. Je vous aime parce que je vous ai vue, avec Piégois, fidèle et obéissante comme une petite esclave, et que moi, au contraire, les rares femmes que j'ai possédées, je leur ai toujours obéi.

EMMA.

Mais, mon pauvre ami, je suis comme ça avec Piégois! Il ne faut pas vous figurer que c'est mon caractère.

LEBRASIER.

Ah!

EMMA.

Mais non, je suis autoritaire, je suis violente, j'ai des tas de défauts : Piégois fait de moi tout ce qu'il veut parce qu'au fond il ne m'aime pas. Mais un homme qui m'aimerait, Lebrasier, ce ne serait pas la même chose... Je le rendrais très malheureux.

LEBRASIER.

Ça m'est égal...

EMMA, *sévèrement.*

En voilà assez, n'est-ce pas, Lebrasier?... Si c'était ça votre secret, vous auriez mieux fait de le garder pour vous.

LEBRASIER.

Emma, dites-moi un mot gentil...

EMMA.

Taisez-vous, Lebrasier. Je vous défends de continuer...

LEBRASIER.

J'aurais dû attendre dix ans. Je me rendais compte que c'était trop tôt...

(Entre Piégois.)

SCÈNE III

LES MÊMES, PIÉGOIS.

PIÉGOIS.

Ah! Lebrasier!...
(Il lui serre la main.)

LEBRASIER.

Ah!

EMMA.

Si vous avez à causer ensemble, veux-tu que je
te laisse?

PIÉGOIS.

Tâche de retrouver Herbelin et de me l'envoyer... Va, ma petite Emma, va.

EMMA.

Ce sera long ce que vous avez à vous dire?

PIÉGOIS.

Non!... Oh! ce n'est pas très important.

EMMA.

Je peux revenir dans un quart d'heure?

PIÉGOIS.

Quand tu voudras.
(Emma sort par la baie du fond, en face.)

SCÈNE IV

PIÉGOIS, LEBRASIER.

LEBRASIER.

D'abord, que je te félicite... Si, si! accepte mes
félicitations, tu les mérites! Associé de Jantel!

C'est un bond, un bond énorme!... Tu as admirablement manœuvré. J'ignore quelle espèce de manœuvres tu as faites, mais tu as réussi, et tout est là...

PIÉGOIS, *s'approchant de Lebrasier et lui tapant doucement sur l'épaule.*

Mon vieux Lebrasier, je vais te révéler un détail qui te réjouira certainement...

LEBRASIER.

Ah!

PIÉGOIS.

Et dont ton délicieux caractère va tirer mille satisfactions...

LEBRASIER.

Je t'écoute.

PIÉGOIS.

Tu me crois l'homme le plus heureux de la terre?

LEBRASIER.

Je n'en doute pas une minute.

PIÉGOIS, *sur le ton le plus calme.*

Eh bien, non seulement je ne suis pas un homme heureux, mais je suis au contraire un homme très malheureux!

LEBRASIER.

Toi?

PIÉGOIS.

Moi-même... Et tu t'en apercevras un de ces matins quand, malgré tes félicitations, je me serai cassé la tête.

LEBRASIER, *stupéfait.*

Qu'est-ce que tu me chantes?

PIÉGOIS.

La vérité, mon bon Lebrasier. Et je te la dis à toi parce que tu es la personne rêvée pour ce genre de confidences.

27

LEBRASIER, *la voix un peu changée.*

Je me demande quel chagrin tu pourrais bien avoir. Un homme comme toi est incapable d'avoir un chagrin d'amour. Tu veux me faire croire que tu as un chagrin d'amour?

PIÉGOIS.

Je ne tiens pas à ce que tu le croies!

LEBRASIER.

Allons donc!... C'est madame Audry que tu aimes?

PIÉGOIS.

Mon Dieu, oui.

LEBRASIER.

A ce point-là?

PIÉGOIS.

A ce point.

LEBRASIER.

Au point de...

(Il fait un geste vague.)

PIÉGOIS.

Oui.

LEBRASIER.

Tu ne te moques pas de moi?... Je te dis ça parce que tu as l'air tellement calme. Tu n'as pas l'air de souffrir... Mais ça ne prouve rien... *(Le regardant.)* Oui... oui... je me rends bien compte que tu souffres.

PIÉGOIS.

Tu dois être content?

LEBRASIER, *éclatant.*

Voilà l'erreur sur mon caractère qui recommence! La voilà!... Mais comprends donc, à la fin, nom d'un chien! Quand je voyais heureux un gaillard comme toi, qui ne le méritait pas, ça m'exaspérait, c'est bien naturel. Mais du moment, que tu es malheureux, la question change. Alors, je suis avec toi, parce que j'adore les gens malheureux. Comprends-tu, cette fois-ci? Comprends-tu?

PIÉGOIS.

Lebrasier, tu me plais infiniment.

LEBRASIER, s'asseyant.

Voyons... voyons... raconte-moi bien ton affaire... As-tu dit à Henriette que tu l'aimes?

PIÉGOIS.

Oui.

LEBRASIER.

Je devine ce qu'elle t'a répondu.

PIÉGOIS.

Elle ne t'en as jamais rien dit? elle ne t'a jamais fait d'allusion!

LEBRASIER.

Jamais.

PIÉGOIS.

On a dû parler de moi, pourtant, pendant ce voyage... Il est impossible qu'on n'ait pas parlé de moi devant elle?... devant toi?

LEBRASIER.

Plusieurs fois, en effet.

PIÉGOIS.

Eh bien! Tu n'as rien remarqué de particulier?

LEBRASIER.

Rien.

PIÉGOIS.

Elle n'a jamais prononcé mon nom?

LEBRASIER.

Si, mais très naturellement...

PIÉGOIS.

Alors... à ton avis... et si c'est ton avis... dis-le-moi brutalement!... sois sincère, je t'en prie, car, moi, je n'y vois plus clair, il me semble que je traverse un cauchemar... A ton avis, il n'y a aucune chance... aucune?... Tâche de te rappeler. Il y a des choses que tu as dû observer... oui... oui... rappelle-toi bien... Tu la connais mieux que moi et tu es intelligent, tu es très intelligent... Dis-moi? dis-moi?...

(Il lui prend la main.)

LEBRASIER, *réfléchissant.*

Je m'en rapporterais aux paroles d'Henriette, à ce que je connais de ses idées, je te répondrais très nettement, en toute franchise : « Tu n'as aucune chance ! »

PIÉGOIS.

Ah !

LEBRASIER.

Seulement, vous n'êtes pas, vis-à-vis l'un de l'autre, dans une situation normale. Fais-moi l'amitié de croire que je m'en suis aperçu ; entre vous, il y a eu autre chose qu'une déclaration de ta part et un refus de la sienne... Il y a eu cette histoire entre son frère et toi... Bon ! bon ! ne me dis rien, ça m'est égal, je ne suis pas curieux. Il n'en est pas moins vrai que Jantel a eu recours à toi et qu'en définitive tu as dû lui rendre un grand service... un service immense... Les affaires des autres ne me regardent pas, mais j'ai cependant mon impression personnelle... Ah ! ah ! les grosses fortunes, les belles apparences, ce qui se cache derrière !... Jantel, de toi à moi, ne m'a jamais emballé. Cette affectation d'honnêteté, cette rigueur, m'ont toujours semblé suspectes. Quand

on est si sûr de son honnêteté, on ne la crie pas.
Je suis probablement plus honnête que lui, moi !
Est-ce que je le dis?... En somme, je serais enchanté
que tu épouses Henriette, maintenant, enchanté,
enchanté... oui... oui... ce serait excellent... Je
t'y aiderai de toutes mes forces ! Et, en y réfléchissant mieux, en me rappelant certaines attitudes d'Henriette, certains mots, tu as des chances !

PIÉGOIS.

Non, non ! Et je suis un fou de te consulter là-
dessus ! Est-ce que tu peux savoir ?... Si ce qu'elle
m'a dit, ce qu'elle m'a jeté à la figure, elle ne
l'avait pas pensé profondément, est-ce qu'elle ne
m'aurait pas écrit à Paris? est-ce qu'elle ne m'aurait pas revu déjà!... Non, je suis toujours pour elle
un être louche et suspect. Et elle trouve peut-être
que c'est très honorable et très flatteur pour moi
d'avoir sauvé son frère ! car je l'ai sauvé à coups
d'argent, tu entends? en quinze jours, en risquant
dix fois ma propre fortune, avec une espèce de
rage qui me faisait souhaiter de nous voir sombrer tous les deux? J'ai fait des prodiges ! J'ai
tenu ce malheureux, qui se noyait, à bout de bras,
la tête hors de l'eau... Ah ! c'est un pauvre être!...
Et ça, crois-tu qu'elle le saura jamais? Crois-tu
qu'il le lui ai dit?... Et d'ailleurs, non, je ne veux
pas qu'elle devienne ma femme pour ça ! qu'elle
m'épouse pour services rendus à sa famille ! et
qu'elle arrive à avoir pour moi un amour tranquille, mélangé de reconnaissance... et de pitié!...
Ah ! non... Au fond, vois-tu, c'est une femme
sans grandeur et sans race...

LEBRASIER.

Tais-toi donc ! Tu ne penses pas un mot de ce
que tu dis !

PIÉGOIS.

Elle n'a pas tout ce qui me l'avait fait aimer avec passion et que je n'ai jamais rencontré chez aucune femme, et qui n'est pas plus chez elle que chez les autres ! Tiens ! Emma a plus de hauteur d'âme... c'est une créature plus rare... Mais oui... mais oui !... Et j'étais prêt à la sacrifier comme une pauvre petite bête, sur un clin d'œil, sur un geste de l'autre ! Voilà à quel degré de misère, d'asservissement, j'en étais arrivé, à songer au suicide comme un amoureux des temps romantiques, moi, Piégois !... Ah ! que j'ai bien fait de te dire tout cela ! Il me semble que je me retrouve !...

LEBRASIER.

Et qu'est-ce que tu vas faire ?

PIÉGOIS.

Ce que je vais faire, Lebrasier ? Je vais redresser ma vie d'un coup de barre ! je vais mettre, entre cette femme et moi, la barrière définitive !...

LEBRASIER.

C'est-à-dire ?

PIÉGOIS.

Je vais lui montrer que je ne suis pas tout à fait disposé à mourir d'amour pour elle !

LEBRASIER.

A qui vas-tu montrer ça ?

PIÉGOIS.

A madame Audry.

LEBRASIER.

Et comment vas-tu le lui montrer ?

PIÉGOIS.

Comment ?

LEBRASIER.

Oui.

PIÉGOIS.

En épousant Emma dans trois semaines, mon bon Lebrasier. Il y a assez longtemps que je le lui promets !

LEBRASIER, *stupéfait.*

Tu vas épouser Emma ?

PIÉGOIS.

Eh bien, ça t'étonne ?

LEBRASIER, *troublé et cherchant à se remettre.*

Non... non... au contraire... Je suis très content... très content pour Emma surtout... elle va être bien heureuse...

PIÉGOIS.

Je vais même lui annoncer cette petite nouvelle à l'instant. Viens-tu avec moi ?

LEBRASIER, *vivement.*

Non, merci...

(Sort Piégois.)

SCÈNE V

LEBRASIER *seul, puis* HENRIETTE *et* MADAME JANTEL.

LEBRASIER, *se promenant.*

C'est très bien ! très bien... Ça devait finir comme ça... D'ailleurs, avec moi, ça finit toujours comme ça...

(Entrent Henriette et madame Jantel.)

MADAME JANTEL.

Eh! Lebrasier, vous avez l'air tout agité. Qu'est-ce qui vous arrive?

LEBRASIER.

Oh! rien de particulier, madame, vous êtes trop bonne.

HENRIETTE, *lui tendant la main.*

Vous nous abandonnez tout à fait depuis quelque temps.

LEBRASIER.

J'avais tort, madame.

HENRIETTE.

On va vous revoir, alors?...

MADAME JANTEL.

Où donc est votre ami, monsieur Piégois?

LEBRASIER.

Il vient de sortir à la minute.

MADAME JANTEL.

Voulez-vous être assez aimable pour le prévenir de notre visite?

LEBRASIER.

Oui, madame, certainement.

MADAME JANTEL.

Merci, Lebrasier.

(*Sort Lebrasier.*)

SCÈNE VI

HENRIETTE, MADAME JANTEL.

MADAME JANTEL.

Enfin, vous vous décidez à m'accompagner. C'est très gentil ce que vous faites là.

HENRIETTE.

Je ne sais pas, ma chère Louise, s'il y a de l'ironie dans vos paroles. Quant à moi, je vous jure que je n'ai aucune arrière-pensée. Je sens que monsieur Piégois ne reviendra jamais chez nous tant que je n'aurai pas fait cette démarche auprès de lui, et après l'inoubliable service qu'il nous a rendus, il mérite que je la fasse. Voilà pourquoi je vous ai accompagnée ce soir ici, ma chère Louise, pas pour autre chose.

MADAME JANTEL.

Vous n'avez pas besoin de tant insister. Je vous taquine bien quelquefois à propos de Piégois, mais sans mauvaise intention, je vous assure. Je ne partage pas du tout l'opinion de ceux de nos amis qui prétendent que vous l'aimez comme une folle...

HENRIETTE.

Moi!... On dit?

MADAME JANTEL.

On le dit, et on me le dit. Mais je réponds que vous avez au contraire pour Piégois une aversion véritable. C'est bien cela, n'est-ce pas?... *(Madame Jantel, après un assez long silence d'Henriette, changeant de ton et lui prenant les mains.)* Ma pauvre Henriette!... Quelle lutte insensée vous soutenez contre votre propre cœur !

HENRIETTE.

Ah ! Louise, Louise! vous voulez donc me forcer à avouer que je suis malheureuse! et troublée! et bouleversée! Et que mes chères idées d'autrefois étaient celles d'un enfant pas encore entré dans la réalité! J'ai vu depuis à quoi tenaient la probité, l'honneur, et j'ai compris qu'à l'origine de toutes les fortunes, il y a peut-être les mêmes impuretés et les mêmes scan-

dales... Si j'avais su cela plutôt, j'aurais fait
comme tout le monde, comme tous ces gens qui
sont là, tenez, qui dansent et qui s'amusent,
mêlés les uns aux autres, ne suivant que leurs
désirs et ne cherchant que la joie, et j'aurais pris
tout de suite l'homme que j'aime... oui, Louise,
c'est vrai, l'homme que j'aime, sans me soucier
de sa condition et de ses vertus. Je suis punie de
ma naïveté et de mon ignorance de la vie. Et
maintenant, il est trop tard.

MADAME JANTEL.

Mais non, ma pauvre amie, il n'est pas trop
tard...

HENRIETTE.

Je lui ai dit des mots qui nous séparent à
jamais.

MADAME JANTEL.

Vous attachez beaucoup trop d'importance à
ces mots-là, et en général à une foule de choses,
permettez-moi de vous le dire. En tout cas, dans
la situation où vous êtes aujourd'hui, monsieur Piégois et vous, vous ne pouvez pas éviter
une explication, une sérieuse et loyale explication.
Ayez-la donc le plus tôt possible, et ce soir même,
puisque l'occasion s'en présente, ça vaudra mieux
à tous les points de vue. Nous étions venues
toutes les deux inviter Piégois à dîner, invitez-le
toute seule... Tenez, j'aperçois Lebrasier qui lui
dit que nous sommes ici. Je vous laisse; je vais
chercher mon mari...

HENRIETTE.

Louise, je vous en prie...

MADAME JANTEL.

A tout à l'heure, à tout à l'heure...

*(Elle sort à droite, laissant seule un instant Henriette.
Entre Piégois par le fond.)*

SCÈNE VII

HENRIETTE, PIÉGOIS.

HENRIETTE, *sur un geste d'étonnement de Piégois qui la salue.*

C'est moi, oui, monsieur. Mon frère m'a appris
l'association que vous avez contractée. Je sais
aussi tout ce que nous vous devons. Si! si! je
sais ce que vous avez fait et ce que vous avez
risqué. Sans vous, mon frère était perdu, et c'eût
été pour moi une douleur bien cruelle. Je ne
veux pas pénétrer au fond des sentiments qui
vous ont fait agir, je ne veux voir que le résultat et vous en exprimer ma très vive gratitude.

PIÉGOIS, *sèchement.*

Je vous en prie, madame... c'est inutile. Je
suis un homme d'argent, un homme d'affaires.
Je n'ai consulté que mon intérêt.

HENRIETTE.

Non, monsieur... Mais peu importe. Je n'aurais
pas été en paix avec moi-même si je n'avais pas
fait cette démarche auprès de vous. Nous allons
nous rencontrer souvent, et il faut effacer, n'est-ce
pas, avec de la loyauté, de la franchise, les paroles violentes que nous avons prononcées l'autre
jour. Je comprends maintenant la colère qui
vous a saisi. Elle m'avait révoltée, elle me semblait une vengeance de mon refus, une vengeance
brutale et indigne. J'ignorais ce qui s'était passé
entre mon frère et vous; je reconnais que j'ai
été trop loin, moi aussi. J'ai eu tort... Oh! j'ai eu
tort... J'ai des idées, ou plutòt, hélas! j'avais des

idées trop absolues, trop rigoureuses. Je vivais
dans un rêve que je regrette un peu, je ne vous
le cache pas. J'avais bien éprouvé des douleurs,
de l'angoisse, mais je n'avais jamais vu de drame
réel éclater autour de moi. Oui... oui... En effet,
il y a l'imprévu... Me voilà devenue plus raison-
nable, plus indulgente. Oublions donc, moi, votre
emportement, vous, ce que j'ai pu dire d'excessif
et d'injuste.

PIÉGOIS.

Je n'ose pas vous promettre d'oublier aussi
facilement que vous. Votre rencontre a été dans
ma vie un trop gros événement ; il m'a fallu, pour
renoncer à vous, pour m'avouer à moi-même que
j'étais décidément indigne de vous, un trop énergique effort de volonté... Oh ! ça été très dur...
J'ai passé par toutes les phases, j'ai envisagé
toutes les combinaisons avant d'en arriver là,
même celle de vous épouser un jour, en profitant
de l'espèce de reconnaissance que votre famille a
pour moi. Mais c'était trop loin du rêve que
j'avais fait... Non ! non ! nous valons l'un et
l'autre mieux que ça... Alors, il ne me restait
qu'une ressource : essayer de me guérir peu à
peu, heure par heure, par le travail, par la bana-
lité de la vie, par l'absence de secousses et
d'émotions... Et voilà pourquoi j'ai pris une résolution... assez grave que je vais annoncer ce
soir même à monsieur Jantel.

HENRIETTE.

Ah !... *(Un temps.)* Et cette résolution ?

PIÉGOIS.

Oh ! mon Dieu, je n'ai aucune raison de vous
la cacher. J'épouse mon amie... cette personne
que vous avez rencontrée déjà quelquefois.

HENRIETTE, *très troublée, cachant son émotion.*

Oui... oui... en effet .. je l'ai rencontrée...

PIÉGOIS. .

J'espère ainsi arriver à la guérison... Et puis, si je n'y arrive pas, tant pis, nous le verrons bien. Mais je commence à croire que j'y arriverai.

HENRIETTE.

N'en doutez pas, si tant est que vous soyez si malade; je n'en suis pas aussi convaincue que vous.

PIÉGOIS.

Je n'ai pas dit cela pour vous laisser des remords.

HENRIETTE.

Raisonnablement, je ne peux guère en avoir ni même croire beaucoup à vos souffrances. Vous traitez votre douleur par un mariage immédiat avec une femme qui vous adore, dont vous comblez les vœux, qui vous est entièrement dévouée et vous fera la vie la plus agréable. Vous allez avoir des occupations qui vous intéresseront certainement, toute une existence nouvelle à vous créer. Vous serez entouré d'amis qui vous ont de grandes obligations et qui ne l'oublieront pas. Voilà un avenir devant lequel il n'y a pas de quoi se décourager... J'espère que vous nous présenterez bientôt votre femme : soyez sûr que nous nous efforcerons de lui plaire.

PIÉGOIS.

Vous présenter ma femme !... Oh ! ce n'est pas possible.

HENRIETTE.

Et pourquoi ?

PIÉGOIS.

Parce que... parce que c'est une personne trop

simple... d'une éducation qui me suffit à moi, mais qui est un peu trop rudimentaire pour votre monde et vos relations. Elle a été ouvrière, figurez-vous?...

HENRIETTE.

C'est une femme de grand cœur. Lebrasier me l'a dit souvent, et très intelligente des choses de la vie. Elle a les qualités les plus rares, celles qu'on n'acquiert pas. Les autres lui viendront vite.

PIÉGOIS.

Je ne veux pas l'exposer à une pareille aventure... Oh! la pauvre petite, elle aurait une drôle de figure!... Non! non! pas d'humiliation!...

HENRIETTE.

Humiliation?... Comment! vous me croyez capable de chercher à humilier votre femme?... Oh! vous le croyez?...

PIÉGOIS.

Il est inutile en tout cas de l'y exposer.

HENRIETTE.

Mais c'est presque insultant pour moi ce que vous dites-là!

PIÉGOIS.

Je n'avais pas cette intention, je vous prie de m'excuser...

HENRIETTE.

Décidément, vous vous faites de moi une étrange opinion! J'en ai de la peine, beaucoup de peine... Oui...

(Elle a la voix étranglée.)

PIÉGOIS, vivement.

Qu'avez-vous?

HENRIETTE.

Je suis émue... très émue... car moi, qui aurais

tant désiré qu'après ces tristes choses nous deve-
nions des amis, de grands amis, je sens que,
malgré tout, vous allez bientôt me détester...

PIÉGOIS.

Moi?

HENRIETTE.

Mais oui, vous... Et il y a encore de la colère
dans votre voix et de la rancune dans votre cœur.

PIÉGOIS.

De la rancune contre vous, en moi! *(S'approchant.)*
Vous savez bien qu'il n'y a qu'une passion toujours plus ardente et qui briserait tous les enga-
gements et tous les liens si vous disiez un mot!

HENRIETTE.

Si je disais ce mot, si j'étais la cause d'une
pareille douleur pour une créature de dévouement
et de tendresse comme votre amie, je commettrais
une infamie véritable! Je nous laisserais un
affreux remords à tous les deux! Non! non! ac-
ceptons bravement les conséquences de notre vie
passée, de nos idées, de la situation où le hasard
nous a si brusquement placés. Rien de tout cela
ne peut plus se changer aujourd'hui, il est trop
tard. Vous le comprenez aussi bien que moi.
Épousez cette femme qui vous aime : je vous
serai à l'un et à l'autre une amie dévouée et
utile... oui... utile, vous verrez. Et vous allez me
la faire connaître tout de suite, puisqu'elle est
ici. Je serai très gentille et très amicale avec elle
et elle aura beaucoup d'affection pour moi. Allez
me la chercher... Je vais l'attendre avec ma
belle-sœur et nous la mettrons bien à son aise...
(Lui tendant la main.) Alors, c'est fini? plus d'amertume et plus de colère?

PIÉGOIS, *lui prenant la main.*

Oui... c'est fini... Tout est fini...

HENRIETTE.

Non, car il vous reste, à vous, toute une vie très heureuse et très douce à parcourir... *(Avec émotion.)* Allez! allez!

(Entre madame Jantel par une baie. Piégois la salue et sort.)

SCÈNE VIII

HENRIETTE, MADAME JANTEL.

HENRIETTE.

Vous ne voyez aucun inconvénient, ma chère Louise, à ce que monsieur Piégois nous présente... sa femme?

MADAME JANTEL, *étonnée.*

Sa femme?

HENRIETTE.

Oui.

MADAME JANTEL.

Quelle femme?... Piégois se marie?

HENRIETTE.

Avec la personne dont Lebrasier nous a souvent parlé.

MADAME JANTEL.

Sa maîtresse?

HENRIETTE.

C'est cela.

MADAME JANTEL.

Et vous avez laissé s'accomplir une pareille absurdité dont vous allez souffrir tous les deux! Car Piégois n'a aucune envie d'épouser sa maîtresse, et vous, je vous connais, vous n'attendez

que le moment d'être seule pour sangloter bien
à votre aise...

HENRIETTE.

Il y a des douleurs si complètes et si nobles,
ma chère Louise, qu'elles ornent la vie au lieu
de la briser, et des sacrifices qui vous laissent à
l'âme une espèce de joie orgueilleuse.

MADAME JANTEL.

Moi, c'est bien simple, je suis navrée. Ces
choses-là me démoralisent... Alors, nous allons
voir cette dame?

HENRIETTE.

A l'instant.

MADAME JANTEL.

Et il va falloir être très aimable avec elle?

HENRIETTE.

Je vous en prie...

MADAME JANTEL.

C'est vous qui avez arrangé ça?

HENRIETTE.

C'est moi.

MADAME JANTEL.

Tous mes compliments.

HENRIETTE, *voyant entrer Piégois, puis Emma.*

Taisons-nous.

SCÈNE IX

LES MÊMES, PIÉGOIS, EMMA, *puis* LEBRASIER.

PIÉGOIS, *à Emma, presque dans la porte.*

Viens !

EMMA, *bas.*

Tu crois que je suis assez bien habillée?

28

PIÉGOIS.

Mais oui... mais oui...

EMMA.

Laisse-moi boutonner mes gants.

PIÉGOIS.

Ça ne fait rien...

EMMA, *se retournant, et bas à Lebrasier qui la suit.*

Venez avec nous, Lebrasier, je serai moins gênée...

PIÉGOIS, *à madame Jantel.*

Madame...

MADAME JANTEL, *lui serrant la main.*

Bonjour, monsieur Piégois.

PIÉGOIS.

Permettez-moi de vous présenter...

MADAME JANTEL.

Oui... oui...

HENRIETTE, *allant prendre Emma par la main.*

Je suis très heureuse de vous connaître, madame...

EMMA, *gênée, à Henriette.*

Et moi de même... madame... *(A madame Jantel qui lui tend la main:)* Oui... de même...

MADAME JANTEL, *à Emma.*

Nous avons beaucoup d'amitié pour votre mari.

EMMA, *s'essuyant le front avec le mouchoir qu'elle a gardé à la main.*

Je vous demande pardon... Je viens de faire un tour de valse, j'ai très chaud...

HENRIETTE.

Vous aimez la danse ?

EMMA.

Non... pas fort... c'est Lebrasier.

LEBRASIER.

Moi ?

EMMA.

Il adore la valse, Lebrasier. Il valse très bien...

LEBRASIER, *souriant.*

Oui... oui... je valse très bien...

HENRIETTE, à *Lebrasier.*

Vous nous cachiez ça.

EMMA, *bas, à Piégois.*

J'ai dit des bêtises ?

PIÉGOIS.

Non, non...

EMMA.

Il fait une chaleur ici...

(*Elle s'éponge.*)

HENRIETTE.

Vous connaissez monsieur Lebrasier depuis longtemps, madame ?

EMMA.

Oh ! depuis des temps infinis... Il venait nous voir souvent, dans les commencements avec Marcel...

HENRIETTE, *étonnée.*

Marcel ?

EMMA, *désignant Piégois.*

Mais, lui...

HENRIETTE.

Ah !

EMMA.

Vous ne saviez pas qu'il s'appelait Marcel ?... Marcel Piégois... (*Riant.*) C'est vrai, que personne n'a l'air de se douter qu'il s'appelle Marcel. On dit toujours : « Monsieur Piégois. » On ne croit

pas que tu as un prénom... Et il est même joli,
n'est-ce pas, madame?

HENRIETTE, *échangeant avec Piégois un regard que surprend Emma.*

Oui...

EMMA, *après un temps, à mi-voix.*

Oui, n'est-ce pas?

HENRIETTE, *gênée, à madame Jantel.*

Louise, vous devriez inviter...

MADAME JANTEL.

En effet... *(A Emma:)* Vous nous ferez l'amitié
de venir dîner un de ces soirs à la maison...

EMMA.

Moi?

MADAME JANTEL.

Vous et monsieur Piégois... Demain, voulez-
vous?

PIÉGOIS.

Avec plaisir, madame.

MADAME JANTEL, *à Emma.*

Nous serons en famille... Vous connaissez mon
mari?

EMMA.

Je l'ai aperçu accompagné de ses demoiselles...
(A Henriette:) Vous avez des enfants aussi, madame?

HENRIETTE.

Un fils, oui, madame...

EMMA.

Il est bien joli... Je l'ai vu quelquefois à la
promenade...

HENRIETTE.

Vous aimez les enfants?

EMMA.

Oh! oui... beaucoup... Et je n'en ai pas, c'est extraordinaire.

LEBRASIER, *ne pouvant s'empêcher de rire.*

Oh!

EMMA, *bas, à Piégois.*

Tu vois, ce que tu me fais dire!...

(Silence.)

MADAME JANTEL.

Alors, à demain, madame.

EMMA.

Madame...

HENRIETTE.

Oui, à demain...

EMMA, *à Henriette.*

Madame...

(Sortent Henriette et madame Jantel, reconduites jusqu'à la porte par Piégois.)

SCÈNE X

PIÉGOIS, EMMA, LEBRASIER.

EMMA.

J'ai été ridicule, naturellement! Et ce sera toujours la même chose quand je me trouverai au milieu de ces gens-là!...

PIÉGOIS.

Tu n'as pas été ridicule du tout, n'est-ce pas, Lebrasier?

LEBRASIER.

Mais pas du tout.

PIÉGOIS.

Ces dames savent parfaitement que tu n'as pas

encore l'usage de leur monde et certaines manières
que tu finiras par acquérir.

EMMA.

Mais non, je ne les acquerrai jamais. Il faut
avoir été élevé là dedans! Toi, parbleu! ça t'est
égal que j'aie l'air gourde. Tu es à ton aise, tu sais
parler, tu es instruit, tu as le beau rôle... Tiens!
jamais la distance qu'il y a entre nous deux ne
m'a paru aussi grande que depuis que je dois
être ta femme. Et si tu crois que je m'exposerai
à ça encore une fois et que j'irai à ce dîner!

PIÉGOIS.

Ce serait absurde de ne pas y aller.

EMMA.

Jamais de la vie, par exemple! Je serais fraîche
avec les deux jeunes filles... Je crois qu'elles s'en
payeraient un peu, ces deux gosses, hein, Lebrasier? et comme je les comprendrais, d'ailleurs!

PIÉGOIS.

Voyons, est-ce que madame Jantel et madame
Audry n'ont pas été très cordiales avec toi, et très
bonnes filles?

EMMA.

Très bonnes filles, mais pas de la même façon
que moi. Il y a des nuances, et des coups d'œil...
des coups d'œil surtout...

PIÉGOIS.

Qu'est-ce que ça veut dire?

EMMA.

Ça veut dire que tu aimes encore cette femme
et que tu m'épouses de rage, parce qu'elle ne veut
pas de toi. Et tu ne m'as présentée à elle que pour
la narguer et pour la rendre jalouse!

PIÉGOIS.

Tu te trompes et tu es injuste, car ce n'est pas moi qui ai eu l'idée de vous présenter. C'est elle... oui, c'est elle qui a désiré te connaître... et moi, je m'y suis d'abord opposé de toutes mes forces...

EMMA.

Tu l'as donc vue? Quand l'as-tu vue?

PIÉGOIS.

Mais... un peu avant que tu n'entres.

EMMA.

Tu as causé seul avec elle?

PIÉGOIS.

Quelques instants.

EMMA.

Alors, c'est encore plus triste pour moi, car si elle a voulu me connaître, c'est qu'aujourd'hui elle t'aime... Et comme tu l'aimes aussi, et qu'elle est libre, aucune puissance humaine ne vous empêchera de vous réunir, et surtout pas moi, pauvre fille!...

PIÉGOIS.

Madame Audry et moi ne serons jamais que des amis ou des camarades. Crois-le, ou ne le crois pas, ça m'est égal! Fais toutes les suppositions que tu voudras, je n'y puis rien...

EMMA.

Des amis ou des camarades, vous deux! Tu me crois donc bien naïve!... Entre vous deux, veux-tu que je te dise? il n'y a plus qu'un obstacle, c'est moi! Tu ne t'en rends peut-être pas compte toi-même, mais tu ne m'épousais que pour te faire aimer de cette femme... Puisque ça y est maintenant, tu n'as plus besoin de moi...

PIÉGOIS.

Arrêtons-nous, veux-tu? Nous finirions par nous dire des choses blessantes... J'ai deux ou trois personnes à voir. Attends-moi ici, je te retrouve.

(Il sort.)

SCÈNE XI

EMMA, LEBRASIER.

EMMA, *se mettant à marcher devant Lebrasier en parlant avec agitation et d'une voix entrecoupée.*

Ah! bien!... Ah! là... là!... Maintenant qu'il est l'associé de Jantel, il verra cette femme chaque jour, et moi, chaque jour, je serai plus nerveuse et plus inquiète, et nous divorcerons dans six mois... *(A elle-même:)* Oui... oui... C'est ce qu'il y a de mieux. *(Se retournant vers Lebrasier.)* Lebrasier?

LEBRASIER.

Quoi?

EMMA.

Je vais voir si vous êtes mon ami?

LEBRASIER.

Je me méfie quand on veut faire ce genre d'expérience avec moi. Enfin, qu'y a-t-il?

EMMA.

Vous demeurez toujours à la villa des Coccinelles?

LEBRASIER.

Toujours.

EMMA.

Eh bien, ce soir vous ne rentrerez pas chez vous. Vous coucherez à l'hôtel... C'est moi qui irai coucher à la villa des Coccinelles, et je vous parie, Lebrasier, qu'il ne viendra pas m'y chercher.

LEBRASIER.

Je comprends.

EMMA.

Allez, Lebrasier, cette fois-ci, c'est fini...

LEBRASIER.

Mais non, mais non... Vous n'en êtes pas là...

EMMA.

Je ne dis pas que j'en mourrai, parce que je m'y suis préparée depuis longtemps et que, dans mon amour pour lui, il y a toujours eu une espèce de.... oui... une espèce d'admiration... Alors, il me semble que je me consolerai un jour...

LEBRASIER.

Oui, Emma, oui, vous vous consolerez...

EMMA.

C'était fatal, depuis qu'il a rencontré cette femme ! Ces deux êtres-là sont poussés l'un vers l'autre ; ce serait folie de se mettre entre eux. Dans ces conditions, voyez-vous, ce qu'une femme comme moi a de mieux à faire, c'est de s'en aller, n'est-ce pas, Lebrasier ?

LEBRASIER.

Je le crois... oui, je commence à le croire...

EMMA.

S'il me fallait les guetter, les soupçonner, être jalouse à toutes les heures du jour et de la nuit, c'est bien simple, je deviendrais folle !...

LEBRASIER.

Évidemment, ce ne serait pas une existence.

EMMA.

Je ne suis pas une pleurarde, moi. J'ai besoin de savoir à quoi m'en tenir, dans la vie... Eh bien,

aujourd'hui, je le sais, oh ! oui... et ma résolution
est bien prise. Maintenant, ce que je vous demande,
Lebrasier, c'est d'aller lui raconter ça.

LEBRASIER.

A Piégois !... Moi ?...

EMMA.

Oui, vous... Moi, je ne veux pas avoir une
explication nouvelle avec lui... A quoi bon ? Ça
ne nous avancerait à rien ; nous sommes fixés.
Dites-lui que je comprends, que je suis redevenue
très calme et que je partirai demain pour Paris.

LEBRASIER, *suppliant*.

Avec moi ?

EMMA.

Avec vous ! Jamais, par exemple !... Après ce
que vous m'avez dit tout à l'heure.

LEBRASIER.

Emma ! Emma ! Ça me ferait un si grand plaisir d'être près de vous, dans une circonstance
aussi triste, aussi pénible ! Je ne vous demande
pas des choses extraordinaires pour commencer :
Laissez-moi vous accompagner à Paris, vous
aider à vous installer...

EMMA.

Vous le regretterez, Lebrasier.

LEBRASIER.

Jamais, jamais !

EMMA.

Comprenez donc, malheureux, que je vous
parlerais de Piégois toute la journée ! Ce ne serait
pas drôle pour vous.

LEBRASIER.

Je m'y habituerais...

EMMA.

Et comment allez-vous lui expliquer ça?

LEBRASIER.

Laissez-moi faire... laissez-moi faire... Oh! ça ne sera pas difficile...

EMMA.

Vous allez l'attendre ici, il va revenir.

LEBRASIER.

Oui... oui... je vais l'attendre ici... Donnez-moi la main, Emma.

EMMA, *lui tendant la main.*

Voilà, Lebrasier... Vous viendrez me raconter ce qu'il vous aura dit, n'est-ce pas!... *(Prêtant l'oreille.)* Le voici... dépêchez-vous...

(Elle sort.)

SCÈNE XII

LEBRASIER, PIÉGOIS.

PIÉGOIS.

C'est Emma qui sort?

LEBRASIER.

Oui, Piégois, oui, mon ami... C'est Emma... Elle va coucher ce soir aux Coccinelles. Je lui prête ma chambre... Moi, j'irai coucher à l'hôtel...

PIÉGOIS.

Qu'est-ce que ça signifie?... *(Faisant un pas.)* Je vais...

LEBRASIER.

Non, Piégois, ne va pas la rejoindre. Laisse-la

partir. C'est ce que vous avez de mieux à faire tous les deux...

PIÉGOIS.

Non, non... Je ne veux pas qu'elle parte ainsi sans que je la voie, que je lui explique!...

LEBRASIER.

C'est inutile. Elle sait tout, n'est-ce pas? Elle sait que tu aimes Henriette... et qu'Henriette t'aime aussi!...

PIÉGOIS.

Tais-toi, Lebrasier, ce n'est pas vrai.

LEBRASIER.

Si, mon ami, c'est vrai... Henriette t'aime aujourd'hui. Elle aime l'homme que tu es devenu, et que tu es devenu par elle et sous son influence... Et, certainement, un jour elle sera ta femme. Je ne dis pas que ce sera demain, mais tu y arriveras. Quant à Emma, sois tranquille, je ne la quitterai pas... et je tâcherai... Piégois, de la consoler peu à peu...

PIÉGOIS.

Toi?

LEBRASIER.

Moi... Je l'aime. Et je me suis permis de le lui dire, je te demande pardon.

PIÉGOIS.

Lebrasier! Lebrasier! Tu es un être admirable!... Ah! si elle pouvait t'aimer un jour!...

LEBRASIER.

Je l'espère... Au revoir, Piégois... *(Il lui tend la main. Paraît Herbelin.)* Non, Marcel Piégois, banquier à Paris ..

(Il sort pendant que s'avance Herbelin.)

SCÈNE XIII

PIÉGOIS, HERBELIN.

HERBELIN.

Comment, banquier à Paris?... Alors, c'est vrai, vous vous débarrassez du casino?

PIÉGOIS.

Mon Dieu, oui, mon brave Herbelin, je me retire de ce genre d'affaires.

HERBELIN.

C'est navrant!... navrant!... et vous ne reviendrez plus ici?

PIÉGOIS.

Je ne crois pas.

HERBELIN.

C'est un désastre.

PIÉGOIS.

En quoi?

HERBELIN.

Un désastre pour tout le pays... Vous vendez à une compagnie américaine, alors?

PIÉGOIS.

Non.

HERBELIN.

A qui donc?

PIÉGOIS.

Je ne vends pas le casino, que personne ne songe à m'acheter... Je le donne...

HERBELIN.

Vous le donnez?

PIÉGOIS.

Oui... Je tiens à avoir un jour ma statue à Bagnères-d'Oron. Je le donne à la commune...

HERBELIN.

Piégois! c'est un cadeau royal! C'est magnifique !.. *(Il lui prend la main.)* Ça vaut la croix.

PIÉGOIS.

Pas pour moi, pour vous!

HERBELIN.

Enfin! il faut qu'il y ait quelqu'un de décoré pour cette affaire-là.

TABLE

PARIS — IMPRIMERIE MICHELS FILS

6, 8 et 10, Rue d'Alexandrie.

www.ingramcontent.com/pod-product-compliance
Lightning Source LLC
Chambersburg PA
CBHW070759030726
47504CB00003B/613